Arnaldur Indridason est né en 1961 à Reykjavik, où il vit actuellement. Diplômé en histoire, il a été journaliste et critique de cinéma. Il est l'auteur de romans policiers, dont plusieurs best-sellers internationaux, parmi lesquels *La Cité des Jarres*, paru en Islande en 2000 et traduit dans plus de vingt langues (prix Clé de verre du roman noir scandinave, prix Mystère de la critique 2006 et prix Cœur noir), *La Femme en vert* (prix Clé de verre du roman noir scandinave, prix CWA Gold Dagger 2005 et Grand Prix des lectrices de « Elle » 2007), *La Voix*, *L'Homme du lac* (Prix du polar européen 2008) *Hiver arctique* et *Hypothermie*.

Arnaldur Indridason

HYPOTHERMIE

ROMAN

*Traduit de l'islandais
par Éric Boury*

Éditions Métailié

TEXTE INTÉGRAL

TITRE ORIGINAL
Harðskafi

Published by agreement with Forlagid, www. forlagid.is
© Arnaldur Indridason, 2007

ISBN 978-2-7578-2281-4
(ISBN 978-2-86424-723-4, 1re publication)

© Éditions Métailié, 2010, pour la traduction française

*« Le frère aîné se remit de ses enge-
lures, mais, après l'événement, on le
décrivit comme solitaire et apathique. »*

Tragédie sur la lande d'Eskifjardarheidi

C'était à peine si Maria était consciente pendant l'enterrement. Assise au premier rang, apathique, elle tenait la main de Baldvin sans réellement prêter attention à ce qui l'entourait ni à la cérémonie. L'homélie de cette femme pasteur, les gens venus à l'inhumation et le chant du petit chœur de l'église se confondaient en de douloureuses variations. En passant les voir à leur domicile, le pasteur avait pris quelques notes, Maria connaissait donc la teneur de son discours. Il y avait surtout été question du parcours de Leonora, sa mère, du courage dont elle avait fait preuve dans son combat contre la maladie, de la foule d'amis dont elle s'était entourée au cours de sa vie, d'elle-même, sa fille unique, laquelle, dans une certaine mesure, marchait sur les traces de sa mère. Le pasteur avait noté combien la défunte excellait dans son domaine en précisant qu'elle n'avait toutefois pas négligé ses nombreuses relations ; la chose était parfaitement visible dans l'assemblée en cette triste journée d'automne. La plupart de ceux qui emplissaient l'église étaient des chercheurs. Leonora avait parfois vanté à Maria les avantages qu'il y avait à appartenir au corps universitaire. Ses propos étaient teintés d'une certaine arrogance que Maria avait choisi d'ignorer.

Elle se rappelait les couleurs d'automne dans le cimetière et les flaques gelées sur l'allée de gravier qui descendait jusqu'à la tombe, le craquement qu'on entendait lorsque la fine pellicule de glace cédait sous les pieds des porteurs. Elle se souvenait de ce froid et de ce signe de croix qu'elle avait tracé au-dessus du cercueil de sa mère. Elle s'était tant de fois imaginée dans cette situation dès qu'elle avait compris que cette maladie allait emporter sa mère et ce moment était maintenant arrivé. Les yeux fixés sur le cercueil au fond de la fosse, elle avait récité dans sa tête une brève prière avant de tracer un signe de croix de sa main tendue. Puis elle était restée immobile sur le bord de la tombe jusqu'à ce que Baldvin l'emmène.

Elle se souvenait de ces gens qui, pendant le verre d'adieu, étaient venus lui témoigner leur sympathie. Certains lui avaient proposé leur assistance. S'il y avait quoi que ce soit qu'ils puissent pour elle…

Elle ne s'était mise à penser au lac qu'une fois le calme revenu, lorsqu'elle s'était retrouvée assise, seule avec elle-même, jusque tard dans la nuit. Ce fut seulement lorsque tout fut terminé, alors qu'elle revivait dans sa tête ce jour pesant, qu'elle s'était mise à réfléchir à l'absence de la famille de son père à l'inhumation.

1

L'appel parvint à la Centrale d'urgence peu après minuit. Depuis un téléphone portable, une voix féminine affolée s'exclama :

– Elle s'est... Maria s'est suicidée... Je... C'est affreux... c'est horrible !

– Quel est votre nom, s'il vous plaît ?

– Ka... Karen.

– D'où nous appelez-vous ? demanda l'employé de la Centrale d'urgence.

– Je suis... je me trouve dans... sa maison d'été...

– Où ça ? Où est-ce ?

– ... au lac de Thingvellir. Dans... dans sa maison d'été. Faites vite... je... je vous attends...

Karen avait bien cru qu'elle ne parviendrait jamais à retrouver cette maison. La dernière fois qu'elle y était venue remontait à loin, presque quatre ans. Maria lui avait pourtant fourni des indications détaillées, mais celles-ci lui étaient plus ou moins entrées par une oreille et ressorties par l'autre : elle était certaine de se rappeler la route.

Elle avait quitté Reykjavik peu après huit heures du soir, par une nuit aussi noire que du charbon. Elle avait traversé la lande de Mosfell où il n'y avait que peu de circulation, n'y avait croisé que les phares de quelques voitures qui retournaient vers la capitale. Seul un autre

11

véhicule roulait en direction de l'est, elle suivait la lueur rouge des feux arrière, heureuse d'être accompagnée. Elle, qui n'aimait pas conduire de nuit, se serait mise en route plus tôt, si elle n'avait pas été retardée. Elle était chargée de communication dans une grande banque et elle avait fini par croire que les réunions et les coups de téléphone n'allaient jamais prendre fin.

Elle savait la montagne de Grimannsfell à sa droite même si elle ne la voyait pas plus que celle de Skalafell, à sa gauche. Elle avait dépassé la route vers Vindashlid, la ferme où elle avait passé deux semaines en été, toute gamine. Elle avait suivi les feux arrière à une vitesse confortable jusqu'au moment où ceux-ci étaient descendus vers le champ de lave de Kerlingarhraun. Puis leurs chemins avaient divergé. Les lueurs rouges avaient accéléré avant d'aller se perdre dans l'obscurité. Elle s'était dit que la voiture se dirigeait peut-être vers la dorsale d'Uxahryggir et, de là, vers le nord et la vallée de Kaldadalur. Elle avait souvent emprunté ce chemin, elle trouvait jolie la route qui longeait la vallée de Lundarreykdalur et débouchait sur le fjord de Borgarfjördur. Il lui était revenu en mémoire le souvenir d'une belle journée d'été sur les bords du lac de Sandkluftavatn.

Elle avait obliqué vers la droite pour continuer de s'enfoncer dans les ténèbres de Thingvellir, les plaines de l'ancien Parlement. Il lui était difficile de s'orienter en ces lieux plongés dans le noir. Aurait-elle dû tourner plus tôt ? Avait-elle pris le bon accès vers le lac ? Ou peut-être était-ce le prochain ? À moins qu'elle ne l'ait déjà dépassé ?

Elle s'était trompée deux fois de suite et avait dû rebrousser chemin. C'était jeudi soir et la plupart des chalets étaient inoccupés. Elle avait emporté avec elle quelques provisions, quelques livres, et Maria lui avait dit qu'ils venaient d'installer une télévision. Elle avait avant tout l'intention de dormir et de se reposer. La banque s'était mise à ressembler à un asile d'aliénés depuis la toute récente OPA. Elle avait renoncé à tenter de comprendre les affrontements opposant quelques groupes de grands actionnaires qui s'étaient ligués contre d'autres. De nouveaux communiqués de presse paraissaient toutes les deux heures et les choses ne s'étaient pas arrangées à l'annonce du parachute doré de cent millions de couronnes islandaises attribué à l'un des directeurs de l'établissement dont l'un des groupes d'actionnaires désirait se séparer. La direction de la banque était parvenue à susciter la colère populaire et Karen était chargée de trouver des moyens de l'apaiser. Cela durait depuis plusieurs semaines et elle en avait plus qu'assez lorsqu'elle avait finalement eu l'idée de s'échapper de la ville. Maria lui avait souvent proposé de lui prêter son chalet d'été pour quelques jours et elle s'était décidée à l'appeler. Évidemment, avait-elle répondu.

Karen s'était avancée sur un chemin des plus rudimentaires à travers des buissons et des broussailles jusqu'au moment où les phares de son véhicule avaient illuminé le chalet au bord du lac. Maria lui avait remis la clef en lui indiquant à quel endroit elle en trouverait une autre. Il pouvait parfois être utile d'en cacher une en réserve aux abords de la maison.

Elle avait hâte de se réveiller le lendemain entourée par les teintes automnales des plaines de Thingvellir. Du plus loin qu'elle se souvenait, on avait fait de la publicité pour des excursions spécialement consacrées à l'observation des couleurs dont le parc national se parait à l'automne, du reste elles n'étaient nulle part aussi belles que sur les rives du lac où les bruns rouille et les jaunes orangés de la végétation à l'agonie s'étendaient aussi loin que portait le regard.

Elle avait commencé par sortir son bagage de la voiture et le déposer à côté de la porte, sur la terrasse. Elle avait enfoncé la clef dans la serrure, ouvert la porte et cherché à tâtons l'interrupteur. Une lumière s'était allumée dans le couloir menant à la cuisine et elle était entrée avec une petite valise qu'elle avait posée dans la chambre conjugale. Elle avait été étonnée de constater que le lit n'avait pas été fait. Cela ne ressemblait pas à Maria. Une serviette de bain traînait sur le sol des toilettes. En allumant la lumière de la cuisine, elle avait perçu une étrange présence. Elle n'avait pas peur du noir, mais son corps avait brusquement été parcouru d'une sensation désagréable. La salle à manger était plongée dans l'ombre. Quand il faisait jour, on y jouissait d'une vue sublime sur le lac de Thingvellir.

Karen avait allumé la lumière de la salle.

Quatre poutres imposantes traversaient le plafond de part en part et à l'une d'elles était pendu un corps qui lui tournait le dos.

Elle sursauta si violemment qu'elle heurta le mur et que sa tête se cogna contre le lambris. L'espace d'un instant, ses yeux se voilèrent de noir. Accroché à la poutre par une fine cordelette bleue, le cadavre se reflétait dans la vitre obscure de la fenêtre. Elle ignorait combien de temps s'était écoulé avant qu'elle n'ose s'approcher un peu plus près. L'environnement paisible du lac s'était, en un instant, transformé en une vision d'effroi que jamais elle n'oublierait. Chaque détail s'était gravé dans sa mémoire. Le tabouret de la cuisine, cet objet qui n'avait pas sa place dans la salle à manger au style épuré, couché sur le côté en dessous du cadavre. La couleur bleue de la cordelette. Le reflet dans la fenêtre du salon. L'obscurité posée sur les plaines de Thingvellir. Et ce corps immobile sous la poutre.

Elle s'était approchée avec précaution et avait découvert le visage gonflé et bleui. Son mauvais pressentiment s'était vérifié. C'était son amie. C'était Maria.

2

Le temps lui avait semblé étonnamment bref entre le moment de son appel et l'arrivée sur les lieux des secouristes, accompagnés d'un médecin et de policiers de la ville de Selfoss. L'affaire était entre les mains de la Criminelle de Selfoss, laquelle savait en tout et pour tout que la femme qui avait mis fin à ses jours venait de Reykjavik, qu'elle était domiciliée dans la banlieue de Grafarvogur, mariée, sans enfant.

Les hommes discutaient à voix basse à l'intérieur du chalet. Ils se tenaient, mal à l'aise, dans cette maison inconnue où un événement terrible venait de se produire.

– C'est vous qui nous avez appelés ? demanda un jeune policier.

On lui avait indiqué la femme qui avait découvert le cadavre, assise dans la cuisine, prostrée et les yeux fixés sur le sol.

– Oui, je m'appelle Karen.

– On peut contacter la cellule d'aide psychologique si…

– Non, je crois que… ça ira.

– Vous la connaissiez bien ?

– Je connaissais Maria depuis gamine. Elle m'avait prêté son chalet. J'avais l'intention d'y passer le week-end.

16

– Et vous n'avez pas vu sa voiture à l'arrière ? demanda le policier.

– Non, je pensais qu'il n'y avait personne. Puis j'ai remarqué que le lit n'avait pas été fait et quand je suis entrée dans la salle à manger… Je n'ai jamais vu ça. La pauvre Maria ! La pauvre fille !

– Quand lui avez-vous parlé pour la dernière fois ?

– Il y a quelques jours. Lorsqu'elle m'a prêté le chalet.

– Elle vous a dit qu'elle y serait ?

– Non, elle n'a rien dit. Elle m'a simplement dit que ça allait de soi qu'elle me le laissait pour le week-end. Que ça ne posait aucun problème.

– Et elle était… en forme ?

– Oui, c'est l'impression que j'ai eue. Quand je suis passée chercher la clef, elle m'a semblé dans son état normal.

– Donc, elle savait que vous alliez venir ici ?

– Oui. Qu'est-ce que vous voulez dire ?

– Qu'elle savait que vous alliez la trouver, précisa le policier.

Il avait pris un tabouret et s'était assis à côté d'elle pour lui parler. Elle lui attrapa le bras et le dévisagea.

– Vous pensez que… ?

– Il est possible qu'elle ait voulu que ce soit vous qui la trouviez, reprit le policier. Mais ce n'est qu'une hypothèse.

– Pourquoi aurait-elle voulu ça ?

– Ce n'est qu'une éventualité.

– En tout cas, elle savait que je passerais le week-end ici. Elle savait que je viendrais. Quand… quand est-ce qu'elle a fait ça ?

– Nous n'avons pas encore de conclusion définitive sur ce point, mais le médecin pense que ça a dû se produire hier soir au plus tard. Ça doit remonter à vingt-quatre heures tout au plus.

Karen se cacha le visage dans les mains.

– Mon Dieu, c'est tellement… c'est tellement irréel. Je n'aurais jamais dû lui demander de me prêter son chalet. Vous avez interrogé son mari ?

– Nos hommes sont en route. Ils habitent à Grafarvogur, c'est ça ?

– Oui, comment a-t-elle pu en arriver là ? Comment un être humain peut-il faire une chose pareille ?

– Il faut une bonne dose de détresse, répondit le policier en faisant signe au médecin de le rejoindre. Une âme qui vacille. Vous n'avez rien perçu de semblable chez elle ?

– Elle a perdu sa mère il y a deux ans, observa Karen. Cela l'a beaucoup affectée. Elle est morte d'un cancer.

– Je comprends, dit le policier.

Karen détourna le visage. Le policier lui demanda si le médecin pouvait faire quelque chose pour l'aider. Elle secoua la tête et répondit qu'elle allait bien, mais qu'elle avait envie de rentrer chez elle s'ils n'y voyaient pas d'objection. Cela ne posait aucun problème. Ils l'interrogeraient plus tard en cas de besoin.

Le policier l'accompagna jusqu'au parking devant le chalet et lui ouvrit la porte de la voiture.

– Vous êtes certaine que ça va aller ? s'inquiéta-t-il une fois encore.

– Oui, je suppose, répondit Karen. Merci beaucoup.

Il la regarda effectuer son demi-tour avant de s'éloigner. Quand il revint au chalet d'été, le cadavre avait été dépendu du plafond et allongé sur le sol. Il s'agenouilla à côté. La femme portait un tee-shirt blanc et un jean, elle était pieds nus. Ses cheveux bruns étaient coupés court, elle était mince et menue. Il ne distinguait aucune trace de lutte, ni sur ce corps ni à l'intérieur de la maison, rien que ce tabouret dont la femme s'était servie pour accrocher la corde à la poutre. On trouvait ce type de cordelette bleue dans n'importe quel magasin de bricolage. Elle avait laissé une profonde trace sur son cou gracile.

– Elle est morte par asphyxie, annonça le médecin de district après s'être entretenu avec les secouristes. Les cervicales n'ont pas été brisées, malheureusement. L'agonie aurait été moins longue. C'est la corde qui l'a étranglée en se serrant autour de sa gorge. Ça a duré un certain temps. Ils demandent s'ils peuvent emmener le corps.

– Combien de temps ? interrogea le policier.

– Deux minutes, peut-être moins. Ensuite, elle a perdu connaissance.

Le policier se leva et balaya le chalet du regard. Il ressemblait à une maison d'été islandaise tout ce qu'il y avait de plus banal, meublée d'un salon en cuir, d'une belle table de salle à manger et d'une cuisine aménagée récente. Les murs étaient couverts de livres. Il s'approcha de la bibliothèque où il vit les tranches en cuir des *Contes populaires* de Jon Arnason en cinq volumes. Des histoires de fantômes, pensa-t-il. Sur d'autres étagères, on trouvait de la littérature française, des romans islandais et divers objets, de la porcelaine ou de la faïence, ainsi que des photos dans leurs cadres, il lui semblait que trois d'entre elles représentaient la même femme à des âges divers. Sur les murs, des gravures, un petit tableau à l'huile et quelques aquarelles.

Il se dirigea vers ce qu'il pensait être la chambre du couple. On distinguait un creux sur l'un des côtés du lit. Des livres étaient posés sur la table de chevet. Au sommet de la pile, un recueil de poèmes de David Stefansson fra Fagraskogi, ainsi qu'un petit flacon de parfum.

S'il parcourait ainsi les lieux, ce n'était pas par simple curiosité. Il était à la recherche de traces de lutte, d'indices attestant que cette femme ne s'était pas rendue à la cuisine de son plein gré pour y prendre un tabouret, le placer sous la poutre, monter dessus et se passer la corde au cou. Tout ce qu'il découvrit n'indiquait rien d'autre qu'un décès discret, une mort presque polie.

Son collègue de la police de Selfoss vint l'interrompre.

– Alors, tu trouves quelque chose ? lui demanda-t-il.

– Rien. Il s'agit d'un suicide. C'est clair et net. Il n'y a pas le moindre élément qui indique le contraire. Elle a mis fin à ses jours.

– On dirait bien.

– Tu ne veux pas que je coupe la corde de la poutre avant notre départ ? Elle a un mari, non ?

– Oui, coupe-la. Son mari va revenir ici, sûrement.

Le policier ramassa la corde sur le sol et l'examina entre ses doigts. Le nœud coulant n'était pas des plus professionnels, il était maladroit et glissait difficilement. Il se dit qu'il parviendrait à un résultat nettement meilleur, mais on ne pouvait probablement pas exiger d'une femme de Grafarvogur qu'elle confectionne un objet pour se pendre plus parfait que celui-là. On n'avait pas du tout l'impression qu'elle s'était spécialement entraînée ou qu'elle avait planifié son acte avec méthode. C'était probablement un coup de folie passagère plutôt qu'une opération préméditée.

Il ouvrit la porte de la terrasse. Il suffisait de descendre deux marches et d'avancer de quelques pas pour rejoindre la rive du lac. Il avait gelé au cours des jours précédents et s'était couvert d'une fine pellicule de glace. Par endroits, elle atteignait la rive et formait comme une très mince vitre sous laquelle on voyait l'eau s'agiter.

3

Erlendur arriva au volant de sa voiture devant un banal pavillon de la banlieue de Grafarvogur, isolé au fond d'une impasse qui donnait sur une jolie rue résidentielle. Les maisons se ressemblaient toutes plus ou moins, peintes en blanc, en bleu, en rouge, avec leur garage et deux voitures garées devant. La rue était bien éclairée et proprette, les jardins soigneusement entretenus, l'herbe coupée, les arbres et les buissons taillés. On voyait des haies aux angles droits où qu'on pose le regard. Le pavillon paraissait un peu plus ancien que les autres constructions, il n'était pas dans le même style, n'avait ni bow-windows, ni colonnades prétentieuses devant l'entrée, ni véranda. Il était peint en blanc, surmonté d'un toit plat et, de la grande baie vitrée du salon, on voyait le Kollafjördur et la montagne Esja. Un charmant jardin joliment éclairé entourait la maison entretenue avec soin. Les buissons de potentille arbustive ou rampante, les roses sauvages et les pensées avaient été tués par l'automne.

Le froid des jours précédents avait été inhabituel, une bise piquante avait soufflé du nord. Le vent sec poussait les feuilles tombées des arbres le long de la rue et jusqu'au fond de l'impasse. Erlendur gara sa voiture et leva les yeux vers la maison. Il prit une profonde inspiration avant d'entrer. C'était le second suicide en une seule semaine. Peut-être était-ce l'automne et la perspective de l'hiver froid et sombre qui s'annonçait.

Comme d'habitude, c'était lui que la police de Reykjavik avait chargé de contacter le mari. Celle de Selfoss avait déjà décidé de confier l'affaire à la juridiction de la capitale afin qu'elle lui réserve le traitement adéquat, selon l'expression consacrée. Un pasteur avait été envoyé chez le mari. Les deux hommes étaient assis dans la cuisine lorsque Erlendur arriva. Ce fut le révérend qui vint lui ouvrir et l'accompagna jusqu'à la cuisine. Il se présenta comme le pasteur de la paroisse de Grafarvogur ; celui de Maria venait d'un autre quartier, mais on n'était pas parvenu à le joindre.

Baldvin, le mari, était assis, figé, à la table de la cuisine, vêtu d'une chemise blanche et d'un jean, mince mais solidement charpenté. Erlendur se présenta et le salua d'une poignée de main. Le pasteur se posta dans l'embrasure de la porte.

– Il faut que j'aille au chalet, déclara Baldvin.

– Oui, le corps a été… dit Erlendur en laissant sa phrase en suspens.

– On m'a dit que… commença Baldvin.

– On peut vous accompagner si vous voulez. Votre femme a été transférée à Reykjavik, à la morgue de Baronstigur. On a pensé que vous préféreriez qu'elle soit ici plutôt qu'à l'hôpital de Selfoss.

– Merci beaucoup.

– Il faudra que vous alliez l'identifier.

– Bien sûr. Évidemment.

– Elle était seule à Thingvellir ?

– Oui, elle est partie travailler là-bas il y a deux jours et devait revenir en ville ce soir. Elle m'a dit qu'elle rentrerait assez tard. Elle avait prêté le chalet à l'une de ses amies pour le week-end. Et elle allait peut-être attendre son arrivée.

– C'est son amie Karen qui l'a découverte. Vous la connaissez ?

– Oui.

– Et vous êtes resté ici, chez vous ?

– Oui.

– À quand remonte votre dernière conversation avec votre femme ?

– À hier soir. Avant qu'elle aille se coucher. Elle avait emporté son téléphone portable avec elle.

– Et elle ne vous a pas donné de nouvelles aujourd'hui ?

– Non, aucune.

– Elle ne vous attendait pas là-bas ?

– Non, on avait prévu de passer le week-end en ville.

– Mais elle attendait son amie ce soir, n'est-ce pas ?

– Oui, il me semble. Le pasteur m'a dit que Maria avait probablement… fait ça hier soir ?

– Le médecin doit encore définir l'heure du décès avec plus de précision.

Baldvin ne répondit rien.

– Elle avait déjà fait une tentative ? demanda Erlendur.

– Une tentative ? De suicide ? Non. Jamais.

– Vous aviez l'impression qu'elle allait mal ?

– Elle était un peu déprimée et triste, répondit Baldvin. Mais tout de même pas au point de… c'est…

Il éclata en sanglots.

Le pasteur lança un regard à Erlendur pour lui indiquer que cela suffisait pour l'instant.

– Excusez-moi, dit Erlendur en se levant. Nous reparlerons de tout cela plus tard. Vous voulez peut-être qu'on appelle quelqu'un qui pourrait rester avec

vous ? On peut aussi contacter la cellule d'aide psychologique ? On peut…

– Non, cela… Je vous remercie.

En partant, Erlendur traversa le salon où se trouvaient de grandes bibliothèques. Il avait remarqué la
présence d'une imposante jeep devant le garage à son
arrivée.

Qu'est-ce qui pouvait pousser quelqu'un à vouloir
mourir et quitter un tel foyer ? pensa-t-il. Il n'y avait
donc rien ici pour vous donner envie de vivre ?

Il savait bien que les réflexions de ce genre étaient
vaines. L'expérience montrait que les suicides étaient
parfaitement imprévisibles et indépendants des conditions financières du foyer. Ils suscitaient souvent la
plus grande des surprises. Ils touchaient des gens de
tout âge, des jeunes, des gens d'une cinquantaine
d'années et des vieillards qui, un jour, décidaient
d'écourter leur vie. Parfois, ils avaient derrière eux une
longue série de dépressions et de tentatives ratées.
Dans d'autres cas, leur geste prenait leurs amis et leurs
familles au dépourvu. On n'imaginait pas qu'il souffrait à ce point. Elle ne disait jamais rien. Comment
aurions-nous pu savoir ? Les proches restaient là,
accablés de douleur, avec des regards interrogateurs,
incrédules, et un tremblement terrifié dans la voix :
pourquoi ? J'aurais dû le voir arriver ? J'aurais dû être
plus attentif ?

Baldvin raccompagna Erlendur à la porte.

– Je crois savoir que Maria a perdu sa mère il y a
quelque temps.

– En effet.

– Et son décès l'a beaucoup affectée ?

– Oui, ç'a été un gros choc pour elle, répondit le
mari. Il n'empêche que c'est incompréhensible. Même

24

si elle était légèrement déprimée ces derniers temps, son geste est inexplicable.

– Évidemment, fit Erlendur.

– Naturellement vous êtes confrontés à des cas semblables, n'est-ce pas ? interrogea Baldvin. Des suicides ?

– Nous en avons toujours quelques-uns, répondit Erlendur. Malheureusement.

– Est-ce que… Elle a souffert ?

– Non, répondit Erlendur, sans hésiter. Elle n'a pas souffert.

– Je suis médecin, informa Baldvin. C'est inutile de me mentir.

– Je ne vous mens pas, répondit Erlendur.

– Ça faisait sacrément longtemps qu'elle était déprimée, reprit Baldvin, mais elle n'a jamais voulu d'aide. Elle aurait peut-être dû aller voir quelqu'un. Peut-être que j'aurais dû mieux mesurer l'épreuve qu'elle traversait. Elle était très proche de sa mère. Elle ne parvenait pas à accepter son décès. Leonora n'avait que soixante-cinq ans, elle est morte dans la fleur de l'âge. Emportée par un cancer. Maria s'est occupée d'elle jusqu'au bout et je ne suis pas certain qu'elle s'était remise de sa mort. Leonora n'avait pas d'autre enfant à part elle.

– On imagine sans peine que c'était pour elle un lourd fardeau à porter.

– C'est peut-être difficile de se mettre à sa place, remarqua Baldvin.

– Oui, évidemment, convint Erlendur. Et son père ?

– Il est mort lui aussi.

– Elle était croyante ? demanda Erlendur, en regardant la statuette de Jésus sur la commode du vestibule. À côté était posé un exemplaire de la Bible.

– Oui, répondit le mari. Elle allait à l'église. Elle

était beaucoup plus croyante que moi. Et sa foi se renforçait avec les années.

– Et vous, vous ne croyez pas ?

– Je ne dirais pas ça, non. Baldvin poussa un profond soupir. C'est… tout ça est tellement irréel, excusez-moi, mais je…

– Oui, excusez-moi, j'ai terminé, déclara Erlendur.

– Dans ce cas, je vais descendre à la morgue de Baronstigur.

– Parfait. Le corps sera examiné par un médecin légiste. C'est la procédure habituelle dans les cas comme celui-ci.

– Je comprends, conclut Baldvin.

La maison se retrouva bientôt déserte. Erlendur suivit la voiture du pasteur et de Baldvin. Alors qu'il quittait l'accès du garage, il jeta un œil dans le rétroviseur et crut voir bouger les rideaux du salon. Il posa son pied sur le frein et regarda longuement dans le rétroviseur. Il ne décela pas le moindre mouvement à la fenêtre. Il était persuadé d'avoir mal vu lorsqu'il leva le pied du frein pour continuer sa route.

Maria ne supportait aucune compagnie au cours des premières semaines et des mois qui avaient suivi le décès de Leonora. Elle ne voulait pas de visites et avait cessé de répondre au téléphone. Baldvin avait pris deux semaines de congé, mais plus il voulait en faire pour elle, plus elle exigeait qu'on la laisse tranquille. Il lui avait procuré des médicaments contre cette dépression et cette torpeur, mais elle les avait refusés. Il connaissait un psychiatre disposé à la prendre en consultation, mais elle avait dit non. Elle affirmait qu'elle allait se sortir toute seule de son deuil. Cela prendrait du temps et il faudrait qu'il soit patient. Elle avait déjà réussi une fois avant et elle y parviendrait à nouveau maintenant.

Elle reconnaissait cette angoisse, cette mélancolie, ce manque d'allant, cet état d'apesanteur et cet épuisement mental qui la privaient de son énergie en la rendant indifférente à tout ce qui ne concernait pas l'univers intime qu'elle s'était forgé sur le terreau de sa souffrance. Nul n'était autorisé à poser le pied dans cet univers-là. Elle avait déjà été confrontée à cela après le décès de son père. Mais alors, elle avait encore sa mère, qui était pour elle une force inépuisable. Maria avait constamment rêvé de son père les premières années après son décès et nombre de ces rêves se transformaient en des cauchemars qui ne lui laissaient aucun répit. Elle avait souffert d'hallucinations. Il se manifestait à elle avec une telle intensité qu'elle avait parfois l'impression qu'il était encore en vie. Qu'il n'était pas mort. La journée, elle percevait sa présence et jusqu'à l'odeur de ses cigares. Par moments, il lui semblait qu'il était à ses côtés et observait chacun de ses mouvements. Elle n'était encore qu'une enfant et s'imaginait qu'il lui rendait visite depuis un autre monde.

Leonora, sa mère, était réaliste ; elle lui affirmait que ces visions, ces bruits qu'elle entendait et ces odeurs qu'elle percevait étaient simplement dus au deuil, ils étaient sa réaction au décès de son père. Ils étaient très proches et sa mort avait été un tel choc pour elle que son subconscient le rappelait à la vie : parfois, il suscitait son image, parfois une odeur attachée à sa personne. Leonora parlait d'un œil intérieur doté d'une telle puissance qu'il avait la capacité de donner à ses visions l'illusion de la vie. Le choc l'avait rendue fragile, ses sens étaient vacillants et exacerbés, ils engendraient des hallucinations qui disparaîtraient avec le temps.

– Mais si ce n'était pas cet œil intérieur dont tu me parlais constamment ? Si ce que j'ai vu à la mort de papa était une chose qui se trouve à la frontière entre deux mondes ? Peut-être qu'il voulait entrer en contact avec moi ? Me dire quelque chose ?

Maria était assise sur le bord du lit de sa mère. Les deux femmes avaient discuté de la mort de manière directe, lorsqu'il était évident que le destin de Leonora était scellé.

– J'ai lu tous ces livres que tu m'as apportés sur cette fameuse lumière et ce tunnel, avait observé Leonora. Il y a peut-être un fond de vérité dans ce que racontent ces gens. À propos du tunnel qui mène à l'éternité. De la vie éternelle. Je ne vais plus tarder à le savoir.

– Il y a tellement de descriptions précises, avait répondu Maria. À propos de gens qui sont morts et sont revenus. Qui ont approché la mort au plus près. Des descriptions sur la vie après la mort.

– On a discuté de ça tellement souvent...

– Pourquoi ne seraient-elles pas vraies ? Au moins certaines d'entre elles ?

Les yeux mi-clos, Leonora avait regardé sa fille accablée, assise à ses côtés. La maladie avait presque plus affecté Maria que la malade elle-même. L'imminence de la mort de sa mère lui était insupportable. Quand Leonora partirait, elle se retrouverait seule.

– Je n'y crois pas parce que je suis réaliste.

Elles étaient restées un long moment à garder le silence. Maria baissait la tête et Leonora s'assoupissait par intermittence, épuisée par une lutte de deux ans contre le cancer qui avait maintenant remporté la victoire.

– Je t'enverrai un signe, avait-elle murmuré, les yeux entrouverts.

– Un signe ?

Leonora esquissa un sourire à travers la torpeur que lui causaient les médicaments.

– Nous allons procéder très... simplement.

– De quoi parles-tu ? avait interrogé Maria.

– Il faut que ce soit... il faudra que ce soit tangible. Il ne pourra s'agir d'un rêve ou d'une perception vague et indéchiffrable.

– Tu parles de m'envoyer un signe depuis l'au-delà ?

Leonora avait hoché la tête.

– Pourquoi pas ? Si la vie après la mort est autre chose qu'une chimère…

– Comment t'y prendras-tu ?

Leonora semblait dormir.

– Tu connais… mon œuvre préférée… en littérature.

– Proust.

– Ça… ça sera… enfin, ouvre l'œil.

Leonora avait attrapé la main de sa fille.

– Sur Proust, avait-elle conclu, épuisée, avant de finalement s'endormir. Le soir même, elle était tombée dans le coma. Elle était morte deux jours plus tard, sans reprendre conscience.

Trois mois après l'enterrement de Leonora, Maria s'était éveillée en sursaut au milieu de la matinée et elle avait quitté sa chambre. Baldvin partait travailler tôt le matin, elle était seule chez elle, fatiguée par les mauvais rêves de la nuit, épuisée par cette immense tristesse qui durait depuis si longtemps et par cette tension permanente. Alors qu'elle s'apprêtait à aller dans la cuisine, elle avait eu l'impression qu'elle n'était pas seule.

Croyant d'abord qu'un cambrioleur s'était introduit dans la maison, elle avait parcouru les lieux avec des yeux terrifiés. Elle avait crié, demandé s'il y avait quelqu'un, dans l'espoir que cela fasse déguerpir l'intrus.

Elle s'était figée en percevant dans l'air un soupçon du parfum de sa mère.

Le regard de Maria était fixe. Dans la pénombre du salon, à côté de la bibliothèque, elle avait distingué Leonora et cette dernière lui parlait. Elle n'avait pas compris ce qu'elle lui disait.

Elle avait longuement fixé sa mère, sans se risquer au moindre mouvement, jusqu'à ce qu'elle disparaisse aussi subitement qu'elle était apparue.

4

Erlendur alluma la lumière de la cuisine en rentrant chez lui. Un tempo sourd provenait de l'étage du dessus. Un jeune couple y avait récemment emménagé. Ils écoutaient une musique très bruyante tous les soirs, ils mettaient parfois le volume à fond et organisaient des fêtes les week-ends. Leurs invités montaient et descendaient les marches d'un pas martelé parfois accompagné de cris et de bruits divers. Le couple avait reçu des plaintes de la part des habitants, ils avaient promis de faire amende honorable, promesse pour l'instant non tenue. Dans l'esprit d'Erlendur, ce que le couple écoutait n'était pas précisément de la musique, mais plutôt une répétition permanente du même martèlement entêtant, entrecoupé de vacarme hurlant.

Il entendit quelqu'un frapper à la porte.

– J'ai vu de la lumière chez toi, déclara Sindri Snaer, son fils, lorsque son père lui ouvrit.

– Entre, j'étais parti à Grafarvogur.

– Tu y as trouvé quelque chose d'intéressant ? demanda Sindri en refermant derrière lui.

– Il y a toujours quelque chose d'intéressant, répondit Erlendur. Je t'offre un café ? Autre chose ?

– Juste de l'eau, dit Sindri en sortant son paquet de cigarettes. Je suis en vacances. J'ai pris deux semaines. Il leva les yeux vers le plafond et tendit l'oreille pour

31

écouter le rock qu'Erlendur avait oublié. C'est quoi ce boucan ?

– De nouveaux voisins, lui cria Erlendur depuis la cuisine. Tu as eu des nouvelles d'Eva Lind ?

– Pas récemment. Elle s'est plus ou moins disputée avec maman l'autre jour, je ne sais pas exactement pourquoi.

– Disputée avec votre mère ? répéta Erlendur, posté à la porte de la cuisine. À quel sujet ?

– J'ai cru comprendre que c'était à cause de toi.

– Comment peuvent-elles se disputer à cause de moi ?

– Tu n'as qu'à lui demander.

– Elle travaille ?

– Oui.

– Elle se drogue toujours ?

– Non, je ne crois pas. Mais bon, elle refuse de venir avec moi aux réunions.

Erlendur savait que Sindri assistait aux réunions des Alcooliques anonymes et qu'il les considérait comme bénéfiques. En dépit de son jeune âge, il avait connu de graves problèmes d'alcool et de drogue, mais il avait tourné de lui-même la page et fait ce qu'il fallait pour maîtriser sa dépendance. Sa sœur Eva n'avait pas consommé de drogue dernièrement, mais elle ne voulait pas entendre parler de cure de désintoxication ou de groupes de parole, elle pensait pouvoir s'en sortir sans aucune aide extérieure.

– Qu'est-ce qui s'est passé à Grafarvogur ? demanda Sindri. Il s'est passé quelque chose là-bas ?

– Un suicide, répondit Erlendur.

– Un crime ou bien… ?

– Non, un suicide n'est pas un crime, sauf peut-être envers ceux qui restent, nota Erlendur.

– J'ai connu un gars qui s'est tué, dit Sindri.

– Ah bon ?

– Oui, un certain Simmi.

– Qui était-ce ?

– Un type bien. On travaillait ensemble à la ville. Un gars très calme qui ne disait jamais rien. Puis, un jour, il s'est pendu. Au boulot. On avait un hangar et il a fait ça à l'intérieur. C'est le contremaître qui l'a découvert et qui a décroché le corps.

– Vous avez su pourquoi il a fait ça ?

– Non. Il vivait chez sa mère. Un jour, je suis sorti me prendre une cuite avec lui. Il n'avait jamais rien bu, il n'a pas arrêté de vomir. Sindri secoua la tête. Simmi, conclut-il, drôle de gars.

À l'étage supérieur, le tempo infernal de la sono semblait ne jamais devoir s'arrêter.

– Tu n'as pas l'intention de faire quelque chose ? interrogea Sindri, les yeux levés au plafond.

– Ils n'écoutent rien dans cette bande, répondit Erlendur.

– Tu veux que j'aille leur parler ?

– Toi ?

– Je peux leur demander d'éteindre cette saloperie. Si tu veux.

Erlendur s'accorda un instant de réflexion.

– Tu peux toujours essayer, trancha-t-il. J'ai la flemme de monter les voir. Pourquoi elles se sont disputées, Eva et ta mère ?

– Je ne me mêle pas de ça, répondit Sindri. Ce suicide à Grafarvogur avait quelque chose de suspect ?

– Non, c'est juste un de ces événements malheureux. Un des pires qui peuvent arriver. Le mari était à la maison quand sa femme a mis fin à ses jours dans leur chalet d'été.

– Il ne savait rien ?

– Non.

33

Peu après le départ de Sindri, le vacarme à l'étage du dessus se tut d'un coup. Erlendur leva les yeux vers le plafond. Puis il se rendit dans le couloir et ouvrit la porte. Il appela Sindri Snaer dans la cage d'escalier, mais ce dernier était parti.

Quelques jours plus tard, Erlendur reçut les conclusions du légiste à propos du cadavre transféré depuis Thingvellir. Elles n'indiquaient rien d'anormal : à l'exception de ce décès par pendaison, le corps ne portait pas de contusions et le sang ne contenait aucune substance étrangère. Maria était solide et ne souffrait d'aucune maladie. La biologie n'expliquait en rien les raisons pour lesquelles elle avait choisi de mettre elle-même fin à ses jours.

Erlendur se rendit chez Baldvin, le mari, pour lui présenter les conclusions du légiste. Il monta en voiture jusqu'à Grafarvogur dans l'après-midi et frappa à la porte. Il était accompagné d'Elinborg, à toutes fins utiles. Elle n'en brûlait pas franchement d'envie et lui avait répondu qu'elle était assez occupée comme ça. Sigurdur Oli était en congé maladie, il était chez lui, grippé. Erlendur regarda sa montre.

Baldvin les invita au salon. Il avait pris des vacances pour une durée indéterminée. Sa mère avait passé deux jours avec lui, mais elle était repartie. Ses collègues et ses amis étaient venus lui rendre visite ou lui avaient transmis des messages de sympathie. Il s'était occupé de l'enterrement et savait que certains écriraient des notices à la mémoire de sa femme, qui seraient publiées dans la presse. Il raconta tout cela à Elinborg et Erlendur pendant qu'il préparait le café. Il semblait légèrement engourdi, faisait toute chose avec lenteur, mais paraissait équilibré. Erlendur lui détailla les conclusions de l'autopsie. Le décès de sa femme était enregistré comme un suicide. Il lui témoigna une nouvelle fois sa sympathie. Elinborg se montrait peu loquace.

– Ç'a dû être un réconfort pour vous d'être entouré dans une situation aussi difficile, observa Erlendur.

– Mes sœurs et ma mère sont aux petits soins avec moi, acquiesça Baldvin. Mais, parfois, c'est bon aussi de se retrouver seul.

– Oui, je ne vous le fais pas dire, confirma Erlendur. Pour certains d'entre nous, c'est le meilleur des traitements possibles.

Elinborg lui lança un regard. Erlendur préférait la solitude à toute autre chose dans la vie. Elle se demandait ce qu'elle était venue faire avec lui dans cette maison. Il s'était contenté de lui dire qu'il devait informer cet homme des conclusions du légiste. Qu'ils n'en auraient pas pour bien longtemps. Et voilà maintenant qu'il commençait à discuter avec lui comme avec un ami de longue date.

– On se sent toujours coupable, observa Baldvin. J'ai l'impression que j'aurais dû faire quelque chose. Que j'aurais pu mieux faire.

– Ce sont des réactions normales, répondit Erlendur. On connaît bien cela dans notre profession. En général, les proches ont déjà tenté bien des choses, si ce n'est tout, dans ce genre de situation.

– Je ne l'ai pas vu venir, poursuivit le mari. Je vous assure. De ma vie, je n'ai jamais eu un choc aussi grand que lorsque j'ai appris ce qu'elle avait fait. Vous n'imaginez pas à quel point. Je suis habitué à bien des choses en tant que médecin mais quand… quand ce type d'événement se produit… Je crois bien que personne ne peut être préparé à ça.

Il semblait éprouver le besoin de parler. Il leur raconta qu'il avait connu sa femme à l'université. Maria étudiait l'histoire et le français. Pour sa part, il avait touché au théâtre au lycée et passé quelque temps au cours d'art dramatique avant de s'engager dans une autre voie et de s'inscrire en médecine.

– Elle était historienne de profession ? interrogea Elinborg, qui possédait un diplôme de géologie mais n'avait jamais exercé dans ce domaine.

– En effet, répondit Baldvin. Elle travaillait ici, à la maison. On a un bureau en bas. Elle enseignait un peu, signait parfois des contrats avec des institutions ou des entreprises, se consacrait à la recherche et écrivait des articles.

– Quand vous êtes-vous installés à Grafarvogur ? demanda Erlendur.

– On a toujours vécu ici, répondit Baldvin en parcourant le salon du regard. Je suis venu m'installer avec elle et Leonora alors que j'étais encore étudiant. Maria était fille unique, elle a hérité au décès de sa mère. Cette maison a été bâtie avant l'existence du plan d'urbanisme, bien avant qu'on ne se mette à construire le reste du quartier. Elle est légèrement à l'écart, comme vous avez pu le remarquer.

– Elle semble plus ancienne que les autres, convint Elinborg.

– Leonora est morte ici, poursuivit Baldvin. Dans une des chambres. Trois ans ont passé entre le moment où on a diagnostiqué son cancer et son décès. Elle ne voulait surtout pas qu'on la mette à l'hôpital, elle désirait mourir chez elle. C'est Maria qui s'est occupée d'elle tout ce temps.

– Ça a dû être très difficile pour votre femme, observa Erlendur. Vous m'avez dit qu'elle était croyante.

Il remarqua qu'Elinborg regardait sa montre à la dérobée.

– En effet. Elle avait conservé sa foi d'enfant. Elle et sa mère ont beaucoup discuté de religion, après que

Leonora était tombée malade. Leonora était le genre de femme ouverte. Elle parlait de sa maladie sans contrainte et aussi de la mort. Je crois que ça l'a aidée à surmonter la douleur. Je crois qu'elle a quitté ce monde en paix. Tout du moins, aussi résignée que peuvent l'être les gens confrontés à un tel destin. C'est un phénomène que j'ai pu observer dans ma profession. Personne ne se résigne vraiment à s'en aller de cette façon, mais il est possible de partir en paix avec soi-même et avec les siens.

– Vous voulez dire que sa fille, elle aussi, est partie en paix ?

Baldvin s'accorda un moment de réflexion.

– Je ne sais pas. Je doute que quiconque commettant le geste qu'elle a commis puisse quitter ce monde en paix.

– Mais la mort lui était familière.

– Oui, depuis toujours, je crois, répondit Baldvin.

– Et qu'en est-il de son père ?

– Il est décédé depuis longtemps.

– Oui, vous me l'avez déjà dit.

– Je ne l'ai jamais connu. Elle n'était encore qu'une petite fille.

– Comment est-il mort ?

– Il s'est noyé pas loin de leur chalet d'été à Thingvellir. Il est tombé d'une petite barque. Il faisait très froid, c'était un gros fumeur et un sédentaire et… il s'est noyé.

– C'est affreux de perdre un de ses parents si jeune, glissa Elinborg.

– Maria était avec lui, ajouta Baldvin.

– Votre femme ?

– Elle n'avait que dix ans. Ça l'a beaucoup affectée. Je crois bien qu'elle ne s'en est jamais complètement remise, qu'elle n'a jamais fait le deuil. Quand ensuite sa mère a été emportée par ce cancer, elle en a été doublement accablée.

– Elle a dû supporter bien des choses, commenta Elinborg.

– En effet, elle a enduré bien des choses, confirma Baldvin, en contemplant ses mains.

5

Quelques jours plus tard, assis dans son bureau devant une tasse de café, Erlendur relisait un ancien rapport concernant une affaire de disparition quand on vint l'informer que quelqu'un demandait à le voir à l'accueil, une certaine Karen. Il se souvenait que c'était le prénom de l'amie de Maria, celle qui l'avait découverte à Thingvellir. Il quitta son bureau pour aller à sa rencontre. À l'accueil l'attendait une femme vêtue d'un jean et d'une veste en cuir marron sous laquelle elle portait un épais pull-over à col roulé blanc.

– Je voulais vous parler de Maria, lui déclara-t-elle après les salutations d'usage. C'est vous qui êtes chargé de cette affaire, n'est-ce pas ?

– En effet, mais on ne peut pas franchement parler d'affaire, nous avons déjà…

– Pourrais-je venir m'asseoir un moment avec vous dans votre bureau ?

– Rappelez-moi de quelle façon vous vous êtes connues ?

– Maria était une amie d'enfance, précisa Karen.

– Ah oui, c'est vrai.

Erlendur l'invita dans son bureau où elle s'installa face à lui. Elle ne retira pas sa veste en cuir, malgré la chaleur qui régnait dans la pièce.

– Nous n'avons rien décelé d'anormal, commença-t-il, si c'est le genre de chose que vous cherchez.

– Je n'arrive pas à la chasser de mon esprit, répondit Karen. Je pense à elle tous les jours. Vous ne pouvez pas savoir le choc que son geste a été pour moi. Et celui que j'ai eu en la découvrant dans cet état. Elle n'a jamais évoqué ce genre de chose avec moi et, pourtant, elle me racontait tout. On était non seulement amies, mais aussi confidentes. Si quelqu'un connaissait Maria, c'était bien moi.

– Et alors ? Vous avez l'impression qu'elle n'aurait jamais été capable de se suicider ?

– Exactement, répondit Karen.

– Que s'est-il passé, d'après vous ?

– Je n'en sais rien, mais jamais elle n'aurait pu faire ça.

– Qu'est-ce qui vous le fait dire ?

– Je le dis parce que je le sais. Je la connaissais et je suis sûre qu'elle ne se serait jamais suicidée.

– Les suicides prennent en général les proches au dépourvu et ce n'est pas parce qu'elle ne vous a rien dit que cela exclut qu'elle ait mis fin à ses jours. Nous n'avons aucun élément indiquant le contraire.

– Je trouve par ailleurs un peu étrange qu'il ait choisi la crémation, reprit Karen.

– Comment ça ?

– Les cendres sont déjà en terre. Vous l'ignoriez peut-être ?

– En effet, je ne le savais pas, répondit Erlendur tout en comptant dans sa tête les jours écoulés depuis la première fois qu'il s'était rendu à cette maison de Grafarvogur.

– Je ne l'ai jamais entendue dire qu'elle souhaitait être incinérée, poursuivit Karen. Jamais.

– Elle vous aurait confié ce genre de chose ?

– Je pense, oui.

– Il vous est arrivé de parler de vos enterrements…
de ce que vous vouliez qu'on fasse de vos corps, une
fois disparues ?

– Non, répondit Karen, d'un air buté.

– Par conséquent, vous ne disposez d'aucun élément qui vous permettrait d'affirmer qu'elle voulait
être incinérée ou le contraire ?

– Non, mais je le sais. Je connaissais Maria.

– Vous connaissiez Maria et vous êtes en train de
me dire, ici, de façon formelle, au commissariat, que
vous trouvez que le décès de cette femme a quelque
chose de suspect, c'est bien ça ?

Karen s'accorda un instant de réflexion.

– Tout cela me semble très étrange.

– Mais vous n'avez aucun élément permettant
d'étayer vos soupçons et de prouver qu'il s'est effectivement produit des choses anormales.

– Non.

– Dans ce cas, nous ne pouvons pas grand-chose,
observa Erlendur. Vous savez si leur couple allait
bien ?

– Oui.

– Et ?

– Il allait bien, répondit Karen, réticente.

– Donc, vous ne pensez pas que son mari ait joué
un rôle quelconque dans le drame ?

– Non. Peut-être qu'en revanche quelqu'un est venu
frapper à sa porte à Thingvellir. Il y a toutes sortes de
gens qui traînent là-bas. Des étrangers. Vous avez
enquêté de ce côté-là ?

– Nous n'avons rien qui aille dans ce sens, précisa
Erlendur. Maria avait prévu de vous accueillir ?

– Non, on n'avait pas évoqué cette éventualité,
répondit Karen.

– Baldvin nous a affirmé qu'elle avait l'intention de vous attendre.

– Pourquoi croyez-vous qu'elle lui ait dit ça ?

– Peut-être pour avoir la paix, dit Erlendur.

– Baldvin vous a parlé de Leonora, sa mère ?

– Oui, répondit Erlendur. Il m'a dit que son décès avait causé une immense douleur à sa fille.

– Leur relation était exceptionnelle, reprit Karen. Je n'ai jamais vu deux êtres aussi proches l'un de l'autre, nulle part. Vous croyez aux rêves ?

– Sauf votre respect, je ne suis pas sûr que cela vous regarde, rétorqua Erlendur.

Il était surpris par la fougue de cette femme. Cependant, il comprenait la nature de la force qui la poussait. Son amie proche avait commis un acte qui, dans sa tête, était inconcevable. Si Maria allait aussi mal que cela, Karen aurait dû le savoir, elle aurait dû agir pour y remédier. Désormais, maintenant qu'il était trop tard, elle voulait tout de même agir, adopter une position claire face à cette tragédie.

– Et à la vie après la mort ? risqua Karen.

Erlendur secoua la tête.

– Je ne sais pas ce que vous…

– Maria, elle, y croyait. Elle croyait aux rêves, croyait qu'ils pouvaient lui dire quelque chose, la guider. Et elle croyait à la vie éternelle. Erlendur garda le silence. Sa mère lui avait dit qu'elle lui enverrait un message, poursuivit Karen. Vous savez, au cas où elle aurait continué à vivre.

– Eh bien, non, je ne vous suis pas vraiment, répondit Erlendur.

– Maria m'a confié que Leonora avait l'intention de se manifester à elle si ce dont elles avaient tant parlé à la fin se vérifiait. S'il existait une vie après la mort. Elle voulait lui envoyer un signe depuis l'au-delà.

Erlendur toussota.

– Un signe de l'au-delà ?

– Oui, si jamais il y avait une vie après la mort.

– Vous savez de quoi il s'agissait ? Quel genre de signe comptait-elle lui envoyer ? Karen ne lui répondit pas. Et elle l'a fait ? s'entêta Erlendur.

– Quoi donc ?

– Elle s'est manifestée à sa fille depuis l'au-delà ?

Karen fixa longuement Erlendur.

– Vous me prenez pour une idiote, n'est-ce pas ?

– Je ne me le permettrais pas, observa Erlendur. Je ne vous connais pas du tout.

– Vous croyez que je vous raconte des sornettes !

– Non, mais je ne vois pas en quoi cela concerne la police. Vous pouvez peut-être me le dire ? Des messages en provenance de l'au-delà ! Comment pourrait-on enquêter sur une telle affaire ?

– Il me semble que le moins que vous puissiez faire est d'écouter ce que j'ai à vous dire.

– Et, en effet, je vous écoute, rétorqua Erlendur.

– Non, vous ne m'écoutez pas. Karen ouvrit son sac à main pour en sortir une cassette qu'elle posa sur le bureau. Peut-être ceci vous y aidera-t-il, ajouta-t-elle.

– Qu'est-ce que c'est ?

– Écoutez-la, ensuite, contactez-moi. Écoutez ça et dites-moi ce que vous en pensez.

– Je ne peux pas...

– Ne le faites pas pour moi, précisa Karen. Faites-le pour Maria. Après ça, vous saurez exactement ce qu'elle ressentait. Karen se leva. Faites-le pour Maria, conclut-elle avant de prendre congé.

Quand Erlendur rentra chez lui le soir, il avait apporté la bande magnétique avec lui. Elle ne portait aucune inscription, c'était une cassette audio des plus banales. Erlendur avait une radiocassette antique. Ne s'étant toujours servi que de la radio, il ignorait si le lecteur fonctionnait. Il resta longuement immobile la bande à la main à se demander s'il devait ou non l'écouter.

Il trouva l'appareil, ouvrit le compartiment et y introduisit la cassette. Puis il le mit en route. Au début, on ne percevait aucun bruit. Quelques secondes s'écoulèrent, toujours rien. Erlendur s'attendait à entendre la musique préférée de la défunte, probablement une pièce sacrée étant donné l'inclination que Maria avait pour la religion. On entendait ensuite de légers craquements, puis l'appareil se mit à réciter.

– ... après être tombé en transe, dit la voix grave masculine enregistrée sur le support.

Erlendur augmenta le son.

– Après cela, je n'ai même plus conscience d'exister, poursuivit l'homme. Ce sont les morts qui choisissent de s'exprimer à travers moi ou qui me montrent des choses. Je ne suis que l'instrument dont ils se servent pour entrer en contact avec ceux qui leur sont chers. Ça peut durer plus ou moins longtemps, ça dépend de la qualité du contact.

– Oui, je comprends, répondit une voix féminine fluette.

– Vous avez apporté ce que je vous ai demandé ?

– Je suis venue avec un gilet qu'elle aimait beaucoup et une bague que mon père lui a offerte et qu'elle ne quittait jamais.

– Merci beaucoup. Je vais les prendre dans ma main.

– Je vous en prie.

– Rappelez-moi de vous remettre l'enregistrement quand ce sera terminé. Vous l'avez oublié, l'autre jour. Ça arrive parfois qu'on ait la tête ailleurs.

– C'est vrai.

– Allons, voyons ce que ça donne. Vous avez peur ? Vous m'avez confié que ça vous impressionnait. Certains redoutent les choses que ce genre de séance peut dévoiler.

– Non, ce n'est plus mon cas. En fait, je n'avais pas vraiment peur, c'était seulement quelques réserves. Je n'ai jamais fait cela avant.

Un long silence.

– Je vois de l'eau qui scintille.

Silence.

– C'est l'été, je vois des buissons, des arbustes et de l'eau qui scintille. On dirait que c'est un lac qui miroite au soleil.

– Oui.

– Il y a une barque sur l'eau, ça vous dit quelque chose ?

– Oui.

– Une petite barque.

– Oui.

– Elle est vide.

– Oui.

– Ça vous dit quelque chose ? Cette barque vous dit quelque chose ?

– Mon père avait une petite barque. Et nous avons un chalet d'été sur les bords du lac de Thingvellir.

Erlendur éteignit l'appareil. Il avait compris qu'il s'agissait de l'enregistrement d'une séance chez un médium, il était convaincu que cette femme à la voix fluette était celle qui s'était ôté la vie. Il n'avait pourtant aucune certitude en la matière, si ce n'est que le mari de l'intéressée lui avait confié que son beau-père s'était noyé dans le lac de Thingvellir. D'une certaine manière, il lui semblait étrange d'entendre la voix de cette femme, il avait l'impression de s'introduire par

45

effraction dans la vie privée des autres. Il resta un long moment immobile à côté de l'appareil, jusqu'à ce que sa curiosité l'emporte sur ses doutes et qu'il remette la cassette en route.

– Je sens une odeur de cigare, déclara le médium. Est-ce qu'il fumait ?

– Oui, énormément.

– Il veut que vous soyez prudente.

– Merci bien.

Les paroles de la femme furent suivies d'un long silence qu'Erlendur écouta avec attention. On ne percevait plus que le léger grésillement du magnétophone. Puis, brusquement, le médium se remit à parler, avec une voix tout à fait différente, caverneuse, brutale et éraillée.

– Méfie-toi ! Tu ne sais pas ce que tu fais !

Erlendur fut abasourdi par la brutalité du ton. Puis, la voix changea à nouveau.

– Tout va bien ? s'inquiéta le médium.

– Oui, je crois, répondit la voix fluette. Qu'est-ce que c'était… ?

La femme hésitait.

– Vous avez reconnu quelque chose de familier ? demanda le médium.

– Oui.

– Parfait, je… Pourquoi est-ce que j'ai si froid… ? Je claque des dents.

– J'ai entendu une autre voix…

– Une autre ?

– Oui, mais pas la vôtre.

– Et que disait-elle ?

– Elle m'a dit de me méfier.

– Je ne sais pas, répondit le médium. Je ne me souviens plus de rien.

– Elle m'a rappelé…

– Oui ?

– Elle m'a rappelé mon père.

– Mais ce froid… ce froid que je ressens ne vient pas de là-bas. Il vient directement de vous. Il porte en lui un danger. Un danger contre lequel vous devez vous protéger.

Erlendur tendit le bras vers l'appareil pour l'éteindre. Il n'osait pas se risquer à en écouter davantage. Il trouvait que c'était inconvenant. Cet enregistrement recelait des choses qui ébranlaient sa conscience. Il avait l'impression d'écouter aux portes. Il ne pouvait profaner la mémoire de cette femme en espionnant ainsi son passé.

6

Le vieil homme l'attendait dans le hall. Autrefois, il passait au commissariat accompagné de sa femme, mais cette dernière étant décédée, c'était désormais seul qu'il rencontrait Erlendur. Le couple venait régulièrement le voir à son bureau depuis bientôt trente ans, d'abord chaque semaine, puis une fois par mois, ensuite la fréquence de leurs visites s'était espacée à quelques fois par an, à une fois par an et, pour finir, à une fois tous les deux ou trois ans, le jour de l'anniversaire de leur fils. Depuis tout ce temps, Erlendur avait appris à bien les connaître, eux et cette douleur qui les poussait à venir le voir. Le plus jeune de leurs fils, David, avait disparu de leur domicile en 1976 et ils étaient sans nouvelles de lui depuis.

Erlendur salua le vieil homme d'une poignée de main et l'invita à le suivre dans son bureau. En cours de route, il lui demanda comment ça allait. L'homme lui répondit qu'il était entré en maison de retraite depuis un certain temps et que ça ne lui plaisait pas beaucoup. Il n'y a que des vieux, a-t-il regretté. Il était venu au commissariat en taxi et demanda à Erlendur s'il pourrait lui en appeler un autre une fois qu'ils auraient terminé.

– Je vous ferai raccompagner, répondit Erlendur en lui ouvrant la porte du bureau. Donc, il n'y a pas beaucoup d'animation à la maison de retraite ?

48

– Très peu, répondit le vieil homme en s'asseyant aux côtés d'Erlendur.

Il venait aux nouvelles même s'il savait, et ce depuis bien longtemps, qu'il n'y avait rien de neuf à propos de son fils. Erlendur comprenait cet étrange entêtement, il avait toujours reçu ce couple avec tact, il s'était montré attentif et avait écouté ces gens. Il savait qu'ils avaient inlassablement suivi les actualités, lu les journaux, écouté la radio et regardé les informations télévisées, dans le maigre espoir que quelqu'un, quelque part, ait trouvé un indice. Mais rien de tel n'était arrivé au cours de toutes ces années.

– Il aurait eu quarante-neuf ans aujourd'hui, observa le vieil homme. Le dernier anniversaire qu'il a fêté était celui de ses vingt ans. Ce jour-là, il avait invité tous ses camarades de lycée, Gunnthorunn et moi, nous lui avions laissé la maison. Les réjouissances se sont prolongées jusque tard dans la nuit. Jamais il n'a fêté ses vingt et un ans.

Erlendur hocha la tête. La police n'avait jamais eu aucune piste sur la disparition de ce jeune homme. Elle avait été prévenue une journée et demie après que David avait quitté le foyer familial. Il étudiait parfois chez un ami jusque très tard, puis ils se rendaient au lycée tous les deux. Il avait affirmé à ses parents qu'il allait passer la soirée chez le camarade en question. Il avait également mentionné qu'il devait aller acheter un livre dans une librairie. Les deux garçons étaient en dernière année de lycée et allaient passer leur bac au printemps suivant. Voyant qu'il ne rentrait pas du lycée, ses parents commencèrent à passer quelques coups de téléphone afin de savoir où il se trouvait. On avait découvert qu'il n'était pas allé en cours le matin. Ils avaient appelé son camarade qui leur avait répondu que David ne lui avait pas rendu visite et qu'il ne lui avait pas parlé de ses projets pour la veille au soir. Il avait demandé à David s'il avait envie d'aller au cinéma avec lui et ce dernier avait répondu avoir d'autres chats à fouetter sans plus de précision. D'autres amis et camarades avaient été interrogés et aucun d'entre eux n'était au courant des allées et venues de David. Ce dernier était parti vêtu d'une tenue légère et s'était contenté de dire qu'il allait peut-être passer la nuit chez son ami.

On avait publié un avis de recherche dans la presse et à la télévision, mais en vain, et, avec le temps, l'espoir que nourrissaient ses parents et son frère s'amenuisa de plus en plus. Ils excluaient catégoriquement l'hypothèse du suicide, intimement convaincus que l'idée elle-même était à mille lieues des pensées de David. Au bout de quelques mois et semaines passés sans que rien ne vienne expliquer la disparition, Erlendur leur avait dit qu'il fallait se garder d'exclure cette éventualité. Pour sa part, il n'entrevoyait guère d'autres possibilités, ce jeune homme n'avait pas eu l'idée de partir escalader une montagne ou de s'aventurer seul dans le désert intérieur de l'Islande. Une autre explication envisageable était qu'il avait par hasard croisé la route de dangereux individus qui, pour des motifs obscurs, lui avaient réglé son compte avant de dissimuler son cadavre. Ses parents et ses amis avaient nié qu'il ait pu avoir des ennemis ou qu'il ait eu des activités douteuses pouvant expliquer sa disparition. Après vérification, il était apparu qu'il n'avait pas quitté le pays par avion et son nom ne figurait pas non plus sur les registres des passagers des compagnies maritimes. Les employés des librairies de la ville n'avaient pas remarqué son passage le jour où il avait disparu.

Le vieil homme saisit la tasse que lui tendait Erlendur et sirota le café, même s'il n'était plus très chaud.

Erlendur avait assisté à l'inhumation de son épouse. Le couple semblait avoir très peu d'amis et la famille était restreinte. Leur autre fils était divorcé et sans enfant. Un petit chœur de femmes se tenait à côté de l'harmonium : *Écoute, ô artisan des cieux...*

– Il y a du nouveau dans notre affaire ? demanda le vieil homme, sa tasse à moitié vide à la main. Un nouvel élément qui serait apparu ?

– Non, malheureusement, lui répondit Erlendur, une fois de plus. Les visites de cet homme ne le dérangeaient aucunement. Ce qui le gênait le plus, c'était de ne pas pouvoir faire mieux que de l'écouter raconter les épreuves et les tourments que le couple avait traversés à cause de ce pauvre garçon, car enfin comment de telles choses pouvaient-elles se produire et comment se faisait-il qu'on n'ait jamais eu la moindre nouvelle de lui ?

– Enfin, vous êtes évidemment assez occupés comme ça, ajouta l'homme.

– Ça arrive par vagues, répondit Erlendur.

– Oui, enfin, eh bien, je ferais peut-être mieux d'y aller, fit l'homme sans bouger d'un pouce, comme s'il lui restait encore quelque chose à dire bien qu'ils aient abordé les points les plus importants au cours de leur discussion.

– Je vous contacterai si j'ai du nouveau.

Erlendur percevait chez le vieil homme comme une hésitation.

– Oui... hum... c'est que, enfin... Erlendur, ce n'est pas sûr que je vienne à nouveau vous déranger, déclara le vieil homme. Le moment est peut-être venu d'abandonner. En outre, ils ont trouvé quelque chose... Il se racla la gorge. Ils ont trouvé une saloperie quelconque dans mes poumons. J'ai fumé comme un imbécile, et voilà le résultat, donc je ne sais pas ce que... Et il y a aussi toute cette poussière de ciment qui n'a pas arrangé les choses. Par conséquent, Erlendur, je suis venu vous dire adieu et vous remercier pour tout ce que vous avez fait depuis la première fois où vous êtes passé chez nous, cette affreuse journée. On savait que vous nous aideriez et vous n'avez pas failli, même si nous ne sommes pas beaucoup plus avancés. Évidemment, notre fils est mort, il l'est depuis toutes ces années. Je crois que nous le savons depuis longtemps. Mais on… enfin, nous… il y a toujours de d'espoir, n'est-ce pas ?

Le vieil homme se leva. Erlendur l'imita et lui ouvrit la porte.

– Oui, il y a toujours de l'espoir, répéta Erlendur. Et cette chose dans vos poumons, elle vous fait souffrir ?

– De toute manière, je suis presque devenu une épave, répondit l'homme. Je me sens épuisé chaque jour. Épuisé. Et maintenant qu'ils m'ont diagnostiqué ça, j'aurais presque l'impression d'avoir encore plus de mal à respirer.

Erlendur le raccompagna à l'accueil et s'arrangea pour qu'une voiture de police le ramène à la maison de retraite. Ils se quittèrent sur les marches du commissariat.

– Adieu donc, cher Erlendur, dit le vieil homme aux cheveux gris, au cou massif, au corps amaigri et voûté par une vie de travail pénible. Il avait été maçon et son visage était aussi gris que du ciment.

– Prenez soin de vous, conclut Erlendur.

Ensuite, il le regarda entrer dans la voiture de police qu'il suivit des yeux jusqu'au coin de la rue où il la vit disparaître.

Le pasteur avec qui Maria avait été le plus en contact était une femme du nom d'Eyvör. Elle n'officiait pas à

Grafarvogur, mais dans une paroisse voisine. Elle était abattue et attristée par le destin de Maria ; dire qu'elle n'avait pas vu d'autre issue que de mettre fin à ses jours…

– Il y aurait de quoi verser toutes les larmes de son corps, confia-t-elle à Erlendur, assis dans le bureau qu'elle occupait dans l'église, en cette fin de journée. Quand on pense que des gens dans la fleur de l'âge se suicident comme s'il n'y avait pas d'autre solution. L'expérience prouve qu'il est possible d'aider ceux qui sont confrontés à une crise spirituelle ou à de grands malheurs quand on s'y prend assez tôt dans le processus.

– Vous ignoriez que Maria était en danger ? demanda Erlendur en méditant sur ce mot : processus, un terme qui lui avait toujours porté sur les nerfs. J'ai cru comprendre qu'elle était très pieuse et qu'elle fréquentait cette église.

– Je savais qu'elle n'allait pas bien depuis le décès de sa mère, répondit Eyvör, mais rien ne présageait qu'elle allait choisir une solution aussi radicale.

Le pasteur était âgé d'une quarantaine d'années. C'était une femme élégante qui aimait les bijoux, elle portait trois bagues, une chaîne en or autour du cou et de grandes boucles d'oreilles, assorties à son tailleur violet. Elle avait été surprise de cette visite de la police qui voulait lui poser des questions sur cette paroissienne qui s'était suicidée. Elle lui avait immédiatement demandé s'il venait la voir dans le cadre d'une enquête. Non, absolument pas, avait répondu Erlendur en concoctant à la va-vite une excuse selon laquelle il en était à la phase finale de la rédaction de son rapport. Ayant appris que Maria avait Eyvör pour pasteur, il voulait s'asseoir un moment avec elle pour discuter et profiter de son expérience. Les suicides faisaient malheureusement partie des affaires, et non des plus sympathiques, qui arrivaient sur le bureau du policier qu'il était et Erlendur avait à cœur d'en apprendre un peu plus sur leurs causes et leurs conséquences si cela pouvait l'aider dans son travail. Ce policier un peu lourdaud plaisait bien à Eyvör. Elle lui avait immédiatement trouvé quelque chose de rassurant.

– Non, bien sûr que non, observa Erlendur. Ça lui est arrivé de vous parler de la mort ?

– Oui, à cause de sa mère et aussi d'un événement qui s'est produit dans son enfance, je ne sais pas si vous êtes au courant, hésita Eyvör.

– Vous parlez de la noyade de son père ? répondit Erlendur.

– En effet. Maria a eu beaucoup de difficultés après le décès de sa mère. En fait, c'est aussi moi qui me suis occupée de son inhumation. J'ai assez bien connu la mère et la fille, surtout après le début de la maladie de Leonora. C'était une femme énergique, une femme d'exception qui ne s'avouait jamais vaincue.

– Que faisait-elle ?

– Vous voulez parler de son métier ? Elle était professeur à l'université, elle occupait une chaire de langue et littérature françaises.

– Et sa fille était historienne, compléta Erlendur. Voilà qui explique la bibliothèque bien fournie de leur domicile. Maria était-elle dépressive ?

– Disons qu'elle ne respirait pas la joie de vivre. J'espère bien que vous n'irez pas crier cela sur tous les toits, je ne suis évidemment pas censée vous en parler. Elle ne me parlait pas directement de sa souffrance, mais je voyais bien qu'elle allait mal. Elle venait à l'église, mais sans jamais réellement s'ouvrir à moi. J'ai tenté de lui apporter mon soutien, mais c'était plutôt difficile. Elle éprouvait une grande colère. Elle éprouvait de la colère à voir sa mère partir ainsi. Elle en voulait aux puissances supérieures. Je crois qu'après avoir vu sa mère diminuer puis s'éteindre, sa foi a légèrement vacillé, cette foi enfantine qu'elle avait pourtant toujours conservée.

– Mais les voies du Seigneur sont impénétrables, n'est-ce pas ? nota Erlendur. Lui seul connaît le but de toute cette souffrance, c'est bien cela ?

– Je n'exercerais pas cette profession si je ne croyais pas que la foi puisse nous aider. Si nous ne l'avions pas, où serions-nous donc ?

– Avez-vous remarqué l'intérêt qu'elle portait au surnaturel ?

– Non, pas précisément. Mais, comme je viens de vous le dire, elle était plutôt secrète et réticente à se dévoiler, en tout cas dans certains domaines.

– Comment ça ?

– Elle croyait aux rêves, pensait qu'ils pouvaient lui enseigner des choses que nous ne percevons pas à l'état de veille. Cette croyance s'est renforcée avec le temps et, finalement, j'ai eu l'impression qu'elle concevait les rêves comme une sorte de porte permettant d'accéder à un autre monde.

– Un monde parallèle, un au-delà ?

– Je ne sais pas exactement ce qu'elle entendait par là.

– Et que lui avez-vous dit à ce sujet ?

– Ce que disent les prêches de l'Église. Nous croyons en la résurrection au dernier jour et à la vie éternelle. Les retrouvailles des amis chers sont l'essence du message pascal.

– Ces retrouvailles, elle y croyait ?

– Oui, et j'avais l'impression que cette idée lui procurait un certain réconfort.

Elinborg accompagnait à nouveau Erlendur quand il rendit une brève visite à Baldvin, le mari de Maria. C'était le lendemain de sa discussion avec le pasteur. Il s'était inventé un motif, prétendant avoir oublié son bloc-notes. Debout à côté de lui dans ce salon de Grafarvogur, elle le regardait expliquer la raison de sa visite. Erlendur n'avait jamais eu le moindre bloc-notes.

– Je ne l'ai pas vu ici, regretta Baldvin en parcourant la pièce du regard, au cas où. Je vous appellerai si je le trouve.

– Merci beaucoup, répondit Erlendur, et excusez-moi pour le dérangement.

Elinborg affichait un sourire embarrassé.

– Dites-moi, je sais que cela ne me regarde pas, mais Maria percevait-elle la mort comme la fin de toutes choses ? interrogea Erlendur.

– La fin de toutes choses ? répéta Baldvin, étonné.

– En d'autres termes, croyait-elle en la vie après la mort ?

Elinborg lui lança un regard intense, jamais auparavant elle ne l'avait entendu poser ce genre de question.

– Je crois, oui, répondit Baldvin. Il me semble qu'elle croyait en la résurrection, comme tous les chrétiens.

– Beaucoup de gens confrontés à des difficultés ou à la perte d'un proche sont en quête de réponses, certains vont même jusqu'à se tourner vers des médiums ou des voyants.

– Ça, je n'en sais rien, observa Baldvin. Pourquoi me posez-vous ces questions ?

Erlendur avait eu l'intention de lui parler de la cassette que Karen lui avait confiée, mais il se ravisa. Il faudrait attendre un moment plus propice. Il lui sembla brusquement inutile de mêler Karen à cette affaire ou de faire part à Baldvin des inquiétudes qu'elle nourrissait. Erlendur devait se montrer loyal envers cette femme.

– Je pensais simplement à voix haute, précisa Erlendur. Nous vous avons déjà assez retardé comme ça, excusez-nous pour le dérangement.

Elinborg sourit, elle serra la main de Baldvin et prit congé de lui en lui exprimant toute sa sympathie.

– Qu'est-ce que ça signifie ? s'emporta-t-elle une fois dans la voiture, alors qu'Erlendur s'éloignait lentement de la maison. Elle s'est suicidée et toi, tu viens raconter au mari des sornettes sur la vie après la mort ! Tu n'as donc aucun sens des convenances ?

– Elle est allée consulter un médium, se justifia Erlendur.

– Comment tu le sais ?

Il sortit la cassette que Karen lui avait confiée et la tendit à Elinborg.

– Voici l'enregistrement de la séance chez le médium que Maria est allée voir.

– Une séance chez le médium ? répéta Elinborg, dubitative. Elle est vraiment allée consulter un médium ?

– Je n'ai pas tout écouté. Je voulais qu'il entende ce que contient cette bande, mais…

– Mais quoi ?

– J'ai envie de trouver le bonhomme en question, répondit Erlendur. J'ai brusquement eu envie de savoir à quel jeu ce type-là s'est livré et de découvrir si c'est lui qui a entraîné cette tragédie.

– Tu crois qu'il a joué avec elle ?

– Oui, il a raconté qu'il voyait un bateau sur un lac, qu'il a senti une odeur de cigare. Bref, du n'importe quoi.

– Il parlait de la noyade du père de Maria, n'est-ce pas ?

– En effet.

– Tu ne crois pas aux médiums ? interrogea Elinborg.

– Pas plus qu'aux elfes, conclut-il en sortant de l'impasse.

7

Une fois rentré chez lui dans la soirée, Erlendur, après s'être fait deux tartines de pain plat avec du mouton fumé et préparé un café, introduisit à nouveau la bande magnétique de Karen dans la radiocassette.

Il pensa au suicide de Maria, à la somme de désespoir qu'il fallait pour commettre un tel geste et à la profonde crise spirituelle qui, à n'en pas douter, se cachait derrière. Il avait lu des messages rédigés par des gens qui avaient mis fin à leur vie, certains ne comportaient que quelques phrases, voire une seule, parfois ce n'était qu'un mot, d'autres, plus longs, dressaient la liste de leurs raisons, comme si leurs auteurs avaient voulu s'en excuser. Parfois, on trouvait leur lettre sur l'oreiller de la chambre, parfois sur le sol du garage. C'étaient aussi bien des pères de famille que des mères, des adolescents, des vieillards, des célibataires.

Erlendur s'apprêtait à mettre l'appareil en route pour écouter la cassette quand il entendit quelqu'un frapper à sa porte. Il alla ouvrir et Eva Lind se faufila entre lui et le mur de l'entrée.

– Je te dérange ? demanda-t-elle tout en retirant son manteau de cuir qui lui descendait aux genoux. Elle portait un jean et un épais chandail. Qu'est-ce qu'il caille dehors, observa-t-elle. Cette tempête doit se calmer bientôt ?

– Je ne crois pas, répondit Erlendur. Elle est annoncée pour toute la semaine. Le noroît, c'est comme ça qu'on disait autrefois quand le vent soufflait du nord. La langue islandaise est très riche pour décrire le vent. Il en existe un autre, le suroît. Tu as déjà entendu ce mot ?

– Oui, enfin, non, je ne me rappelle pas. Sindri est passé te voir ? demanda Eva Lind qui se fichait pas mal des noms qu'on donnait au vent.

– Oui, je t'offre un café ?

– Oui, merci. Qu'est-ce qu'il t'a raconté ?

Erlendur alla à la cuisine chercher la cafetière. Il avait essayé de diminuer sa consommation le soir. Parfois, il avait du mal à s'endormir s'il en avalait plus de deux tasses. Pourtant, les insomnies ne le dérangeaient pas. Peu de moments étaient aussi propices à atteindre le cœur des choses.

– Il n'a pas raconté grand-chose, il m'a vaguement dit que ta mère et toi vous vous êtes disputées, répondit Erlendur à son retour. Et il pensait que j'étais le sujet de cette dispute.

Eva Lind attrapa son paquet de cigarettes dans son manteau en cuir pour en sortir une qu'elle alluma. Elle rejeta la fumée loin dans le salon.

– Elle a complètement pété les plombs, la vieille !

– Pourquoi donc ?

– Je lui ai dit que vous deviez vous voir.

– Ta mère et moi ? s'étonna Erlendur. À quoi bon ?

– C'est exactement ce qu'elle m'a répondu. À quoi bon ? Pour vous rencontrer. Pour discuter tous les deux. Stopper cette connerie de refuser de vous adresser la parole. Pourquoi vous ne pourriez pas faire ça ?

– Et qu'est-ce qu'elle t'a répondu ?

– Elle m'a dit de laisser tomber. Définitivement.

– C'était ça, la dispute ?

– Ouais. Et toi, tu dis quoi ?

– Moi ? Rien. Si elle ne veut pas, parfait.

– Parfait ? Vous ne pourriez pas discuter juste une fois ?

Erlendur s'accorda un instant de réflexion.

– Eva, qu'est-ce que tu essaies de faire ? demanda-t-il. Tu sais que cette histoire est morte et enterrée depuis longtemps. On s'adresse à peine la parole depuis des dizaines d'années.

– C'est bien le problème, en fait vous ne vous êtes pas parlé depuis ma naissance et celle de Sindri.

– Je l'ai croisée quand tu étais à l'hôpital, précisa Erlendur. Et cette rencontre n'a pas été spécialement agréable. Je crois que tu ferais mieux d'oublier cette idée, Eva. Ni elle ni moi ne le voulons.

Quelques années plus tôt, Eva Lind avait perdu un enfant dont elle avait longtemps porté le deuil. Elle se droguait depuis de longues années. Sindri avait confié à Erlendur que, dernièrement, elle s'était reprise en main sans aide extérieure, et, lui semblait-il, avec succès.

– Tu es sûr ? demanda Eva Lind en regardant son père.

– Oui, tout à fait, répondit Erlendur. Mais dis-moi, comment vas-tu ? Tu me sembles différente, plus mature.

– Plus mature ? J'aurais déjà l'air d'une vieille ?

– Non, rien à voir avec ça. Peut-être simplement plus mûre. Je ne sais pas moi-même ce que je raconte. Sindri m'a dit que tu t'étais prise en main.

– Qu'est-ce qu'il raconte encore ?

– C'est vrai ?

Eva Lind ne répondit pas immédiatement. Elle aspira la fumée de sa cigarette et la garda longtemps à l'intérieur de ses poumons avant de la rejeter par le nez.

– Une de mes copines est morte, déclara-t-elle. Je ne sais pas si tu te souviens de cette histoire.

– Qui ça ?

– Elle s'appelait Hanna. Vous l'avez retrouvée derrière les poubelles, là-haut, à côté du centre commercial de Mjodd.

– Hanna ? murmura Erlendur, pensif.

– Elle a fait une overdose, précisa Eva Lind.

– Ah oui, ça me revient. Ça ne remonte pas à très longtemps, non ? Elle prenait de l'héroïne. Ce n'est pas très courant, enfin, pour l'instant.

– C'était une de mes amies.

– Je l'ignorais.

– Tu ignores en général bien des choses, rétorqua Eva Lind. J'avais le choix entre deux options : faire comme elle ou alors…

– Ou alors ?

– Essayer de m'y prendre autrement, tenter de me sortir de cet enfer. Une bonne fois pour toutes.

– Qu'est-ce que tu entends par *faire comme elle* ? Tu veux dire qu'elle a pris cette dose trop forte sciemment ?

– Je n'en sais rien, répondit Eva Lind. Elle s'en fichait complètement. Elle se fichait de tout.

– Complètement ?

– Elle se foutait radicalement de tout.

– Tu pourrais me rappeler son parcours ? demanda Erlendur.

Il se souvenait de cette gamine mal attifée d'une vingtaine d'années qu'on avait trouvée avec une seringue dans le bras aux abords du centre commercial de Mjodd, l'hiver précédent. Les éboueurs l'avait découverte tôt le matin, gelée, adossée à un mur.

– Tu parles constamment comme un prof de fac, s'agaça Eva Lind. Putain, mais ça change quoi ? Elle est morte. Ça te suffit peut-être pas ? Son parcours change quoi que ce soit ? Est-ce que ça change quoi que ce soit que personne n'ait jamais été là pour elle ? Même si elle refusait toute aide extérieure parce qu'elle ne se supportait pas elle-même. Et, d'ailleurs, quelle raison les gens auraient-ils eue de lui venir en aide ?

– En tout cas, elle comptait à tes yeux apparemment, avança prudemment Erlendur.

– C'était mon amie, répondit Eva Lind. Je ne suis pas venue ici pour te parler d'elle. Alors, tu es prêt à rencontrer maman ?

– Tu as l'impression que je n'ai pas été là pour toi ? éluda Erlendur.

– Tu en as fait plus qu'assez, répondit Eva Lind.

– Je ne parviens jamais à t'atteindre, je n'arrive jamais à t'aider.

– T'inquiète. J'y arriverai.

– Elle ne se supportait pas elle-même, tu dis ?

Eva Lind écrasa lentement son mégot.

– Je n'en sais rien. Je crois qu'elle avait perdu toute forme d'amour-propre. Elle se fichait éperdument de ce qui pouvait lui arriver. Beaucoup de choses l'écœuraient, mais ce qui la dégoûtait le plus, c'était elle-même.

– Tu t'es déjà retrouvée dans cette situation ?

– Disons, pas plus de deux mille fois, rétorqua Eva Lind. Alors, tu acceptes de rencontrer maman ?

– Je crois sérieusement que ça ne servirait à rien, répondit Erlendur. Je n'ai aucune idée de ce que je pourrais lui dire. De plus, la dernière fois que nous avons discuté ensemble, elle était sacrément virulente.

– Tu ne pourrais pas le faire pour moi ?

– Et ça t'apporterait quoi ? Après tout ce temps ?

– Je veux juste que vous discutiez tous les deux, s'entêta Eva Lind. Vous voir ensemble. C'est si compliqué que ça ? Je te rappelle que vous avez deux enfants, Sindri et moi.

– Tu n'espères tout de même pas que nous allons recommencer à vivre ensemble ?

Eva Lind fixa longuement son père.

– Je ne suis pas une idiote, s'emporta-t-elle. Ne me prends pas pour une conne.

Sur quoi, elle se leva, ramassa sa besace et s'en alla.

Erlendur resta assis à méditer sur la capacité de sa fille à se mettre en colère en l'espace d'un instant, comme en ce moment. Il se disait que jamais il ne réussirait à lui parler sans la monter contre lui. L'idée d'une rencontre avec Halldora, son ex-épouse et la mère de ses enfants, lui paraissait inconcevable. Ce chapitre de sa vie était clos depuis longtemps, quoi qu'Eva Lind puisse penser ou rêver. Ils n'avaient rien à se dire. Halldora était pour lui une parfaite inconnue.

Il se souvint de l'enregistrement et s'avança vers l'appareil pour le mettre en marche. Il rembobina un peu afin de se remettre en mémoire ce qu'il avait déjà écouté. Il entendit la voix du médium se changer pour devenir caverneuse et brutale au moment où elle rugissait presque *Tu ne sais pas ce que tu fais !* Puis, elle changeait à nouveau et le médium disait qu'il avait froid.

– J'ai entendu une autre voix…

– Une autre ?

– Oui, mais pas la vôtre.

– Et que disait-elle ?

– Elle m'a dit de me méfier.

– Je ne sais pas, répondit le médium. Je ne me souviens plus de rien.

– Elle m'a rappelé…

– Oui ?

– Elle m'a rappelé mon père.

– Mais ce froid… ce froid que je ressens ne vient pas de là-bas. Il vient directement de vous. Il porte en lui un danger. Un danger contre lequel vous devez vous protéger.

Silence.

– Tout va bien ? demanda le médium.

– Comment ça, m'en protéger ?

– Je l'ignore. Mais le froid n'est jamais un bon présage, je le sais.

– Vous pouvez appeler ma mère ?

– Je n'appelle personne. Elle apparaîtra si elle doit apparaître. Je ne fais venir personne.

– Mais c'était tellement court.

– Je n'y peux pas grand-chose.

– On aurait dit qu'il était très en colère. Tu ne sais pas ce que tu fais, voilà ce qu'il a dit.

– C'est à vous de découvrir le sens de cette phrase.

– Je peux revenir vous voir ?

– Évidemment. J'espère vous avoir un peu aidée.

– Vous l'avez fait, oui, merci beaucoup. Je me disais que, peut-être…

– Oui ?

– Ma mère est décédée d'un cancer.

– Je comprends. Erlendur entendit le médium prononcer ces mots avec une vraie compassion. Vous ne m'aviez pas dit ça. Il y a longtemps qu'elle est morte ?

– Bientôt deux ans.

– Vous l'avez vue ou entendue pendant la séance ?

– Non, mais je la sens. Je perçois sa présence.

– Elle s'est déjà manifestée ? Vous avez peut-être consulté d'autres médiums ?

La question de l'homme fut suivie d'un long silence.

– Excusez-moi, dit-il. Évidemment, ça ne me regarde pas.

– J'attends qu'elle vienne me visiter en rêve, mais ce n'est pas encore arrivé.

– Pourquoi attendez-vous sa visite ?

– Nous avons passé…

Silence.

– Oui ?

– Nous avons passé un accord.

– Ah bon ?

– Elle… Nous avons convenu que… qu'elle m'enverrait un signe.

– Un signe ?

– On s'était dit que s'il existait une vie après la mort, elle m'enverrait un message.

– Quel genre de message ? Un rêve ?

– Non. Pas un rêve. Il n'empêche que j'attends de rêver d'elle. J'ai tellement envie de la revoir. Mais le signe en question a pris une autre forme.

– Vous voulez dire que… ce message, elle vous l'a réellement transmis ?

– Oui, il me semble, l'autre jour.

– Et de quoi s'agissait-il ? demanda le médium, la voix teintée d'un authentique enthousiasme. Quel était ce signe ? Quel genre de message elle vous a envoyé ?

Il y eut à nouveau un long silence.

– Elle était professeur à la faculté de français. Son auteur favori était Marcel Proust. Elle possédait les sept volumes d'*À la recherche du temps perdu* en français, luxueusement reliés. Elle m'a dit qu'elle se servirait de Proust. Et que le message qu'elle m'enverrait signifierait qu'effectivement, il y avait bien une vie après la mort.

– Et que s'est-il passé ?

– Vous croyez que je suis folle, n'est-ce pas ?

– Non, pas du tout. L'être humain est depuis toujours confronté à cette question : y a-t-il une vie après la mort ? On essaie d'y apporter une réponse depuis des milliers d'années, aussi bien de manière scientifique que personnelle, comme l'a fait votre mère. Ce n'est pas la première fois que j'entends une histoire de ce genre. Et je ne suis pas là pour juger les gens.

Ses paroles furent suivies d'un long silence. Assis dans son fauteuil, Erlendur écoutait avec intérêt. La voix de cette femme défunte était étrangement ensorcelante, elle s'exprimait sur un ton résolu et inébranlable, qui convainquait Erlendur. Il se montrait très réservé sur la teneur même des propos qu'elle avait, persuadé qu'une séance comme celle qu'il écoutait ne servait à rien, il était cependant convaincu que la femme croyait fermement ce qu'elle disait et que l'expérience qu'elle racontait plongeait ses racines dans sa réalité intime.

Le silence fut finalement rompu.

– Après la mort de ma mère, je restais assise dans mon salon à regarder les œuvres de Proust sans oser les quitter des yeux pendant des heures. Rien ne se produisait. Jour après jour, je surveillais la bibliothèque. Je dormais devant les livres. Les semaines, les mois passaient. La première chose que je faisais au réveil était d'aller jeter un œil à ces étagères. Le soir, ma dernière activité consistait à aller voir si quelque chose s'était produit. Peu à peu, j'ai compris que cela ne servait à rien. Au fur et à mesure que je réfléchissais à ce message et que je regardais ces livres, j'ai compris pourquoi il n'arrivait rien.

– Pourquoi ? Qu'avez-vous compris au juste ?

– L'explication m'est apparue de plus en plus clairement avec le temps et j'en ai été extrêmement reconnaissante. Tout simplement, ma mère m'a aidé à faire le deuil. Elle m'a donné quelque chose sur quoi fixer mes pensées après sa mort. Elle savait que je serais inconsolable quoi qu'elle puisse me dire. Elle m'a très bien préparé à son départ : nous avons eu de longues conversations jusqu'au moment où elle est devenue trop faible pour parler. Nous avons discuté de la mort et c'est là qu'elle m'a promis de m'envoyer ce signe. Mais, évidemment, il ne s'est rien passé, à part qu'elle m'a facilité le travail de deuil.

Il y eut un nouveau silence.

– Je ne suis pas sûre que vous me compreniez.

– Si, continuez.

– Puis, l'autre jour, presque deux ans après son décès, alors que j'avais cessé de surveiller la bibliothèque et les œuvres de Proust, je me suis réveillée un matin, je suis allée mettre un café en route et j'ai ramassé le journal à la porte. En revenant à la cuisine, j'ai jeté un regard machinal au salon et…

L'appareil se mit à grésiller sur le silence qui suivit ces paroles.

– Et quoi ? murmura le médium.

– Il était posé grand ouvert sur le sol.

– Quoi donc ?

– *Du côté de chez Swann*. Le premier ouvrage de la série.

Il y eut à nouveau un long silence.

– C'est pour ça que vous êtes venue me voir ?

– Vous croyez à la vie après la mort ?

– Oui, murmura le médium aux oreilles d'Erlendur. J'y crois. Je crois effectivement qu'il existe une vie après la mort.

8

Quand Erlendur se réveilla, à l'aube, il repensa à ce vieil homme qui était passé au commissariat pour demander si on avait du nouveau sur son fils, trente ans après sa disparition. C'était l'une des premières affaires qu'il s'était vu confier et il poursuivait les recherches alors que tout le monde avait renoncé depuis longtemps. Ce qu'on appelait à cette époque la police criminelle de l'État se trouvait dans une zone industrielle de Kopavogur. Il se souvenait de deux autres affaires remontant à la même période ; il ne les avait pas traitées personnellement, mais les connaissait bien. Dans la première, qui était arrivée quelques semaines plus tôt, un jeune homme avait quitté une fête à Keflavik dans l'intention de se rendre à Njardvik où il n'était jamais arrivé. C'était l'hiver, une tempête de neige s'était subitement abattue au cours de la nuit. On avait recherché ce jeune homme trois jours durant et fini par retrouver l'une de ses chaussures sur le rivage. Il n'avait pas perdu sa route, mais semblait avoir été poussé par la tempête en direction de la mer. Depuis, on était sans nouvelles. Il avait quitté la fête vêtu d'une simple chemise et, aux dires de ses compagnons, il était parti ivre.

La deuxième affaire concernait une jeune fille d'Akureyri. Cette dernière étudiait à l'université et louait un appartement à Reykjavik. Il était impossible de déterminer avec précision à quand remontait sa disparition. Voyant qu'il ne recevait pas le loyer, son propriétaire était venu le lui réclamer, mais n'avait trouvé personne. Comme elle terminait la rédaction d'un mémoire de recherche en biologie, elle n'avait aucune obligation d'assister aux cours. Elle était fille unique, ses parents étaient partis pour un voyage de deux mois en Asie et n'avaient que des contacts très irréguliers avec elle. À leur retour, ils avaient prévu de lui rendre visite, mais elle avait disparu. Le propriétaire leur avait ouvert l'appartement. Tout y semblait parfaitement normal. On avait l'impression qu'elle ne s'était absentée que pour quelques instants. Les manuels de cours étaient grand ouverts sur sa table de travail. Il y avait quelques verres dans l'évier de la cuisine, elle n'avait pas fait son lit. Quelques semaines plus tôt, elle avait appelé ses amies d'Akureyri au téléphone et deux étudiants de l'université l'avaient entendu dire qu'elle prévoyait d'aller passer une ou deux semaines dans le Nord. Son tacot, une antique Austin Mini, demeurait également introuvable, ce qui venait étayer l'hypothèse.

Erlendur alla à la cuisine faire un café. Il mit dans le grille-pain une tranche qu'il tartina aussitôt, prit le fromage et la marmelade dans le réfrigérateur. Il pensa à ce qu'il avait entendu la veille sur la cassette que Karen lui avait remise et s'interrogea sur l'attitude à adopter. Désormais, il saisissait mieux l'état d'esprit de Maria avant son suicide.

Il pensa également à Sindri, à Eva et à Halldora, son ex-femme. Il ne s'imaginait pas une entrevue avec elle, même si Eva Lind trouvait que c'était nécessaire. Il ne pensait que très rarement à Halldora car cela lui rappelait invariablement les affrontements et les disputes qui avaient précédé son départ, quand il les avait quittés, elle et leurs enfants. Leur divorce était depuis longtemps prévisible. Il avait voulu faire son possible pour qu'il ne soit pas trop difficile, mais, chaque fois qu'il confiait à Halldora son souhait de mettre fin à cette relation et de quitter le foyer, elle lui répondait que c'était hors de question, qu'ils parviendraient ensemble à surmonter ces difficultés ; en outre, elle ne voyait, elle, aucune difficulté et affirmait ne pas comprendre de quoi il parlait.

Erlendur feuilleta les journaux. Il ne parvenait pas à chasser de son esprit la voix de Maria et les paroles qu'elle avait prononcées chez le médium. Cette séance devait être récente, elle avait parlé d'une période remontant à deux ans après le décès de sa mère sur la cassette qui, à n'en pas douter, n'était pas celle de sa première visite chez ce médium. Il pensa à cette intense relation qui unissait Maria à sa mère. Une relation dont la qualité semblait exceptionnelle. Probablement leurs liens s'étaient-ils encore resserrés à la mort du père au lac de Thingvellir, elles étaient là l'une pour l'autre, pour le meilleur et pour le pire. Le fait que Maria ait trouvé grand ouvert sur le sol du salon ce livre précis qu'elle et sa mère avaient désigné comme signe d'une vie après la mort pouvait-il relever d'un simple hasard ? À moins qu'un mauvais plaisant ne lui ait joué un tour ? Peut-être Maria avait-elle mentionné devant son mari ou quelqu'un d'autre le pacte qu'elle avait passé avec sa mère entre le décès de cette dernière et le moment où le livre était tombé de la bibliothèque, peut-être avait-elle ensuite simplement oublié ? Avait-elle personnellement, dans un moment d'inattention, pris le livre sur l'étagère ? Erlendur n'était pas en mesure de le dire. La cassette s'achevait sur les paroles de Maria : elle était venue consulter ce médium à cause du signe, du message qu'elle pensait avoir reçu de sa mère. Elle était allée le voir pour obtenir la confirmation de ce signe, entrer, si possible, en contact avec la défunte et accepter sa mort. Le suicide de Maria montrait qu'elle n'avait en rien accepté et, qu'au contraire, tout cela avait contribué de façon indubitable à lui faire sauter le pas.

Il essaya de trouver une explication à l'étrange et impérieux désir dont il était saisi à l'écoute de cet enregistrement. Il ressentait le besoin d'en savoir plus, de mieux connaître cette femme qui s'était ôté la vie, ses amis, sa famille, et de savoir quels chemins cette existence avait empruntés avant de s'achever au bout d'une corde dans ce chalet d'été. Il désirait aller au fond des choses, retrouver ce médium pour le cuisiner longuement, exhumer cette histoire d'accident sur le lac de Thingvellir, il désirait savoir qui était cette Maria. Il pensa à nouveau à cette voix qui lui commandait de se méfier, qui lui disait qu'elle ne savait pas ce qu'elle faisait. D'où provenait-elle, cette voix caverneuse et tellement brutale ?

Erlendur restait assis à la table de la cuisine, il avait fini son café et ignorait pourquoi il s'attardait ainsi. Il se mit soudain à penser à sa mère, à cette époque où elle occupait un appartement en sous-sol, après le décès de son père. Elle travaillait dans le poisson, c'était une femme extrêmement courageuse qui, jamais, ne rechignait à la besogne. Erlendur lui rendait des visites régulières, parfois en lui apportant son linge. Elle lui donnait à manger et ils écoutaient la radio ou bien il lui lisait un livre à voix haute : sa mère était assise, son tricot à la main, peut-être une écharpe qu'elle lui offrirait ensuite. Ils n'avaient pas besoin de se dire grand-chose, ils se contentaient de cette présence mutuelle, de ce silence.

Elle était encore assez jeune au décès du père d'Erlendur et n'avait jamais eu d'autre homme dans sa vie. Elle disait apprécier la solitude. Elle avait gardé contact avec sa famille et ses amis des fjords de l'Est ainsi qu'avec des gens qui, comme elle, étaient venus s'installer à Reykjavik. L'Islande continuait à changer, les campagnes à se vider. Jamais la solitude ne lui pesait en ville, avait-elle confié à Erlendur. Il lui avait toutefois acheté une télévision. Elle avait toujours été indépendante et ne lui demandait que très rarement des services.

Ils ne discutaient presque jamais de Bergur qui avait disparu de leur vie de manière si subite et inattendue. Il arrivait qu'elle l'évoque, qu'elle parle de lui et d'Erlendur de façon générale, mais jamais elle ne mentionnait directement la perte de son fils. C'était là son intimité et Erlendur respectait son silence.

– Ton père aurait aimé savoir avant de mourir, avait-elle un jour confié à Erlendur. Ils étaient restés assis en silence la majeure partie de la soirée. Il passait toujours voir sa mère le jour anniversaire de l'événement, cette journée où son petit frère et lui s'étaient perdus avec leur père dans la tempête.

– Oui, avait dit Erlendur.

Il avait compris instantanément de quoi parlait sa mère.

– Tu crois qu'on saura un jour ? lui avait-elle demandé en levant les yeux du livre qu'il lui avait apporté. Il s'était finalement décidé à le lui montrer alors que la soirée était bien avancée, mais n'était pas certain d'avoir bien fait.

– Je ne sais pas, avait répondu Erlendur. Ça fait si longtemps.

– Oui, ça fait si longtemps, avait-elle répété.

Ensuite, elle s'était replongée dans sa lecture.

– C'est un tissu d'âneries ! avait-elle observé, abandonnant à nouveau le récit.

– Je sais, avait répondu Erlendur.

– En quoi ça regarde les gens, cette histoire entre ton père et moi ? En quoi ça les concerne ?

Erlendur se taisait.

– Je refuse qu'on lise ce livre-là, s'était-elle emportée.

– Ce n'est évidemment pas à nous d'en décider, avait observé Erlendur.

– Et puis, il dit cette chose sur toi.

– Ça ne me fait ni chaud ni froid.

– Ça vient de paraître ?

– Oui, c'est le troisième volume, le dernier. Il a été publié avant Noël. Tu connais celui qui a écrit l'histoire ? Ce Dagbjartur ?

– Non, je suppose qu'il a interrogé les gens de la région, avait-elle répondu.

– Oui, j'ai l'impression. C'est très précis et la plupart des choses qu'il raconte sont vraies.

– Pourtant, il ne devrait pas dire cette chose sur ton père et sur moi.

– Bien sûr que non.

– C'est injuste envers lui.

– Oui, je sais.

– D'où ce bonhomme tient-il donc ça ?

– Je l'ignore.

Sa mère avait refermé le livre.

– Cet homme raconte n'importe quoi, je ne veux pas qu'on lise ça, avait-elle répété.

– Non.

– Absolument personne, avait-elle renchéri en lui tendant l'ouvrage. Erlendur la voyait lutter pour retenir ses larmes. Comme si c'était arrivé par sa faute, s'était-elle écriée. Comme si ç'avait été la faute de quelqu'un. C'est un ramassis de bêtises !

Erlendur avait repris le livre, peut-être avait-il commis une erreur en le montrant à sa mère. Ou alors, il aurait dû mieux la préparer à cette *Tragédie sur la lande d'Eskifjördur*, le titre que portait le chapitre. Il ne montrerait cette histoire à personne. Sa mère avait raison, il était inutile d'exposer ce récit à tous vents.

L'hiver de la parution de ce volume qui contenait l'histoire des deux frères égarés dans la tempête, la mère d'Erlendur attrapa la grippe. Il n'en avait d'abord rien su, absorbé par son travail. Elle ne voulait jamais le déranger. Elle était retournée travailler sans être complètement remise et avait rechuté. Elle s'était à nouveau retrouvée alitée, très mal en point. Quand elle avait enfin décidé de contacter Erlendur, elle en était presque à l'article de la mort. Un virus s'était attaqué au muscle cardiaque et entraînait de graves troubles. Il l'avait fait hospitaliser, mais les médecins avaient été impuissants. À sa mort elle avait seulement soixante ans.

Erlendur avala une gorgée de café froid. Il se leva, alla au salon et prit le troisième volume dans sa bibliothèque. C'était ce livre-là que sa mère avait tenu entre ses mains il y avait tant et tant d'années. Elle en avait beaucoup voulu à l'auteur de l'histoire, elle avait trouvé qu'il se mêlait trop des affaires privées de la famille. Erlendur était d'accord avec elle, ce livre contenait des affirmations qui ne regardaient qu'eux – même si ces dernières étaient vraies. Ses enfants, Eva et Sindri, connaissaient l'existence de ce récit, mais Erlendur s'était défendu de le leur montrer. Peut-être par égard pour son père. Peut-être à cause de la réaction de sa mère.

Il remit le livre à sa place et les questions sur cette femme de Grafarvogur lui revinrent à l'esprit. Quel était le chemin qui l'avait conduite jusqu'à cette corde ? Que s'était-il passé au lac de Thingvellir le jour où son père était mort ? Il avait envie d'en savoir plus. Il allait mener des investigations privées et devrait se garder d'éveiller les soupçons. Interroger les gens, émettre des hypothèses comme dans n'importe quelle enquête policière. Il devrait mentir sur les motifs de sa curiosité, la justifier en inventant une enquête parfaitement fictive, mais bon, il s'était déjà livré dans le passé à diverses choses dont il n'était pas spécialement fier.

Il avait besoin de savoir pourquoi cette femme avait connu ce destin cruel et solitaire sur les bords du même lac où son père avait, lui aussi, trouvé une mort glaciale.

*La page à laquelle le livre s'était ouvert avait éga-
lement son importance, on y lisait cette phrase à propos du ciel.*

*La visite chez le médium avait renforcé Maria dans
sa conviction. Elle était persuadée que sa mère lui
avait envoyé un signe en sortant* Du côté de chez
Swann *de la bibliothèque. Elle ne pouvait s'imaginer
une autre explication et le médium, cet homme très
calme et compréhensif, avait plutôt apporté de l'eau à
son moulin. Il lui avait fourni des exemples de cas
similaires, des défunts s'étaient manifestés de manière
directe ou à travers des rêves, parfois même dans ceux
de personnes dont ils n'avaient pas été spécialement
proches.*

*Maria n'avait pas raconté au médium que, quelques
mois après que sa mère avait fait ses adieux à cette vie,
elle s'était mise à avoir des visions très nettes qui ne
l'effrayaient aucunement en dépit de sa grande peur
du noir. Leonora lui était apparue dans l'embrasure
de la porte de la chambre à coucher, dans le couloir,
ou, encore, elle la voyait assise sur le bord de son lit.
Si Maria se rendait au salon, elle l'apercevait debout
à côté de la bibliothèque ou assise sur sa chaise dans
la cuisine. Elle lui apparaissait également quand elle
sortait de chez elle : un vague reflet dans la vitrine*

d'un magasin, un visage qui se fondait bientôt dans la foule.

Ces visions furent tout d'abord brèves, elles ne restaient peut-être qu'un instant, mais leur durée s'allongea. Elles gagnèrent également en netteté et la présence de Leonora devenait de plus en plus intense, c'était exactement ce que Maria avait vécu après le décès de son père. Elle s'était documentée en lisant des ouvrages qui présentaient le phénomène comme une réaction due au deuil et savait que ce genre de vision pouvait être lié à la perte d'un être cher, à une forme de culpabilité, ou qu'elles étaient l'expression d'une angoisse durable. Elle savait également que les recherches sur le phénomène indiquaient que c'était son esprit, ce fameux œil intérieur, qui les suscitait. C'était une intellectuelle. Elle ne croyait pas aux fantômes.

Pourtant, elle se refusait à exclure quoi que ce soit de manière définitive. Elle n'était plus certaine que les sciences puissent répondre à toutes les questions que se posait l'homme.

Au fil du temps, Maria fut convaincue que ses visions étaient nettement plus que de simples illusions que son esprit, sa dépression et l'adversité suscitaient en elle. À une certaine époque, elles avaient été tellement réelles qu'elle avait eu l'impression qu'elles lui venaient d'un monde parallèle, en dépit de ce qu'affirmait la science. Elle s'était graduellement mise à croire en la possible existence d'un tel monde. Elle s'était à nouveau plongée dans les récits qu'elle avait encouragé Leonora à lire sur ces gens revenus d'un coma dépassé, autant dire de la mort, et qui parlaient de la clarté dorée, de l'amour qu'elle recelait, de l'être divin qui l'habitait et de l'apesanteur qui régnait dans le tunnel sombre menant vers cette grande lumière.

Elle ne se réfugiait pas au creux de sa souffrance, mais essayait par ses propres moyens d'analyser son état mental avec la logique et la raison qui lui coulaient dans les veines.

Ainsi s'écoulèrent presque deux années. Avec le temps, les visions de Maria s'étaient estompées et elle avait cessé de fixer constamment les œuvres de Proust. Sa vie était sur le point de retrouver l'équilibre, même si elle savait que jamais plus les choses ne seraient comme du vivant de sa mère. Puis, un matin, elle se réveilla tôt et jeta un œil à la bibliothèque.

Tout était comme à l'habitude.

À moins que...

Elle regarda à nouveau les livres.

Elle fut saisie de vertige en découvrant que Du côté de chez Swann, *le premier volume, manquait sur l'étagère. Elle s'approcha lentement et le trouva par terre.*

Elle n'osa pas le toucher, mais s'agenouilla pour scruter la page ouverte et se mit à lire :

Les bois sont déjà noirs, le ciel est encore bleu...

9

Sigurdur Oli arriva au travail en toussant et se moucha avec élégance dans un kleenex qu'il sortit de sa poche. Il précisa qu'il ne supportait plus de rester à traînasser comme ça chez lui même s'il n'était pas encore pleinement remis de cette satanée grippe. Il portait un imperméable d'été tout neuf de couleur claire malgré le froid de l'automne. Il était passé à la salle de gym et chez le coiffeur ce matin même, dès l'aube. Quand il croisa Erlendur, il avait donc l'air fringant, comme à son habitude, en dépit de son incomplète guérison.

– Alors, tout est *honky dory* ? demanda-t-il.

– Comment vas-tu ? lui rétorqua Erlendur en faisant abstraction de cette expression dont Sigurdur Oli savait parfaitement qu'elle lui portait sur les nerfs.

– Eh bien, comme ci comme ça. Quoi de neuf ?

– Rien que du vieux. Alors, tu vas retourner vivre avec elle ?

Erlendur avait posé la même question à Sigurdur Oli avant que ce dernier ne soit terrassé par la grippe. Il appréciait beaucoup Bergthora, la femme de son collègue, et regrettait la tournure qu'avaient prise leurs relations. Les deux hommes avaient un peu discuté des raisons de la séparation et Erlendur avait eu l'impression, à entendre Sigurdur Oli, que tout espoir n'était pas perdu. Cela dit, il avait ignoré sa question et n'y répondait pas non plus maintenant. Il supportait difficilement qu'Erlendur s'immisce dans sa vie privée.

– On m'a dit que tu étais encore plongé dans des histoires de disparition, observa-t-il avant de s'éclipser dans le couloir.

Ils étaient moins occupés que d'habitude et Erlendur avait ressorti les dossiers concernant les trois disparitions qui avaient eu lieu à un intervalle rapproché presque trente ans plus tôt. Les documents étaient posés sur son bureau. Il se rappelait clairement les parents de la jeune fille. Il était allé les voir deux mois après que la disparition eut été signalée, alors que les recherches ne donnaient aucun résultat. Ils étaient venus d'Akureyri, des amis qui s'étaient absentés leur avaient prêté leur maison à Reykjavik. Il était visible qu'ils avaient enduré un véritable supplice depuis la disparition de leur fille. La femme avait le visage fatigué, les traits tirés, le mari n'était pas rasé, il avait des poches sous les yeux. Ils se tenaient par la main. Erlendur savait qu'ils étaient allés consulter un psychologue. Ils se reprochaient ce qui était arrivé ainsi que leur long périple en Asie au cours duquel ils n'avaient gardé qu'un contact très irrégulier avec leur fille. Ce voyage était un vieux rêve du couple qui avait toujours désiré visiter l'Extrême-Orient. Ils avaient parcouru le Japon et la Chine et s'étaient même aventurés jusque loin à l'intérieur de la Mongolie. Leur dernier échange avec leur fille avait consisté en une conversation téléphonique entrecoupée, passée depuis un hôtel de Pékin. Il leur avait fallu commander cette communication vers l'international longtemps auparavant et la liaison était médiocre. Leur fille leur avait dit que tout allait bien de son côté et qu'elle avait hâte de les entendre raconter leur voyage.

– C'est la dernière fois qu'on lui a parlé, avait précisé la femme d'une voix basse quand Erlendur était venu les voir. Nous ne sommes rentrés en Islande que deux semaines plus tard et, à ce moment-là, elle avait disparu. On l'a rappelée en arrivant à Copenhague et aussi quand nous nous sommes posés à Keflavik, mais elle n'a pas répondu. Et quand nous sommes allés chez elle, elle avait disparu.

– En fait, on n'avait pas vraiment accès au téléphone avant notre retour en Europe, résuma l'époux. Là, on a essayé de l'appeler, mais elle n'a pas répondu.

Erlendur avait hoché la tête. Les recherches de grande envergure entreprises pour retrouver Gudrun, que tout le monde appelait Duna, n'avaient donné aucun résultat. On avait interrogé ses amis, ceux qui étudiaient avec elle à l'université et les membres de sa famille, mais personne n'avait été capable d'expliquer sa disparition ni d'imaginer ce qui avait bien pu lui arriver. On avait fouillé le littoral de Reykjavik et des alentours, des zodiacs avaient été pris pour explorer les abords des côtes et des plongeurs avaient effectué des recherches en mer. Personne ne semblait avoir vu son Austin Mini où que ce soit, on l'avait cherchée partout autour de Reykjavik, sur la route vers le nord et vers Akureyri, sur les principaux axes routiers, en vain.

– Elle avait acheté cette voiture dans le Nord, c'était un vrai tacot, avait noté le père. On ne pouvait y entrer que par la portière du conducteur, l'autre était bloquée, il était impossible d'abaisser les vitres et le coffre refusait de s'ouvrir. Malgré cela, elle en était contente et s'en servait énormément.

Les parents avaient parlé à Erlendur des centres d'intérêt de leur fille. L'une de ses passions était l'observation de milieux lacustres. Elle étudiait la biologie et s'intéressait particulièrement à la vie aquatique. On avait orienté les recherches en fonction de cette donnée et examiné les lacs des environs de Reykjavik, d'Akureyri et sur le trajet entre ces deux villes, sans résultat.

Erlendur leva les yeux du dossier. Il ignorait où ces gens-là se trouvaient à présent. Probablement vivaient-ils toujours à Akureyri, ils devaient avoir plus de soixante-dix ans, étaient certainement à la retraite et Erlendur espérait qu'ils profitaient de leur vieillesse. Il leur était arrivé de le contacter de temps à autre au cours des premières années, mais il y avait bien long-temps qu'ils ne s'étaient plus manifestés.

Il attrapa un second dossier. La disparition du jeune homme de Njardvik semblait avoir une explication plus évidente. Il était parti en tenue légère pour rejoindre le village voisin et, bien que le trajet soit court, une violente tempête de neige s'était abattue, qui semblait tout simplement l'avoir englouti. Probable-ment avait-il été pris par la mer, emporté par l'une de ses déferlantes. Son état d'ébriété, qui avait été décrit comme passablement avancé, avait diminué ses capa-cités à se tirer d'affaire, altéré son bon sens, réduit sa force physique et sa volonté. Les brigades de sauve-teurs des environs, des parents et des amis du jeune homme avaient parcouru toute la côte depuis le phare de Gardskagi jusqu'au cap d'Alftanes les premiers jours. L'homme n'avait laissé derrière lui aucune piste visible. En outre, on avait, à plusieurs reprises, dû repousser les recherches à cause du temps déchaîné. Mais tout cela n'avait servi à rien.

Erlendur avait contacté Karen, l'amie de Maria, pour lui dire qu'il avait écouté la cassette qu'elle lui avait remise à son bureau. Ils avaient discuté tous les deux un long moment et Karen lui avait communiqué les noms de quelques personnes que Maria avait connues. Elle ne lui avait pas demandé les raisons qui le poussaient à vouloir examiner cette affaire avec plus d'attention, mais avait semblé satisfaite de sa décision.

L'un de ceux que Karen lui avait indiqués était un certain Ingvar auquel Erlendur décida de rendre visite. L'homme le reçut correctement et ne fit aucune remarque sur les raisons avancées pour justifier l'intérêt qu'il portait à Maria. Leur rencontre eut lieu en fin d'après-midi, alors que des averses glaciales s'abattaient sur la ville. Erlendur expliqua que la police islandaise participait à une étude de grande envergure sur le phénomène du suicide, menée en collaboration avec les autres nations nordiques. Ce n'était pas tout à fait un mensonge. Une étude de ce type était effectivement en cours sous l'égide des ministères des Affaires sociales des pays nordiques et la police transmettait les informations dont elle disposait. L'objectif était de parvenir à cerner la racine du problème, comme le formulait un rapport venu de Suède : on examinait les causes du phénomène, sa répartition en fonction des groupes d'âge, du sexe et du statut social afin de dégager d'éventuelles constantes.

Ingvar écouta Erlendur avec intérêt pendant que ce dernier débitait ces explications. Il était âgé d'une soixantaine d'années, c'était un vieil ami de la famille et de Magnus, le père de Maria. Erlendur vit en lui un homme assez terne et discret. Il était évidemment encore sous le choc. Il avait assisté aux obsèques de Maria, qu'il décrivait comme une belle femme. Il lui semblait incompréhensible que cette gamine ait opté pour une solution aussi radicale.

– Je savais bien qu'elle allait mal.

Erlendur avala une gorgée du café que son hôte lui avait offert.

– J'ai cru comprendre qu'elle a été très marquée par la mort de son père, dit-il en reposant sa tasse.

– Extrêmement, confirma Ingvar. D'ailleurs, aucun enfant ne devrait avoir à subir cela. Elle a assisté à toute la scène.

Erlendur hocha la tête.

– Magnus et Leonora avaient acheté ce chalet d'été peu après leur mariage, poursuivit Ingvar. Ils nous y invitaient souvent pour le week-end, moi et ma regrettée Jona, ma chère femme. Magnus passait pas mal de temps sur l'eau. Il avait la manie de la pêche et pouvait rester des jours entiers sur cette barque. Ça m'arrivait de l'accompagner. Il avait tenté d'y intéresser la petite Maria, mais elle refusait de le suivre. Ça valait aussi pour Leonora. Elle n'est jamais allée à la pêche avec lui.

– C'est-à-dire qu'elles n'étaient pas à bord au moment du drame ?

– Non, non. Magnus était tout seul, vous pourrez d'ailleurs lire cela dans vos procès-verbaux. Dans ce temps-là, il y avait très peu de gens qui prenaient la précaution d'enfiler un gilet de sauvetage ou même qui en possédaient un. Magnus n'en avait pas pris pour cette sortie sur le lac. La barque était pourtant équipée de deux gilets, mais il affirmait toujours qu'il n'avait pas besoin de ça et il les laissait à terre dans l'abri à bateaux. La plupart du temps, il s'éloignait très peu de la rive.

– Et cette fois-ci il s'est aventuré un peu plus loin ?

– En effet, c'est ce que j'ai cru comprendre. Le froid était particulièrement mordant. C'était en cette saison, à l'automne.

Ingvar marqua une pause.

– J'ai perdu ce jour-là un de mes plus chers amis, reprit-il, pensif.

– Ce sont des choses douloureuses, commenta Erlendur.

– Sa barque était équipée d'un moteur hors-bord. La police nous a expliqué que l'hélice s'était détachée, l'embarcation était immobilisée et n'avait plus de gouvernail. Magnus n'avait pas emporté de rames avec lui et, quand il avait entrepris de bricoler le moteur, il était tombé par-dessus bord. Il était plutôt gras, sédentaire et fumait beaucoup, ça n'a probablement pas aidé. Leonora m'a dit que le vent s'était renforcé, qu'il descendait en bourrasques glacées depuis la montagne Skjaldbreidur, la surface de l'eau était hérissée d'embruns et Magnus s'est noyé en un clin d'œil. Le lac de Thingvellir est très froid à cette période. On n'y survit que quelques minutes.

– Oui, évidemment, convint Erlendur.

– Leonora m'a raconté que la barque ne se trouvait pourtant qu'à environ cent cinquante mètres du rivage. La petite et elle n'ont pas vraiment vu ce qui s'est passé. Elles ont simplement vu Magnus se débattre dans l'eau, ont entendu ses cris, qui se sont rapidement tus.

Erlendur regarda par la fenêtre du salon. Les lumières de la ville scintillaient sous la pluie. La circulation était plus dense, ils l'entendaient bourdonner à l'extérieur.

– Sa mort a évidemment beaucoup marqué la mère et la fille, poursuivit Ingvar. Leonora ne s'est jamais remariée, elle et Maria ont toujours habité ensemble, même après le mariage de la gamine. À ce moment-là, son mari, le médecin, s'est tout simplement installé avec elles.

– Vous savez si elles étaient croyantes ?

– Je crois que Leonora a trouvé une certaine consolation dans la foi après l'accident de Thingvellir. La religion l'a aidée, tout comme sa fille, je suppose. Maria était une enfant très facile, c'est le moins qu'on puisse dire. Elle n'a jamais causé le moindre souci à sa mère. Elle a rencontré ce médecin qui me semble être un brave homme. Je le connais très peu, mais j'ai discuté avec lui après le décès de Maria, il était très affecté, bien sûr. Tous ceux qui la connaissaient le sont.

– Elle avait étudié l'histoire, glissa Erlendur.

– Oui, elle s'intéressait beaucoup au passé, lisait énormément, elle tenait ça de sa mère.

– Vous connaissez son domaine de prédilection dans le champ historique ?

– Non, je l'ignore tout à fait, répondit Ingvar.

– L'histoire des religions, peut-être ?

– Eh bien, il me semble qu'après le décès de sa mère elle s'est passionnée pour la vie après la mort. Elle s'est plongée dans le spiritisme, les idées que l'humanité avait développées sur la vie après la mort et ce genre de choses.

– Savez-vous si Maria serait allée consulter des médiums ou des voyants ?

– Non, je n'en ai aucune idée. En tout cas, elle ne m'en a jamais parlé. Vous avez posé la question à son mari ?

– Non, répondit Erlendur. Cette idée vient juste de me traverser l'esprit. Avez-vous remarqué si elle était particulièrement dépressive ? Vous auriez pu vous imaginer que cela se terminerait comme ça pour elle ?

– Non, pas du tout. Je l'ai rencontrée quelques fois, j'ai discuté avec elle au téléphone, mais il ne me semblait pas en l'entendant parler que cela finirait par… Au contraire, j'avais l'impression qu'elle était sur la bonne voie. La dernière conversation que j'ai eue avec elle remonte à quelques jours avant qu'elle ne… avant son geste. Cette fois-là, elle m'a semblé plus résolue qu'elle ne l'avait été bien souvent, disons qu'elle m'a semblé plus optimiste. J'ai eu l'impression qu'elle allait mieux. Mais bon, j'ai cru comprendre que c'est parfois ce qui arrive.

– Quoi donc ?

– Que les intéressés se sentent mieux après avoir pris la décision.

– Vous pouvez imaginer les conséquences de l'accident de Thingvellir sur sa personnalité alors qu'elle était encore si jeune ?

– On ne peut évidemment pas se mettre à sa place. Ce qui est arrivé, c'est que Maria s'est littéralement collée à sa mère, qui lui a procuré un sentiment de sécurité et donné la force de surmonter le drame. Les premiers mois et même les premières années, elle supportait à peine que Leonora la quitte des yeux. Il est évident que ce genre d'événement vous marque de façon indélébile et qu'il vous suit tout le reste de votre vie.

– Oui, convint Erlendur. Elles se sont unies dans la douleur de ce deuil.

Ingvar ne répondit rien.

– Savez-vous pourquoi le moteur est tombé en panne ? demanda Erlendur.

– Non, l'hélice se serait détachée, apparemment. On n'en sait pas plus.

– Peut-être Magnus l'avait-il bricolé ?

– Magnus ? Impossible, il n'y connaissait rien en mécanique. Je ne l'ai jamais vu toucher à un moteur. Si vous désirez en savoir plus sur la question, vous pouvez aller interroger sa sœur, Kristin. Elle pourra peut-être vous répondre. Allez la voir.

Le même jour, Erlendur rendit visite à un ancien camarade d'école de Maria. Ce dernier, prénommé

Jonas, était directeur financier dans une entreprise de produits pharmaceutiques où il occupait un bureau spacieux. Il était vêtu d'un sublime costume sur mesure et portait une cravate d'un jaune criard. C'était un homme svelte, de haute taille, avec une barbe de trois jours : il avait un petit air de Sigurdur Oli. Erlendur avait appelé au téléphone ce Jonas qui s'était un peu étonné de le voir enquêter sur le suicide de son ancienne camarade d'école. Il lui avait demandé en quoi il était lié à cette affaire, mais aucune de ses questions n'avait plongé le policier dans l'embarras.

Erlendur attendait que Jonas en ait terminé avec l'appel auquel il lui avait affirmé ne pouvoir se soustraire, un coup de fil important, passé depuis l'étranger, lui avait-il confié. Il s'occupait donc en détaillant la photo sur la bibliothèque qui représentait une femme accompagnée de trois enfants : la famille du directeur financier, supposait-il.

– Oui, vous veniez me voir au sujet de Maria, ce que j'ai entendu dire est bien vrai ? commença Jonas quand il eut enfin reposé le combiné. Elle s'est vraiment suicidée ?

– C'est exact, confirma Erlendur.

– Je n'arrive pas à le croire, observa Jonas.

– Vous l'avez connue au lycée, c'est ça ?

– Nous avons passé trois années ensemble, deux au lycée et une à la fac. Elle a étudié l'histoire, comme vous le savez sûrement. C'était le genre intello, toujours dans les livres.

– Ensemble, vous voulez dire que vous viviez tous les deux ou bien que… ?

– Oui, la dernière année. Ensuite, j'en ai eu ma claque.

Jonas se tut. Erlendur attendait la suite.

– C'est que… Enfin, à vrai dire, sa mère s'immisçait

constamment dans notre vie, reprit Jonas. Et le plus étrange, c'est que Maria n'y trouvait jamais rien à redire. Je suis allé m'installer chez elle, là-haut à Grafarvogur, mais je n'ai pas tardé à jeter l'éponge. Leonora était omniprésente et j'avais l'impression de ne jamais avoir le moindre moment d'intimité avec Maria. Je lui en ai parlé, mais elle ne voyait pas où était le problème, elle voulait avoir sa mère à ses côtés, un point c'est tout. On a eu une petite dispute à ce sujet, puis j'ai fini par ne plus supporter tout ça et j'ai fait mes bagages. Je ne sais même pas si Maria a regretté mon départ. Je ne l'ai guère revue depuis.

– Plus tard, elle s'est mariée.

– Oui, à un médecin, c'est ça ?

– Donc, vous n'aviez pas coupé toute relation ?

– Si, c'est juste une chose que j'ai entendu dire et ça ne m'a pas étonné.

– Vous l'avez vue après votre séparation ?

– Peut-être deux ou trois fois, par hasard, dans des fêtes ou à ce genre d'occasion. Maria était une fille bien. C'est affreux qu'elle ait choisi de partir de cette façon.

Le portable d'Erlendur se mit à sonner dans sa poche. Il demanda à Jonas de l'excuser et répondit.

– Elle veut bien, lui annonça la voix d'Eva Lind.

– Quoi donc ?

– Te rencontrer.

– Qui ça ?

– Maman. Elle accepte. Elle est d'accord pour te rencontrer.

– Je suis en réunion, répondit Erlendur en regardant Jonas lisser patiemment sa cravate jaune.

– Alors, tu acceptes ? demanda Eva Lind.

– Je ne pourrais pas te rappeler plus tard ? proposa Erlendur. Je suis en pleine réunion, là.

– Tu n'as qu'à dire oui ou non.

– Je te rappelle plus tard, conclut Erlendur avant de raccrocher. À votre avis, la mort avait-elle une signification précise dans l'esprit de Maria ? reprit-il. S'agissait-il d'une chose à laquelle elle pensait beaucoup, vous vous en souvenez ?

– Pas spécialement, je ne crois pas. On n'abordait jamais ce sujet, d'ailleurs on était des gamins. Mais elle avait toujours très peur du noir. C'est le principal souvenir que j'ai gardé de notre relation, elle avait affreusement peur de l'obscurité. C'était tout juste si elle pouvait rester seule à la maison après la tombée de la nuit. À mon avis, c'est l'une des raisons qui la poussaient à vouloir habiter avec sa mère. Et pourtant…

– Quoi donc ?

– Pourtant, même si elle avait peur du noir ou peut-être justement à cause de cette terreur, elle passait son temps à lire des histoires de fantômes, se plongeait dans tous ces livres, les *Contes populaires* de Jon Arnason et ce genre d'écrits. En plus, ce qu'elle préférait au cinéma, c'étaient les films d'épouvante, de zombies et toutes ces conneries. Elle se jetait sur ces trucs-là et pouvait ensuite à peine fermer l'œil de la nuit. Elle était incapable de rester seule. Il lui fallait toujours quelqu'un à ses côtés.

– Mais de quoi avait-elle donc peur ?

– Je ne l'ai jamais vraiment compris parce que je ne m'intéresse pas à ce genre de choses, je n'ai jamais eu peur du noir. Peut-être ne l'ai-je pas assez écoutée ?

– Mais cette peur, elle la cultivait, non ?

– Je crois, oui.

– Était-elle très réceptive à son environnement ? Elle avait des visions ? Elle entendait des voix ? Peut-être que cette peur de l'obscurité provenait d'une expérience qu'elle avait vécue ou de quelque chose qu'elle connaissait ?

– Là, je ne crois pas. Mais je me souviens que, parfois, elle s'éveillait en sursaut et fixait la porte de la chambre comme si elle y avait vu quelque chose. Puis, ça lui passait. Je crois que c'étaient des images qui la poursuivaient depuis le monde des rêves. Elle n'y trouvait aucune explication. Parfois, elle avait l'impression de voir des êtres humains. Ça se produisait toujours à son réveil, c'était simplement un truc qui lui était sorti de la tête.

– Ces êtres humains lui parlaient ?

– Non, ce n'était rien, rien que des rêves, comme je viens de vous le dire.

– On pense évidemment à son père dans ce contexte, vous ne croyez pas ?

– Si, tout à fait, et il en faisait partie.

– De ceux qu'elle voyait ?

– Exactement.

– Il lui est arrivé d'aller consulter des médiums quand vous étiez ensemble ?

– Non.

– Vous l'auriez su ?

– Oui, et elle ne l'a pas fait.

– Cette peur du noir, dites-moi, comment se traduisait-elle ?

– Eh bien, de la manière habituelle, je suppose. Elle n'osait pas aller toute seule à la buanderie. C'était tout juste si elle allait à la cuisine sans qu'on l'accompagne. Il fallait que les lumières soient constamment allumées partout où elle se trouvait. Elle avait besoin de me parler quand elle entendait du bruit dans la maison, le soir, surtout si l'heure était très avancée. Elle n'aimait pas que je m'absente, ne supportait pas que je ne sois pas à ses côtés pendant la nuit.

– Elle a tenté de se faire aider ?

– Se faire aider ? Non. N'est-ce pas tout simplement un truc avec lequel il faut… C'est possible de guérir de la peur du noir ?

Erlendur ignorait la réponse à cette question.

– Peut-être bien. Par des psychologues ou ce genre de personnes, avança-t-il.

– Non, ça n'existait pas, en tout cas pas à l'époque où on était ensemble. Vous n'avez qu'à poser la question à son mari.

Erlendur hocha la tête.

– Un grand merci pour votre aide, déclara-t-il en se levant.

– Je vous en prie, répondit Jonas alors qu'il lissait une nouvelle fois sa cravate jaune de sa main élégante.

10

Erlendur ne parvenait pas à chasser de son esprit la visite du vieil homme venu au commissariat pour voir si la police avait de nouveaux éléments sur son fils disparu. Il désirait ardemment faire quelque chose pour lui, mais savait les possibilités extrêmement limitées. Cette affaire était depuis longtemps classée, cette disparition demeurait inexpliquée. Le plus probable était que le jeune ait mis fin à ses jours. Erlendur avait tenté de discuter de cette hypothèse avec le vieil homme et sa femme, mais ils n'avaient pas voulu en entendre parler. Jamais leur fils n'avait caressé de telles idées, jamais il n'avait fait la moindre tentative dans ce sens. Il était plein de joie de vivre, la vie lui souriait et jamais il n'aurait eu l'idée de se suicider.

Les amis qu'Erlendur avait interrogés à l'époque tenaient le même discours. Ils excluaient catégoriquement l'idée que David ait pu se donner la mort. Ils la trouvaient déplacée, mais n'avaient par ailleurs pas été d'un grand secours pour l'enquête. Le disparu ne fréquentait pas d'individus susceptibles de lui nuire, c'était un lycéen tout ce qu'il y avait de plus banal qui, à l'automne suivant, avait prévu de s'inscrire en faculté de droit avec deux de ses camarades.

Erlendur était maintenant assis dans le bureau de l'un des camarades en question. Des dizaines d'années s'étaient écoulées depuis leur dernière discussion. L'interlocuteur d'Erlendur avait suivi de brillantes études, obtenu un diplôme de droit, il était devenu avocat à la Cour suprême et dirigeait un important cabinet de conseil juridique avec deux associés. Il s'était considérablement épaissi depuis ses vingt ans, il avait perdu presque tous ses cheveux et gagné des poches sous les yeux. Erlendur se souvenait de ce gamin rencontré une trentaine d'années plus tôt, il avait gardé en mémoire l'image d'un garçon svelte et musclé, au tout début d'une vie qui avait désormais imprimé sur lui ses marques, le transformant en un homme d'âge mûr, à l'air fatigué et usé.

– Pourquoi revenez-vous me poser des questions sur David, vous avez du nouveau ? s'étonna l'avocat avant d'appeler sa secrétaire pour lui demander de ne pas être dérangé. Dans le couloir, Erlendur avait salué cette femme souriante, âgée d'une cinquantaine d'années.

Deux jours s'étaient écoulés depuis son entrevue avec l'ancien petit ami de Maria. Elinborg lui avait reproché de ne rien faire d'autre au travail que de se plonger dans de vieilles affaires de disparition. Erlendur lui avait répondu de ne pas s'inquiéter pour lui. Ce n'est pas pour toi que je m'inquiète, avait rétorqué sa collègue, mais pour l'argent du contribuable islandais.

– Non, nous n'avons aucun élément nouveau, répondit Erlendur. Mais je crains que son père ne soit arrivé au terme de sa vie. C'est la dernière occasion qui nous est donnée de tenter quelque chose avant qu'il nous quitte.

– Ça m'arrive parfois de penser à lui, observa l'avocat, du nom de Thorsteinn. David et moi, on était de grands amis et c'est très triste qu'on ne soit jamais parvenu à élucider cette affaire. Vraiment très triste.

– Je pense qu'on a fait tout ce qui était en notre pouvoir, plaida Erlendur.

– Je n'en doute absolument pas. Je me souviens de la passion qui vous animait. Vous étiez accompagné d'un autre policier, une femme… ?

– Marion Briem, précisa Erlendur. C'est nous qui étions chargés de l'enquête. Marion est depuis décédée. J'ai relu ces vieux dossiers récemment. Vous étiez à la campagne lorsqu'il a disparu.

– En effet, mes parents sont originaires du village de Kirkjubaejarklaustur, dans le Sud. J'étais parti là-bas avec eux. On y est restés une semaine environ. À mon retour, j'ai appris pour David.

– Vous aviez évoqué, à l'époque, une conversation que vous aviez eue au téléphone avec lui, c'était la dernière fois que vous lui parliez. Vous vous trouviez à Kirkjubaejarklaustur. Il vous avait appelé là-bas.

– Oui, il m'a demandé quand je rentrais à Reykjavik.

– Il voulait vous confier quelque chose.

– C'est exact.

– Mais il avait refusé de vous dire de quoi il s'agissait.

– Tout à fait. Il s'était montré très mystérieux, mais il avait l'air content. Ce qu'il voulait me raconter n'avait rien d'une mauvaise nouvelle, au contraire. Je l'ai un peu cuisiné. Il a ri et m'a dit de ne pas m'inquiéter, que j'allais bientôt tout savoir.

– Et il semblait heureux ?

– Extrêmement.

– Je me souviens que nous vous avons déjà posé ces questions à l'époque.

– En effet et je ne vous ai pas été d'un grand secours, pas plus que maintenant, d'ailleurs.

– Mais vous nous aviez aidés en nous racontant cela, en nous disant qu'il voulait vous apprendre une nouvelle très gaie.

– Oui.

– Ses parents non plus ne savaient pas du tout de quoi il pouvait s'agir.

– Non, j'ai l'impression qu'il n'avait parlé de ça à personne.

– Avez-vous aujourd'hui une idée plus précise de ce que ça pouvait être ?

– Rien que de vagues hypothèses. Bien des années plus tard, je me suis dit que ce devait être une fille, qu'il avait rencontré une fille dont il était tombé amoureux, mais je n'en ai aucune certitude. Je crois que cette idée ne m'est venue que quand j'ai revu Gilbert.

– David n'avait pas de petite amie au moment de sa disparition ?

– Non, aucun d'entre nous n'en avait, répondit l'avocat en esquissant un sourire. Je crois bien que, de toute façon, il aurait été le dernier à se trouver une amoureuse. Il était affreusement timide. Vous avez interrogé Gilbert ?

– Gilbert ?

– Il a déménagé au Danemark à l'époque où David a disparu. Depuis, il est rentré en Islande, il est revenu s'installer ici. Je viens juste d'y penser, c'est peut-être le seul d'entre nous à ne jamais avoir été interrogé.

– Ah, j'y suis, je m'en souviens vaguement, répondit Erlendur. Je crois en effet qu'on n'est jamais arrivés à le rencontrer.

– Il avait l'intention de travailler dans un hôtel à Copenhague pendant une année, mais il s'est tellement plu là-bas qu'il s'y est installé. Il a épousé une Danoise. Il doit être rentré au pays depuis une dizaine d'années. Il me donne des nouvelles de temps en temps. Il me semble qu'un jour il a laissé entendre que David avait une liaison amoureuse. Enfin, c'est ce que pensait Gilbert, mais c'était quelque chose de très vague.

– Très vague ?

– Oui, très.

Valgerdur, l'amie d'Erlendur, l'appela dans la soirée, alors qu'il avait terminé son repas et s'était assis
dans son fauteuil avec un livre. Elle s'efforça de le
convaincre de l'accompagner pour voir une pièce. Une
comédie très populaire était à l'affiche au Théâtre
national, elle voulait y assister et désirait qu'Erlendur
l'accompagne. Ce dernier rechignait, il s'ennuyait au
théâtre. Elle n'était pas non plus parvenue à le traîner
au cinéma. La seule distraction qui ne le rebutait pas
complètement était les concerts : le chant choral, les
solistes et les orchestres symphoniques. Dernièrement,
il était allé avec elle à une soirée où se produisait une
chorale d'hommes et de femmes venus de la vallée de
Svarfadardalur. L'une des cousines de Valgerdur chan-
tait et Erlendur avait apprécié. Il s'agissait de poèmes
de David Stefansson, mis en musique.

– Je t'assure que c'est une pièce très drôle, plaida
Valgerdur à l'autre bout du fil. Une comédie légère.
Ça te fera le plus grand bien.

Erlendur grimaça.

– D'accord, céda-t-il. C'est quand ?

– Demain soir, je passe te prendre.

Il entendit qu'on frappait à sa porte et prit congé de
Valgerdur. Eva Lind se tenait dans le couloir, accompagnée de Sindri. Ils lancèrent un bonsoir à leur père
et entrèrent s'asseoir au salon où ils prirent chacun une
cigarette.

– Qu'est-ce que tu as donc dit à la bande du dessus,
je n'ai pas entendu le moindre bruit depuis que tu es
monté leur parler.

Sindri sourit. Erlendur s'était étonné de ne plus
entendre le hard-rock de l'étage supérieur et se deman-

dait ce que son fils pouvait bien être allé raconter à ces gens qui manifestaient enfin quelque respect pour leurs voisins.

– Ah ah, ils sont parfaitement inoffensifs, la fille a un piercing au sourcil et le gars se la joue à fond. Je leur ai dit que tu étais encaisseur. Que tu faisais régulièrement des séjours en taule pour coups et blessures et que tu ne supportais pas le bruit.

– Je commençais à me demander s'ils n'avaient pas déménagé, observa Erlendur.

– Espèce d'idiot, s'agaça Eva Lind en lançant à son frère un regard désapprobateur. Tu mens, maintenant ?

– Ils faisaient un vacarme infernal, rétorqua Sindri en guise d'excuse.

– Alors, tu as réfléchi ? interrogea Eva Lind. Pour maman. Tu vas la rencontrer, oui ou non ?

Erlendur ne lui répondit pas immédiatement. Il avait eu un peu de temps pour réfléchir à la proposition de sa fille. Il n'avait pas la moindre envie de rencontrer son ex-femme, la mère de ses enfants, mais il voulait éviter d'afficher un franc mépris face à l'initiative d'Eva et à son enthousiasme.

– Qu'est-ce que ça t'apportera ? demanda-t-il.

Erlendur observait à tour de rôle le frère et la sœur, assis face à lui sur son canapé. Leurs visites étaient de plus en plus fréquentes. Après son retour à Reykjavik des fjords de l'Est où il avait travaillé dans le poisson, Sindri avait renoué contact. Quant à Eva Lind, elle venait le voir plus souvent depuis qu'elle avait diminué sa consommation de drogue. Il appréciait beaucoup leurs visites, surtout quand ils passaient ensemble. Il aimait voir les relations qui unissaient ses deux enfants. Il constatait d'ailleurs qu'elles étaient excellentes. Eva Lind était la grande sœur qui commandait et tenait parfois le rôle de l'éducatrice. Quand quelque chose lui déplaisait, elle en informait clairement Sindri. Erlendur soupçonnait que le garçon avait parfois été sous la responsabilité de son aînée quand ils étaient enfants. Sindri ne mâchait pas ses mots quand il lui répondait, mais ne manifestait envers elle ni méchanceté ni animosité.

– Je crois que ça vous ferait du bien à tous les deux, répondit Eva Lind. Je ne comprends pas pour quelle raison vous n'arrivez même pas à discuter.

– Pourquoi veux-tu absolument te mêler de cette histoire ?

– Parce que je suis votre fille.

– Et elle, qu'est-ce qu'elle t'a dit ?

– Ben, seulement qu'elle acceptait. Qu'elle te rencontrerait.

– Et tu as dû la cuisiner longtemps, non ?

– Oh oui ! Vous vous ressemblez tellement que je me demande pourquoi vous avez divorcé !

– Pourquoi ça a tant d'importance pour toi ?

– Vous devriez quand même pouvoir discuter, répéta Eva Lind. Je refuse de voir les choses continuer comme ça. Je ne… d'ailleurs, Sindri non plus, on ne vous a jamais vus ensemble. Pas une seule fois. Tu ne trouves pas ça bizarre ? Franchement, tu trouves que c'est normal ? C'est normal que vos enfants ne vous aient jamais vus ensemble ? Vous, leurs parents !

– Vous seriez les seuls ? rétorqua Erlendur. Puis, s'adressant à Sindri : et toi, tu es aussi catégorique là-dessus ?

– Alors là, je m'en fous complètement, observa Sindri. Eva essaie de m'entraîner là-dedans, mais je m'en tape comme…

– Tu n'es qu'un crétin et tu ne comprends rien, coupa Eva Lind.

– Non, exactement. Par conséquent, expliqua-t-il à

son père, ça ne sert à rien de lui dire que ce qu'elle veut, c'est une connerie. Si maman et toi vous aviez eu envie de discuter, il y a belle lurette que vous l'auriez fait. Mais Eva se mêle de tout. C'est plus fort qu'elle. Elle se mêle de tout, surtout quand ça ne la regarde pas.

Elle lança à son frère un regard furieux.

– T'es qu'un crétin, conclut-elle.

– Eva, je crois que tu ferais mieux de renoncer à cette idée, reprit Erlendur. C'est…

– Maman a dit oui, s'enflamma Eva Lind. Il m'a fallu deux longs mois pour l'amener enfin à changer d'avis. Tu n'as pas idée du cirque que ça a été.

– Si, enfin non, je comprends le pourquoi de ta tentative, mais très sérieusement, je m'en sens incapable…

– Et pourquoi donc ?

– Cette… Cette histoire entre ta mère et moi est depuis longtemps terminée et ça ne faciliterait rien pour personne d'aller remuer tout ça. C'est passé, terminé, révolu. Je crois qu'il vaut mieux envisager les choses sous ce jour et s'efforcer d'aller de l'avant.

– Je te l'avais bien dit, fit Sindri en regardant sa sœur.

– Aller de l'avant ! N'importe quoi !

– Eva, tu as bien réfléchi à tous les détails ? s'enquit Erlendur. Est-ce que c'est elle qui va venir ici ? C'est moi qui irai chez elle ? Ou bien nous rencontrerons-nous en terrain neutre ?

Les yeux fixés sur sa fille, Erlendur se demandait pour quelle raison il avait subitement eu recours à des concepts relevant de la guerre froide en parlant de son ex-femme.

– En terrain neutre ! s'exclama Eva Lind, avec un soupir de dédain. Comment veux-tu qu'on arrive à quoi que ce soit avec vous deux ? Vous êtes givrés !

Autant l'un que l'autre ! Elle se leva d'un coup. À tes yeux, tout cela n'est qu'une plaisanterie. Qu'il s'agisse de moi, de maman ou de Sindri, on n'est pour toi que de simples farces !

– Absolument pas, Eva. Je n'ai jamais dit que…

– On n'a jamais compté pour toi ! s'écria-t-elle. Tu n'as jamais écouté ce qu'on avait à te dire !

Et avant qu'Erlendur et Sindri aient eu le temps de s'en rendre compte, elle se précipita jusqu'à la porte qu'elle ouvrit et referma en un claquement qui fit trembler tout l'immeuble.

– Quoi… ? Qu'est-ce que j'ai dit ?

Erlendur lança à son fils un regard interrogateur. Sindri haussa les épaules.

– Elle est comme ça depuis qu'elle a décroché, elle s'emporte pour un rien. On ne peut rien lui dire sans qu'elle pète complètement les plombs.

– Depuis quand elle parle de cette rencontre entre ta mère et moi ?

– Depuis toujours, répondit Sindri. Du plus loin que je me souvienne. Elle s'imagine que… enfin, je ne sais pas, Eva raconte tellement de conneries.

– Je n'ai jamais entendu de connerie sortir de sa bouche, corrigea Erlendur. Qu'est-ce qu'elle s'imagine ?

– Elle m'a dit que ça pourrait peut-être l'aider.

– Quoi donc ? Qu'est-ce qui pourrait l'aider ?

– Si toi et maman… Enfin, si vos relations n'étaient pas comme ça, à couteaux tirés.

Erlendur dévisagea son fils.

– Elle t'a vraiment dit ça ?

– Oui.

– Que ça pourrait l'aider à s'en sortir et à prendre sa vie en main ?

– Ouais, un truc du genre.

– Si moi et ta mère on essayait de se réconcilier ?

– Tout ce qu'elle veut, c'est que vous discutiez, observa Sindri en écrasant sa cigarette consumée jusqu'au filtre. Je ne vois pas ce qu'il y a de si compliqué là-dedans.

Allongé dans son lit où il avait de la peine à trouver le sommeil après cette visite, Erlendur pensait à une maison dans l'est de l'Islande, dont on affirmait autrefois qu'elle était hantée. C'était un bâtiment en bois sur deux étages qui avait été construit par un marchand danois à la fin du XIXe. Dans les années 30 du siècle dernier, une famille originaire du sud du pays y emménagea et, peu après, des histoires se mirent à circuler, affirmant que la maîtresse de maison avait régulièrement l'impression d'entendre les pleurs d'un enfant derrière le lambris de la salle à manger. C'était la première à mentionner le phénomène et elle ne percevait ces pleurs que lorsqu'elle se retrouvait seule dans la maison. Son mari lui affirmait que c'étaient les miaulements d'un chat, ce qu'elle démentait avec véhémence. Elle se mit à avoir peur du noir et à craindre les fantômes, faisait de mauvais rêves et se sentait mal à l'aise dans la maison. À la fin, comme elle n'en pouvait plus, elle obtint de son mari qu'ils déménagent dans une autre région. Ils repartirent donc vers le Sud au bout de trois années seulement. La maison fut revendue à des gens de la campagne qui ne furent jamais témoins du même phénomène.

Aux alentours de 1950, un homme s'intéressa aux pleurs d'enfant que cette femme disait avoir entendus. Il se documenta sur l'histoire de la maison. Elle avait été occupée par un certain nombre de familles depuis que le marchand danois l'avait vendue. Un temps, trois familles y avaient vécu ensemble sans qu'aucun de leurs membres ne signalent le moindre pleur d'enfant derrière le lambris de la salle à manger. L'homme remonta plus loin dans le temps afin de voir si une histoire d'enfant se rattachait à ce bâtiment. Il apprit que le marchand danois avait eu trois filles qui avaient toutes atteint un âge respectable. Les domestiques du couple n'avaient pas d'enfant. Quand l'homme se pencha sur la construction de la maison proprement dite, il découvrit que les maîtres d'œuvre étaient deux et que les travaux avaient été achevés par le second. Le premier, qui avait abandonné le chantier, avait une fillette âgée de deux ans. Cette dernière était morte accidentellement à l'endroit précis où s'élevait la salle à manger. Une botte de lambris lui était tombée dessus depuis une certaine hauteur, elle était décédée sur le coup.

Erlendur avait entendu cette histoire de maison hantée dans son enfance. Sa mère connaissait l'homme qui avait exhumé le récit de la fille du maître d'œuvre, elle le tenait directement de sa bouche. Il excluait que cette femme originaire du Sud ait pu connaître les détails de la construction de la maison. Erlendur ignorait sous quel angle envisager ce récit. C'était d'ailleurs également le cas de sa mère.

Que nous apprenait cette histoire sur la vie et la mort ?

Cette femme était-elle plus réceptive que les autres ? Peut-être avait-elle entendu parler de la fille du maître d'œuvre, ce qui avait mis en branle son imagination ?

Et si elle était plus sensible que la plupart des gens, dans ce cas, qu'y avait-il donc derrière le lambris ?

11

La femme se souvenait bien de quand Maria et Baldvin s'étaient rapprochés l'un de l'autre. Thorgerdur avait fréquenté la faculté d'histoire avec Maria. C'était une grande brune à la chevelure épaisse et solidement charpentée. Elle avait interrompu ses études d'histoire au bout de deux ans pour entrer à l'école d'infirmière dont elle était sortie diplômée. Elle avait toujours entretenu de bonnes relations avec Maria depuis leurs études. Bavarde, elle s'adressait sans la moindre timidité au policier qu'était Erlendur. Avant même qu'il ne lui pose la moindre question, elle lui avait déclaré qu'un jour, elle avait servi de témoin dans une enquête de police. Alors qu'elle se trouvait dans une pharmacie, un individu vêtu d'une cagoule avait fait irruption, armé d'un couteau avec lequel il avait menacé la laborantine.

– C'était un de ces pauvres types, précisa Thorgerdur. Un junkie. Ils l'ont attrapé tout de suite et ont demandé à ceux qui étaient encore sur place de l'identifier. C'était plutôt facile. Il portait les mêmes guenilles. Il aurait pu se passer de cette cagoule. Il était pourtant fort joli garçon.

Erlendur sourit intérieurement. Le rebut, aurait dit Sigurdur Oli. Erlendur ne savait pas s'il avait lu Laxness ou s'il avait entendu ce terme dans sa jeunesse. Dans la bouche de son collègue, le mot s'appliquait parfaitement aux malfrats et aux drogués, mais il s'en servait également pour faire référence à d'autres gens qu'il n'appréciait pas : les employés qui n'avaient pas fait d'études, les vendeurs, les serveurs, les ouvriers et jusqu'aux artisans qui lui tapaient incroyablement sur les nerfs. Un jour, il s'était offert un week-end à Paris en compagnie de sa Bergthora et, à son grand dam, la plupart des passagers appartenaient à un comité d'entreprise qui s'offrait un voyage annuel. Bruyants, ils buvaient comme des trous et, cerise sur le gâteau : ils avaient applaudi au moment où l'avion s'était posé dans la grande ville. Bande de ploucs, avait-il glissé à l'oreille de Bergthora pour lui montrer qu'il désapprouvait les manières du rebut.

Erlendur orienta la discussion vers Maria et son mari et, immédiatement, Thorgerdur se mit à lui parler des études d'histoire auxquelles elle avait renoncé ainsi que de son amie Maria qui avait rencontré cet interne au bal de l'université.

– Maria va me manquer, observa-t-elle. Je n'arrive toujours pas à croire que cette chose est arrivée. La pauvre, elle devait être tellement mal.

– Donc, vous vous êtes rencontrées à l'université, c'est ça ? aiguilla Erlendur.

– Oui, Maria était une passionnée d'histoire, reprit Thorgerdur, les bras croisés sur sa poitrine. Le passé la fascinait. Moi, je m'ennuyais à mourir. Elle passait des heures chez elle à recopier des cours et des définitions à la machine à écrire. Elle était bien la seule à le faire parmi mes connaissances. Et c'était une étudiante brillante, ce qui n'était pas le cas de tous ceux qui fréquentaient la faculté d'histoire.

– Vous avez connu Baldvin ?

– Oui, c'est Maria qui me l'a présenté. C'était un garçon très convenable. Il avait étudié le théâtre, mais était sur le point d'abandonner au moment où ils se sont mis en couple. D'ailleurs, il n'avait rien d'un acteur de génie.

– Ah bon ?

– Oui, quelqu'un m'a avoué un jour qu'il avait pris une décision judicieuse en se tournant vers la médecine. En tout cas, lui et Maria étaient entourés de gens intéressants, avec cette troupe de théâtre touche-à-tout. Il y avait des gens comme Orri Fjeldsted qui est aujourd'hui un de nos plus grands acteurs. Il y avait également Lilja et Saebjörn qui se sont mariés. Et Einar Vifill. Tous sont devenus célèbres. Enfin, bref, Baldvin s'est inscrit en médecine, il a continué à jouer un peu en parallèle, puis il a complètement arrêté.

– Vous savez s'il a regretté sa décision ?

– Non, je n'ai jamais entendu ce genre de chose. Mais il se passionne toujours pour l'art dramatique. Ils assistaient à de nombreux spectacles et connaissaient pas mal de gens dans la profession, ils avaient beaucoup d'amis qui travaillaient dans les théâtres.

– Vous savez si Leonora et Baldvin s'entendaient bien ?

– Évidemment, il a emménagé chez Maria et, Leonora, elle avait une forte personnalité. Maria disait parfois que sa mère voulait les régenter, ce qui pouvait agacer Baldvin.

– Dites-moi, à quelle période historique Maria s'intéressait-elle le plus ?

– Elle n'en avait que pour le Moyen Âge, la période que je trouvais la plus ennuyeuse de toutes. Elle faisait des recherches sur les incestes, les enfants illégitimes, les jugements et les peines appliquées dans ce domaine. Son mémoire de fin d'études traitait des noyades à Thingvellir. C'était très instructif. J'ai été sa relectrice.

– Des noyades ?

– Oui, vous savez, précisa Thorgerdur. Elle y parlait de Drekkingarhyl, ce trou d'eau où on exécutait les femmes adultères en les noyant, là-bas, à l'ancien Parlement de Thingvellir.

Erlendur ne répondit pas. Ils s'étaient installés dans la salle de détente de l'hôpital où travaillait Thorgerdur. Une vieille femme, cramponnée à un déambulateur, passa lentement devant eux. Une aide-soignante traversa le couloir d'un pas pressé, chaussée de sabots blancs. Dans les parages un groupe d'internes étaient occupés à comparer leurs diagnostics.

– Évidemment, ça correspond, reprit Thorgerdur.

– Quoi donc ?

– Eh bien, j'ai entendu dire… J'ai entendu dire qu'elle s'était pendue. Dans son chalet de Thingvellir.

Erlendur la fixa sans dire un mot.

– Enfin, évidemment, ça ne me regarde pas, ajouta Thorgerdur, subitement mal à l'aise, voyant qu'elle n'obtenait aucune réaction de sa part.

– Savez-vous si elle cultivait un intérêt particulier pour le surnaturel ? interrogea-t-il.

– Non, mais elle avait très peur du noir. Ça a toujours été comme ça, depuis toujours. Elle ne pouvait pas rentrer seule chez elle à la sortie du cinéma. Il fallait toujours quelqu'un pour la raccompagner. Et pourtant, elle allait voir les pires des films d'horreur.

– Savez-vous pourquoi elle était à ce point phobique ? Elle vous en a parlé ?

– Je…

Thorgerdur hésita. Elle jeta un œil dans le couloir, comme pour vérifier que personne n'épiait leur conversation. La vieille femme était arrivée à destination et restait plantée là, désemparée, comme si la raison pour laquelle elle y était venue s'était perdue en chemin. À la radio, on entendait les notes lointaines d'une vieille chanson de variétés. *Ce bon vieux Thordur aimait le plancher des vagues…*

– Qu'alliez-vous dire ? demanda Erlendur, penché en avant.

– J'ai l'impression qu'elle n'avait pas… Enfin, c'était en rapport avec cet accident à Thingvellir, reprit Thorgerdur. Avec la mort de son père.

– De quoi s'agit-il ?

– C'est un sentiment que j'ai depuis longtemps à propos de ce qui s'est produit là-bas dans son enfance. Maria pouvait être très abattue, mais aussi, par moments, très enjouée. Elle ne m'a jamais dit qu'elle prenait des médicaments, mais je trouvais incroyable qu'elle puisse avoir ces hauts et ces bas tellement excessifs. Et un jour, il y a longtemps, alors qu'elle était au trente-sixième dessous, j'étais chez elle à Grafarvogur et elle s'est mise à me parler de Thingvellir. C'était la première fois, elle n'avait jamais évoqué le drame avec moi avant ça et j'ai immédiatement senti qu'elle était tenaillée par une sorte de culpabilité.

– Pourquoi aurait-elle dû éprouver de la culpabilité ?

– J'ai essayé de lui en reparler plus tard, mais elle ne s'est plus jamais ouverte à moi comme elle l'avait fait cette fois-là. Elle s'est toujours montrée réticente à me raconter ce qui s'était passé, mais je suis franchement convaincue qu'elle était rongée par quelque chose, quelque chose qu'elle ne parvenait pas à exprimer.

– C'était évidemment un événement terrifiant, observa Erlendur. Elle a vu son père se noyer sous ses yeux.

– Certes.

– Et que vous a-t-elle dit ?

– Que jamais ils n'auraient dû aller au chalet d'été.

– Rien d'autre ?

– Et que…

– Oui ?

– Que, peut-être, il devait mourir.

– Son père ?

– Exactement, son père.

La salle éclata de rire, et Valgerdur avec elle. Erlendur haussa les sourcils. Le mari était entré de façon inattendue par la troisième porte d'où il avait poussé un drôle d'aboiement en voyant sa femme dans les bras du domestique. Celle-ci avait repoussé le valet en hurlant qu'il s'en était pris à elle et qu'il voulait la violer. Le domestique plongea son regard dans la salle et afficha une mine grimaçante : rudement réaliste ! Les rires de l'auditoire retentirent de plus belle. Valgerdur fit à Erlendur un sourire forcé et comprit immédiatement qu'il s'ennuyait ferme. Elle lui caressa le bras, il lui lança un regard et un sourire.

Après la représentation, ils allèrent s'asseoir dans un bar. Il commanda une chartreuse et un café. Elle prit un fondant au chocolat accompagné d'une glace et d'une liqueur. Ils parlèrent de la pièce. Elle s'était beaucoup amusée. Il n'avait pas grand-chose à en dire et se contenta de relever des failles dans l'histoire.

– Enfin, Erlendur, ce n'est qu'une comédie, il ne faut pas la prendre autant au sérieux. On est censés rire et prendre un peu de bon temps. Moi, j'ai trouvé ça très drôle.

– Oui, les gens ont bien ri, convint Erlendur. Je n'ai pas l'habitude d'aller au théâtre. Tu connais Orri Fjeldsted ? L'acteur ?

Il se souvenait de ce qu'avait dit Thorgerdur à propos des amis de Baldvin dans l'univers du théâtre. Pour sa part, il n'était pas franchement à la page en ce qui concernait les célébrités.

– Oui, évidemment, tu l'as vu dans *Le Canard sauvage*.

– *Le Canard sauvage* ?

– Oui, c'était lui qui interprétait le mari. Il était peut-être un peu âgé pour le rôle, mais bon… c'est un excellent acteur.

– Ah oui, en effet, dit Erlendur.

Valgerdur, qui appréciait beaucoup le théâtre, avait parfois réussi à y entraîner Erlendur. Elle avait sorti la grosse artillerie, Ibsen et Strindberg, dans l'espoir qu'ils le séduisent. Elle avait compris qu'il s'ennuyait. Il s'était endormi pendant *Le Canard sauvage*. Elle avait donc essayé les comédies. Ces dernières ne lui faisaient ni chaud ni froid. En revanche, il avait apprécié une représentation tristounette de la *Mort d'un commis voyageur*, ce qui n'avait pas étonné Valgerdur.

Le calme régnait dans le bar. Une musique douce provenait du plafond. Erlendur avait l'impression de reconnaître Frank Sinatra. *Moon River*. Il avait le disque. Il se souvenait de ce film qu'il avait vu. Il avait oublié le titre, mais on y entendait cette chanson, interprétée par une jolie femme. Peu de gens étaient sortis affronter le frimas de l'automne. Quelques personnes passèrent à toute vitesse devant la fenêtre à côté de laquelle ils étaient assis, emmitouflées dans un imperméable d'hiver ou dans une doudoune, des anonymes sans visage qui avaient à faire en ville, en cette fin de soirée.

– Eva veut que je rencontre Halldora, déclara Erlendur en avalant une gorgée de liqueur.

– Ah oui, répondit Valgerdur.

– Elle veut qu'on essaie d'améliorer nos relations.

– Voilà qui me semble tout à fait raisonnable, observa Valgerdur qui prenait parti pour Eva Lind à chaque fois qu'il était question d'elle dans la conversation. Vous avez deux enfants ensemble. C'est normal que vous entreteniez un minimum de relations. Elle est d'accord pour te rencontrer ?

– Eva dit que oui.

– Pourquoi vous n'avez eu aucun contact pendant si longtemps ?

Erlendur s'accorda un instant de réflexion.

– Parce que aucun de nous ne l'a souhaité.

– Ça a dû être difficile pour eux. Je veux dire, Eva et Sindri.

Erlendur resta silencieux.

– Quelle est la pire chose qui pourrait arriver ? interrogea Valgerdur.

– Je ne sais pas. Disons que tout cela me semble tellement lointain. Notre couple. Ce qu'on était. Toute une vie a passé depuis l'époque où on vivait ensemble. De quoi allons-nous bien pouvoir parler ? À quoi bon ressortir toutes ces histoires ?

– Peut-être que le temps a guéri les blessures.

– Ce n'est pas l'impression que j'ai eue en la croisant, il y a quelques années. Elle n'avait rien oublié.

– Mais aujourd'hui elle veut bien te rencontrer.

– Oui, c'est vrai.

– C'est peut-être le signe qu'elle veut faire la paix.

– Peut-être.

– De plus, c'est important aux yeux d'Eva.

– C'est bien le problème. Elle est plutôt pressante, mais…

– Quoi ?

– Rien, répondit Erlendur. C'est juste que…

– Que quoi ?

– Que je ne supporterai pas un règlement de comptes.

Le contremaître appela Gilbert qui, vêtu d'un bleu de travail, fumait une cigarette dans de gigantesques fondations d'une profondeur abyssale. Il expliqua à Erlendur qu'ils allaient construire un immeuble de huit étages avec un garage en sous-sol. Voilà pourquoi le trou était si imposant et si profond. Il ne demanda pas à Erlendur pourquoi il désirait s'entretenir avec Gilbert, qui les observa longuement alors qu'ils discutaient sur le bord du trou avant de balancer son mégot et de se mettre à gravir la grande échelle en bois jusqu'à la surface. Il lui fallut un certain temps. Le contremaître s'éclipsa. La scène se passait dans les environs du lac d'Ellidavatn. Des grues de couleur jaune s'élevaient dans la grisaille de la fin d'après-midi où que se pose le regard, tels de gigantesques corbeaux qui auraient été fichés dans la terre par les divinités du progrès. On entendait quelque part le ronflement d'une bétonneuse. Ailleurs, c'était un camion qui reculait en émettant de petits bips.

Erlendur salua Gilbert d'une poignée de main et se présenta. Gilbert ne savait sur quel pied danser. Erlendur lui demanda s'ils pouvaient s'asseoir quelque part où ils ne seraient pas dérangés par ce vacarme. Gilbert lui lança un regard, puis, d'un signe de tête, indiqua un bungalow peint en vert : la cafétéria du chantier.

Il retira le haut de son bleu de travail en entrant dans la pièce surchauffée.

– J'ai du mal à croire que vous veniez me poser des questions sur David au bout de toutes ces années, s'étonna-t-il. Y aurait-il du nouveau ?

– Non, rien du tout, répondit Erlendur. C'est moi qui étais chargé de l'enquête dans le temps et, disons que…

– Que vous n'arrivez pas à vous en défaire, c'est ça ? compléta Gilbert.

C'était un homme de haute taille et maigre comme un clou. Âgé d'une cinquantaine d'années, il en paraissait plus. Légèrement voûté, on aurait dit qu'il avait pris l'habitude d'éviter les portes et les plafonds. Ses mains étaient aussi longues que son corps, ses yeux enfoncés dans son visage décharné. Il avait négligé de se raser les jours précédents et les poils de sa barbe grisâtre crissaient quand il se grattait les joues.

Erlendur lui répondit d'un hochement de tête.

– Je venais de partir au Danemark quand il a disparu, reprit Gilbert. Je n'ai appris la chose que beaucoup plus tard et ça m'a choqué. C'est triste qu'on ne l'ait jamais retrouvé.

– En effet, convint Erlendur. On a essayé de vous contacter à l'époque, mais en vain.

– Ses parents sont toujours vivants ?

– Son père, oui, il est vieux et malade.

– C'est pour lui que vous faites ça ?

– Pour personne en particulier, répondit Erlendur. J'ai soudain pensé, l'autre jour, que vous étiez le seul de ses amis à ne jamais avoir été interrogé parce que vous étiez parti vous installer à l'étranger.

– J'avais prévu de passer un an au Danemark, expliqua Gilbert en sortant une autre cigarette de sa combinaison. Cet homme semblait ne jamais sombrer dans la précipitation, il trouva son briquet au fond d'une de ses poches et tassa sa cigarette sur la table. Et, finalement, je suis resté là-bas une vingtaine d'années. Ce n'était pas du tout mon intention, mais bon… ainsi va la vie.

– On m'a dit que vous aviez discuté avec David peu avant de quitter l'Islande.

– C'est vrai, on était en contact permanent. Vous avez interrogé Steini, je veux dire, Thorsteinn ?

– Oui.

– Je l'ai croisé à une de ces réunions d'anciens du lycée. À part ça, j'ai perdu de vue tous ceux que je connaissais dans le temps.

– Vous avez dit à Thorsteinn que David avait probablement rencontré une femme. Ce détail n'est pas apparu dans l'enquête que nous avons menée à l'époque. Je voulais savoir si vous saviez son identité et l'endroit où je pourrais la joindre.

– Steini est tombé des nues quand je lui ai dit ça. Je pensais qu'il en savait plus que moi, poursuivit Gilbert en allumant sa cigarette. Mais j'ignore qui c'était. Je ne suis même pas certain qu'il s'agissait d'une femme. Personne ne s'est manifesté, à la disparition de David ?

– Non, répondit Erlendur, personne.

Son portable se mit à sonner. Erlendur demanda à Gilbert de l'excuser et décrocha.

– Oui, allô.

– Vous interrogez les gens sur Maria ?

Erlendur sursauta. La voix de son correspondant était grave et sévère, le ton accusateur et froid.

– Qui êtes-vous ? demanda-t-il.

– Son mari, et je veux savoir ce que vous fabriquez.

Diverses réponses traversèrent l'esprit d'Erlendur, toutes plus mensongères les unes que les autres.

– Vous pouvez m'expliquer ce qui se passe ?

– Nous ferions peut-être mieux de nous rencontrer, suggéra Erlendur.

– Sur quoi enquêtez-vous ? Qu'est-ce que vous fabriquez ?

– Si vous êtes chez vous dans l'après-midi, alors je peux…

Baldvin lui raccrocha au nez. Erlendur adressa un sourire embarrassé à Gilbert.

– Je vous prie de m'excuser. On parlait de cette

femme, vous en savez un peu plus sur elle, même si ça ne vous semble être qu'un détail ?

– Presque rien, répondit Gilbert. David m'a appelé la veille de mon départ pour me dire au revoir. Il m'a dit qu'il pouvait peut-être me confier un secret puisque je m'envolais le lendemain pour le Danemark. Mais bon, pour qu'il annonce enfin la couleur, il a fallu que je le cuisine et que je lui pose directement la question. Alors, il m'a répondu qu'à mon retour en Islande, il y aurait sûrement du nouveau de son côté en termes de conquêtes féminines.

– C'est la seule chose qu'il vous a dite, que peut-être il aurait du nouveau en termes de conquêtes féminines ?

– Oui.

– Et il n'avait jamais eu de petite amie avant ça ?

– Non, pas vraiment.

– Donc, vous avez eu l'impression qu'il avait rencontré une femme, c'est ça ?

– Oui, c'est ce que j'ai cru comprendre. Mais bon, ça reste assez vague, il ne m'a pas dit grand-chose de précis.

– Il ne vous a pas paru sur le point de se suicider ?

– Non, bien au contraire, il était plein d'entrain, en pleine forme. Étonnamment gai d'ailleurs, parce qu'il pouvait parfois se montrer un peu taciturne, pensif et très sérieux dans ses réflexions.

– Et vous ne connaissez personne qui aurait pu lui vouloir du mal ?

– Non, absolument pas.

– Et vous ignorez l'identité de cette femme, c'est bien ça ?

– En effet, je n'en ai aucune idée, malheureusement.

12

Erlendur se gara à côté de la maison de Grafarvogur.
La nuit commençait à tomber, l'hiver s'apprêtait déjà à
prendre le relais d'un été court et pluvieux. L'idée
n'angoissait absolument pas Erlendur. Contrairement à
bien des gens qui comptaient les heures jusqu'au
moment où les jours rallongeraient, il n'avait jamais
redouté l'arrivée de l'hiver qu'il ne considérait pas
comme son ennemi. L'obscurité et le froid ralentis-
saient le passage du temps que la nuit couvrait d'un
voile paisible.

Baldvin vint l'accueillir à la porte et, alors qu'il le
suivait vers le salon, Erlendur se demanda s'il allait
continuer à vivre dans cette maison, maintenant que
Maria et Leonora étaient mortes. Il n'eut pas le temps
de lui poser la question. Baldvin exigeait qu'il lui
explique pourquoi il parcourait la ville en interrogeant
les gens au sujet de Maria, il voulait savoir pourquoi il
avait appris cela de la bouche de ses amis et connaissances, il entendait qu'on lui dise de quoi il retournait
précisément. La police avait-elle décidé d'ouvrir une
enquête ?

– Non, répondit Erlendur, il ne s'agit pas de ça.

Il lui confia que, comme cela se produisait parfois
dans les cas de suicide, la police avait reçu des informations selon lesquelles la mort de Maria pouvait

paraître suspecte. Voilà pourquoi il avait, sous la pression d'une amie de la défunte dont il souhaitait préserver l'anonymat, interrogé quelques personnes, mais cela ne changeait rien au fait que sa femme avait mis fin à ses jours. Baldvin ne devait avoir aucune inquiétude. Il ne s'agissait absolument pas d'une enquête de police, qui n'aurait d'ailleurs servi à rien.

Erlendur s'exprima en ces termes pendant un certain temps, sur ce ton lent et mesuré qui, de manière générale, apaise les gens qui ont affaire à la police. Il remarqua que Baldvin s'était graduellement calmé. Au début, il s'était tenu debout à côté de la bibliothèque avec un air furieux, puis il était allé s'asseoir dans un fauteuil une fois la tension retombée.

– Et alors, où en êtes-vous dans cette affaire ?

– Elle est vide, répondit Erlendur. Il n'y a aucune affaire.

– Ça me met mal à l'aise de savoir que les gens parlent de ça, observa Baldvin.

– Ça se comprend, convint Erlendur.

– C'est déjà assez difficile.

– Oui. On m'a dit que la cérémonie d'inhumation avait été très bien, reprit Erlendur.

– L'homélie du pasteur était parfaite. Ma femme et elle se connaissaient bien. Il y avait beaucoup de gens. Maria était appréciée de tous, partout.

– Vous avez opté pour la crémation ?

Baldvin leva vers Erlendur son regard, jusqu'alors rivé au sol.

– C'était sa volonté, précisa-t-il. On en avait discuté. Elle ne voulait pas qu'on la mette en terre et… enfin, vous savez… elle trouvait que c'était la meilleure solution. Et je suis d'accord avec elle, je veux qu'on fasse la même chose pour moi.

– À votre connaissance, votre femme s'intéressait-

118

elle au surnaturel, allait-elle consulter des médiums ou ce genre de chose ?

– Pas plus que le commun des gens, répondit Baldvin. Elle avait terriblement peur du noir. On a dû vous le dire.

– En effet.

– Vous m'avez déjà posé cette question sur le surnaturel, reprit Baldvin. Sur l'existence d'une vie après la mort. Qu'est-ce que vous sous-entendez ? Que savez-vous que j'ignore ?

Erlendur le dévisagea longuement.

– Je sais qu'elle s'est rendue chez un médium, déclara-t-il.

– Ah bon ?

Erlendur sortit la cassette audio de la poche de son imperméable pour la tendre à son interlocuteur.

– Ceci est l'enregistrement d'une séance de Maria chez un médium, précisa-t-il. C'est peut-être d'ailleurs l'unique raison qui m'a poussé à vouloir mieux la connaître.

– L'enregistrement d'une séance chez un médium ? s'étonna Baldvin. Comment… comment se fait-il que vous ayez ça ?

– Je l'ai reçu après le décès de Maria. Elle l'avait confié à une de ses amies.

– Une de ses amies ?

– Oui.

– Laquelle ?

– Je lui demanderai de vous contacter si elle le désire.

– Vous avez écouté cette cassette ? Ça ne relève pas d'une intrusion dans la vie privée ?

– Le plus important, c'est peut-être ce que cet enregistrement vous apprendra. Vous êtes sûr de ne pas avoir été au courant qu'elle était allée consulter ce médium ?

– Jamais elle n'a mentionné ce genre de chose et je refuse d'en discuter dans de telles conditions. J'ignore le contenu de cette cassette et vos procédés me semblent des plus douteux.

– Dans ce cas, je vous présente toutes mes excuses, répondit Erlendur en se levant. Peut-être voudrez-vous m'en parler une fois que vous l'aurez écoutée. Mais si vous ne le voulez pas, ça ne change rien. Il est possible que la clef de toute cette histoire se trouve chez Marcel Proust.

– Chez Marcel Proust ?

– Ça ne vous dit rien ? Je crois que Maria a toujours évité de se retrouver seule, observa Erlendur. À cause de sa phobie du noir.

– Je...

Baldvin hésita.

– Malgré cela, elle était toute seule, plongée dans l'obscurité de l'automne à Thingvellir.

– Qu'est-ce que ça veut dire ? Où voulez-vous en venir ? Je suppose quand même qu'elle n'avait aucune envie d'avoir quelqu'un dans les parages au moment de son suicide !

– En effet, je suppose. Peut-être me contacterez-vous, conclut Erlendur avant de remettre entre les mains de Baldvin la séance chez le médium.

Le vieil homme avait été transféré au service de gériatrie. Comme Erlendur ne s'était pas annoncé, il dut demander son chemin au personnel pour parvenir à la chambre. Lorsqu'il arriva, l'homme enfilait une chemise d'hôpital, ce qui n'allait pas sans mal. Erlendur se précipita pour lui venir en aide.

– Aïe, aïe, merci beaucoup, ah, mais c'est vous ? s'écria-t-il en le reconnaissant.

– Comment allez-vous ? interrogea le policier.

– C'est supportable. Qu'est-ce qui vous amène ici ? s'enquit l'homme dans la voix duquel Erlendur perçut une tension grandissante. Ce n'est pas mon petit David, n'est-ce pas ? Vous n'auriez quand même pas du nouveau ?

– Non, rien de cela, répondit bien vite Erlendur. Je passais dans le coin, je me suis dit que je pouvais bien me fendre d'une petite visite.

– Je ne devrais pas quitter le lit, mais je ne supporte pas de rester allongé comme ça toute la journée. Vous ne voudriez pas m'accompagner à la salle de détente ?

Il attrapa le bras d'Erlendur qui l'aida à sortir dans le couloir. Puis ils allèrent s'installer à l'endroit qu'indiquait le vieil homme. On entendait à la radio une voix familière qui lisait un roman-feuilleton.

– Vous vous rappelez un camarade de votre fils, un certain Gilbert, qui a déménagé au Danemark à l'époque du drame ? interrogea Erlendur. Mieux valait, à son avis, en venir directement au fait.

– Gilbert, murmura le vieil homme, pensif. Je ne suis pas certain de me souvenir.

– Ils fréquentaient le même lycée. Il a longtemps vécu à Copenhague, il a téléphoné à David juste avant sa disparition.

– Et ce Gilbert, il vous a appris quelque chose ?

– Non, rien de très tangible, mais votre fils lui a vaguement laissé entendre qu'il avait rencontré une femme. Je me souviens que vous aviez écarté cette hypothèse lorsque nous l'avons évoquée. Les déclarations de ce Gilbert tendent à indiquer le contraire.

– David n'avait pas de petite amie, répondit le vieil homme. Il nous l'aurait dit.

– Peut-être leur rencontre était-elle très récente, peut-être leur relation n'en était-elle qu'à ses débuts. C'est justement ce que votre fils a laissé entendre à Gilbert. Aucune femme, aucune jeune fille ne vous a contactés après la disparition de David ? Quelqu'un qui aurait téléphoné chez vous, une inconnue qui aurait demandé à lui parler ? Peut-être que ce n'était qu'une simple voix au bout du fil.

Le vieil homme dévisagea longuement Erlendur. Il s'efforçait de se remémorer les événements des jours et des semaines qui avaient suivi la disparition de son fils. La famille s'était réunie, la police avait enregistré des dépositions, des amis avaient offert de les aider, les médias leur avaient demandé des photos. Ils n'avaient eu le temps de comprendre ce qui leur arrivait que lorsqu'ils s'étaient allongés, éreintés, tard dans la nuit, pour essayer de dormir. Ils n'avaient pas eu le moindre répit. La nuit, leur fils leur apparaissait en pleine santé et ils redoutaient de ne plus jamais le revoir.

Le vieil homme fixait Erlendur en s'efforçant de se remémorer quelque chose d'étrange, d'inhabituel, une visite, un coup de téléphone, une voix qu'il n'avait pas reconnue, une question qui lui aurait semblé incongrue : est-ce que David est là ?

– Il avait déjà eu des petites amies ? demanda Erlendur.

– Très peu, vous savez, il était si jeune.

– Et il n'y a personne qui aurait demandé à lui parler, quelqu'un que vous ne connaissiez pas vraiment, peut-être une jeune femme de son âge ?

– Non, je ne me souviens pas de ça, absolument pas. Je… On l'aurait su, s'il avait rencontré une jeune fille. Le contraire est impossible. Mais bon… je me fais tellement vieux, il se peut qu'un détail m'ait échappé. Ma chère Gunnthorunn aurait pu vous aider.

– Souvent, les enfants n'osent pas raconter ce genre de chose.

– C'est bien possible, mais alors, cette relation était toute récente. Je ne me souviens pas l'avoir jamais vu avec une petite amie. Pas une seule fois.

– Vous pensez que son frère aurait été au courant ?

– Elmar ? Non, il nous l'aurait dit. Jamais il n'aurait oublié quelque chose d'aussi important.

Le vieil homme fut pris de vilaines quintes graillonnantes qui se transformèrent bientôt en une toux inextinguible. Le sang se mit à lui couler des narines et il s'allongea sur le côté dans l'un des canapés de la salle de détente. Erlendur sortit dans le couloir pour appeler à l'aide et revint à son chevet en attendant que quelqu'un arrive.

– Il y en a pour moins longtemps qu'ils ne le pensaient, soupira le vieil homme.

Les infirmières réprimandèrent vivement Erlendur. Il les suivit du regard pendant qu'elles ramenaient le patient à sa chambre dont elles refermèrent la porte. Erlendur traversa le couloir, incertain d'avoir l'occasion de le revoir.

La nuit venue, allongé dans son lit, il eut du mal à trouver le sommeil et se souvint de sa mère. Elle lui occupait bien souvent l'esprit en automne. Il la voyait clairement devant lui, à l'époque où ils vivaient encore dans les fjords de l'Est. Debout sur le seuil de la ferme, les yeux levés vers la montagne Hardskafi, elle lui adressait un regard optimiste. Ils finiraient bien par le retrouver. Tout espoir n'était pas encore perdu. Il ne savait plus si cet instantané de sa mère sur le seuil de la maison était un vrai souvenir ou simplement une image qui lui était venue en rêve. Peut-être que ça n'avait finalement guère d'importance.

Elle était décédée trois jours après son admission à l'hôpital. Il était resté à son chevet jusqu'au dernier instant. Le personnel lui avait offert d'aller se reposer dans une chambre inoccupée, mais il avait poliment décliné la proposition, il ne pouvait se résoudre à abandonner sa mère. Les médecins lui avaient affirmé qu'elle pouvait s'en aller d'une minute à l'autre. Elle reprenait parfois conscience, mais ses propos étaient incohérents et elle ne le reconnaissait pas. Il avait tenté de lui parler, en vain.

Ainsi s'étaient égrenées les heures tandis que, peu à peu, la vie quittait sa mère. Ses pensées s'étaient emplies de souvenirs de l'époque où il était encore enfant et elle, le centre de cet univers étrangement réduit, à la fois puissance tutélaire bienveillante, maîtresse de maison généreuse et amie chère.

Enfin, il avait semblé qu'elle revenait un peu à elle. Elle lui avait adressé un sourire.

– Erlendur, avait-elle murmuré alors que son fils tenait sa main dans la sienne.

– Je suis là, avec toi, avait-il répondu.

– Erlendur ?

– Oui.

– Tu as retrouvé ton frère ?

13

Le début de la représentation approchait lorsque Erlendur se gara à l'arrière du théâtre, non loin de l'entrée des artistes. Il se savait en retard, mais désirait achever son programme de la journée avant de rentrer chez lui. Un sympathique concierge lui indiqua le chemin des loges, mais le pressa en lui disant qu'il n'avait que très peu de temps. Erlendur tenta de le tranquilliser en lui répondant qu'il s'était annoncé et qu'Orri attendait sa visite. Du reste, il n'en aurait que pour un instant.

C'était le branle-bas de combat dans les coulisses. Les acteurs arpentaient les couloirs en costume. On terminait d'en maquiller certains. Le personnel était survolté. Dans la salle, les spectateurs avaient commencé à s'installer, peu nombreux. Une voix annonça qu'il ne restait qu'une demi-heure avant l'entrée en scène. Erlendur savait que la pièce jouée ce soir était *Othello*. Valgerdur lui avait raconté que la critique avait décrit l'adaptation comme ambitieuse et originale, mais parfaitement incompréhensible.

Orri Fjeldsted était seul dans sa loge où il répétait son texte quand Erlendur le trouva enfin. Il interprétait le rôle de Yago et portait un complet démodé des années 40 car le metteur en scène que Valgerdur avait décrit comme un jeune présomptueux tout frais rentré d'Italie où il avait étudié s'était mis en tête de situer la scène à Reykjavik, pendant la Seconde Guerre mondiale. Othello était noir, il était officier à la base américaine sur la lande de Midnesheidi, et Desdémone, sa petite amie, une fille à soldats, venait de Reykjavik. L'officier rentrait du front d'Europe pour rencontrer sa Desdémone, Yago fomentait son assassinat.

– Vous êtes le policier ? interrogea Orri en ouvrant à Erlendur. Vous ne pouviez pas trouver un meilleur moment ?

– Excusez-moi, j'avais prévu d'arriver plus tôt, on n'en a pas pour longtemps.

– Au moins, vous n'êtes pas l'un de ces crétins de critiques ! s'exclama l'acteur aux cheveux rabattus en arrière. C'était un homme petit et maigre, presque décharné, au visage couvert d'un épais maquillage et orné d'une moustache peu convaincante à la Clark Gable, collée sur sa lèvre supérieure. Il rappelait surtout à Erlendur ces bandits qu'on voit dans les films américains.

– Vous lisez les critiques ? s'enquit Orri Fjeldsted qui, en dépit de sa petite taille, avait une voix forte.

– Jamais, répondit Erlendur.

– Ils n'y sont pas allés de main morte pour nous descendre, précisa Orri. Erlendur repensa à Valgerdur qui lui avait rapporté les propos tenus par les critiques sur l'interprétation d'Orri dans le rôle de Yago. D'après ces derniers, il apparaissait comme désemparé sur la scène.

– Je ne suis pas au courant, répéta Erlendur.

– Vous n'avez pas vu la pièce ?

– Je vais très rarement au théâtre.

– Fichus traîtres ! Quelle bande d'ordures ! Vous croyez que c'est drôle d'être confronté à ça ?

– Oui, enfin, non, je... Ils sont...

– Année après année, on joue les mêmes choses, on entend les mêmes conneries, navrant ! Dites-moi, que puis-je pour vous ?

– Je venais vous voir au sujet de Baldvin…

– Ah oui, vous m'en avez parlé au téléphone. J'ai entendu dire qu'il avait perdu sa femme. De façon brutale. Nous ne sommes plus en contact. Depuis des années.

– Vous avez fréquenté ensemble l'École d'art dramatique, si j'ai bien compris.

– Exact. C'était un acteur très prometteur, mais il s'est inscrit en médecine. Il a bien fait. Comme ça, il n'a pas à essuyer cette putain de critique ! Et surtout, ça lui rapporte plus. Ça vous fait une belle jambe d'être un acteur célèbre quand vous n'avez rien à vous mettre sous la dent. Ici, en Islande, les acteurs sont payés une misère, à peine plus que les profs !

– Il me semble en effet qu'il ne manque de rien, répondit Erlendur, s'efforçant de son mieux de calmer l'acteur.

– Lui qui était toujours fauché ! Je m'en souviens bien. Il vous empruntait de l'argent et tardait à rembourser. Il fallait vraiment le harceler et, parfois, il ne vous rendait pas un sou. Cela dit, c'était un brave type.

– Vous formiez toute une petite bande dans cette école, n'est-ce pas ?

– En effet, répondit Orri en passant son index sur sa fine moustache afin de s'assurer qu'elle tenait bien en place, on faisait une sacrée petite bande.

« Quinze minutes avant la représentation », annonça un haut-parleur.

– Il a rencontré sa femme alors qu'il venait d'abandonner le théâtre, poursuivit Erlendur.

– Oui, je m'en souviens très bien, une fille adorable

127

qui étudiait à l'université. Mais dites-moi, pourquoi la police prend-elle des renseignements sur Baldvin ?

Erlendur mesura soigneusement ses paroles, il se souvenait que Valgerdur lui avait raconté que, nulle part, on n'entendait autant de ragots que parmi les acteurs.

– Nous menons une étude en collaboration avec les Suédois et…

La curiosité d'Orri Fjeldsted sembla subitement s'éteindre.

– Ces petits gars se livraient aux quatre cents coups, reprit-il, c'est le moins qu'on puisse dire. Je crois bien qu'un de ses camarades a rendu givré un certain Tryggvi avec ses expériences.

– Des expériences théâtrales ?

– Des… ? Non, à cette époque-là, Baldvin faisait déjà médecine. Vous avez d'autres questions ? Je dois y aller, on joue dans cinq minutes. Il y avait du public dans la salle ? Ils ont complètement saboté cette adaptation, ces satanés critiques. Complètement. Ils ne comprennent rien au théâtre. Rien du tout ! Quand je pense que les gens écoutent leurs balivernes et qu'ils téléphonent par dizaines pour annuler les réservations !

Orri ouvrit la porte du couloir.

– Et ce Tryggvi ? poursuivit Erlendur.

– Tryggvi ? Il me semble que c'était bien son nom. Ils racontaient qu'il avait trop étudié. Vous avez déjà entendu ce genre d'histoire. Celle de l'étudiant hors pair qui finit par devenir cinglé. Enfin, il a renoncé à ses études. J'ignore ce qu'il est devenu.

– Et cette expérience, Baldvin y a participé ?

– C'est ce que j'ai toujours entendu, il y avait lui et un de ses camarades de la faculté de médecine. Je me demande même s'il n'était pas cousin avec ce Tryggvi, ou plus ou moins parent. Ils s'entendaient comme larrons en foire.

– Que s'est-il passé ?

– On ne vous a pas raconté ?

– Non.

– Il paraît que Tryggvi a demandé à son cousin de…

Othello s'avança à grandes enjambées dans le couloir, suivi de Desdémone. Il portait son costume d'officier de l'armée américaine et elle, un tailleur d'été rose pâle ainsi qu'une épaisse perruque blonde. Othello avait la tête rasée, la sueur perlait déjà sur son crâne.

– Allez, on en finit avec ce truc-là, beugla Othello. Il attrapa Yago par le bras pour l'entraîner vers la scène alors que Desdémone adressait un large sourire à Erlendur.

– Qu'est-ce qu'il lui a demandé ? cria Erlendur dans le dos des acteurs.

Orri s'arrêta net et le regarda.

– Je ne sais pas si c'est vrai, mais c'est ce que j'ai entendu il y a des années.

– Quoi ?

– Tryggvi lui a demandé de le tuer.

– De le tuer ? Il est mort ?

– Non, frais comme un gardon, mais bizarre.

– De quoi parlez-vous ? Je ne vous suis absolum…

– C'est une expérience que le cousin a tentée sur Tryggvi.

– Quel genre d'expérience ?

– La version que j'ai eue, c'est qu'il a maintenu Tryggvi en état de mort artificielle pendant quelques minutes avant de le ramener à la vie. On m'a dit qu'après ça, Tryggvi n'a plus jamais été lui-même.

Sur ce, la troupe se précipita sur la scène.

Le lendemain, Erlendur exhuma des dossiers de la police de vieux rapports sur le drame qui s'était produit au lac de Thingvellir. Il lut la déposition de Leonora, la mère de Maria, ainsi que le rapport qu'un expert avait rendu sur la barque et sur le moteur hors-bord. Il trouva parmi les pièces du dossier le rapport d'autopsie qui montrait que Magnus était mort noyé dans l'eau glacée. Il semblait qu'aucun témoignage de la fillette n'avait été recueilli. Le décès avait été classé comme accidentel. Erlendur vérifia l'identité de celui qui avait dirigé l'enquête. C'était Niels. Il poussa un soupir. Il n'avait jamais franchement apprécié ce collègue. Ils travaillaient dans la police depuis aussi longtemps l'un que l'autre, mais, à l'inverse d'Erlendur, Niels était un paresseux, ses enquêtes s'étiraient en longueur, parfois au point de tomber sous le coup de la prescription. Et elles étaient toujours menées en dépit du bon sens.

Niels prenait sa pause-café. Il était occupé à taquiner le personnel féminin de la cafétéria quand Erlendur lui demanda s'il pouvait avoir une petite discussion avec lui.

– De quoi s'agit-il, mon cher Erlendur ? demanda Niels, qui s'était fait une spécialité des formules de politesse creuses. Mon ami, camarade, mon vieux et mon cher étaient des mots dont il achevait invariablement ses phrases : en soi insignifiants, ils prenaient une importance gigantesque dans la bouche de Niels qui s'imaginait au-dessus de tout le monde sans en avoir franchement les moyens.

Erlendur le prit à part dans la cafétéria et s'installa avec lui pour lui demander s'il se souvenait de cet accident au lac de Thingvellir, de la mère et de sa fille, Leonora et Maria.

– C'était limpide comme affaire, non ?

– Oui, probablement. Tu te souviendrais de détails suspects sur les conditions du drame, les personnes présentes sur les lieux ou l'accident en lui-même ?

Niels prit une expression censée indiquer qu'il parcourait mentalement le passé à la recherche de l'accident de Thingvellir.

– Tu ne cherches quand même pas l'indice d'un acte criminel après tout ce temps ? s'inquiéta-t-il.

– Non, pas du tout. Mais la gamine que tu as vue là-bas avec sa mère est décédée l'autre jour. Le noyé était son père.

– Je ne me rappelle rien de suspect dans le cadre de cette enquête, observa Niels.

– Comment l'hélice s'est-elle détachée du moteur ?

– Évidemment, je n'ai pas conservé tous les détails en mémoire, avança-t-il précautionneusement. Il lança à son collègue un regard plein de suspicion. Beaucoup de ceux qui travaillaient au commissariat n'étaient pas franchement ravis de voir Erlendur exhumer des affaires classées.

– Tu te souviens de ce qu'avait dit la Scientifique ?

– Ce n'était pas simplement dû à l'usure ? avança Niels.

– Quelque chose comme ça, convint Erlendur. Mais ça n'explique pas grand-chose. Le moteur était vieux, usé et pas spécialement entretenu. Tu te rappelles ce qu'ils t'ont dit et qui n'aurait pas été consigné dans leur rapport ?

– C'est ce regretté Gudfinnur qui s'est occupé de ça.

– On peut donc difficilement lui poser la question. Tu sais parfaitement que tout n'est pas mentionné dans les procès-verbaux.

– Qu'est-ce que tu as donc à farfouiller dans le passé comme ça ?

Erlendur haussa les épaules.

– Qu'est-ce que tu essaies de trouver, camarade ?

– Rien, répondit Erlendur, les dents serrées.

– Qu'est-ce que tu veux savoir exactement ?

– Quelle a été leur réaction, tu t'en souviens ? La réaction de la femme et de sa fille ?

– Elle n'avait rien d'anormal. C'était un drame terrible, ça sautait aux yeux. La femme était au bord de la crise de nerfs.

– L'hélice n'a jamais été retrouvée.

– C'est exact.

– Il n'y avait, par conséquent, aucun moyen de savoir précisément comment elle s'était détachée.

– Non. Cet homme était seul à bord de la barque, il a dû bidouiller le moteur, puis il est tombé à l'eau et s'est noyé. Sa femme n'a pas vu ce qui s'est passé, sa fille non plus. La femme s'est brusquement aperçue qu'il n'y avait plus personne sur la barque. Ensuite, elle a entendu les cris de son mari quelques instants, mais il était déjà trop tard.

– Tu te rappelles… ?

– On a interrogé le vendeur, poursuivit Niels. Ou plutôt, Gudfinnur s'en est chargé. Il a parlé à quelqu'un au magasin qui vendait ces moteurs hors-bord.

– Oui, c'est inscrit dans son rapport.

– Cet homme lui a dit que l'hélice ne se détachait pas si facilement que ça, qu'il fallait sacrément forcer.

– La barque a peut-être heurté le fond du lac ?

– On n'a rien trouvé le laissant penser. Par contre, la femme nous a dit que son mari avait un peu trafiqué le moteur la veille. Comme elle ne lui avait pas posé de questions, elle était incapable de dire ce qu'il avait fait. Il est possible qu'il ait dévissé l'hélice par inadvertance.

– Le mari ?

– Oui.

Erlendur se rappelait qu'Ingvar lui avait affirmé que Magnus n'y connaissait strictement rien en mécanique.

– Tu te souviens de la réaction de la gamine quand vous êtes arrivés ?

– Elle devait avoir environ dix ans, c'est bien ça ?

– Oui.

– Évidemment, elle avait la même attitude que n'importe quel môme en état de choc. Elle restait cramponnée à sa mère. Elle ne l'a pas quittée d'une semelle tout le temps que nous sommes restés là-bas.

– Je n'ai trouvé aucune trace de sa déposition dans le dossier.

– On ne l'a pas interrogée ou alors, très peu. On ne voyait aucune raison de le faire. Les enfants ne sont pas les témoins les plus fiables.

Erlendur s'apprêtait à contredire son collègue, mais ils furent dérangés par l'entrée de deux policiers en uniforme qui saluèrent Niels.

– Sur quoi tu te casses la tête, mon cher Erlendur ? demanda Niels. De quoi s'agit-il exactement ?

– De la phobie de l'obscurité, répondit-il. D'une très banale peur du noir.

14

Karen, l'amie de Maria, accueillit Erlendur à la porte de son domicile. Elle l'attendait et l'invita à entrer dans son appartement spacieux du quartier des Melar. Il l'avait rappelée après sa visite au commissariat, elle lui avait communiqué les noms de gens qui connaissaient Maria et qu'il pourrait interroger. Karen et lui avaient également discuté de l'amitié qui liait les deux femmes et remontait au moment où, à onze ans, nouvelles à l'école, elles avaient été placées côte à côte en classe. À cette époque, Leonora avait récemment changé Maria d'établissement parce qu'elle n'était pas satisfaite du directeur et des enseignants. Maria, qui avait subi les brimades d'autres élèves, n'avait pas eu son mot à dire et s'efforçait de prendre ses marques avec les gamins inconnus de ce nouvel univers. Karen venait d'emménager dans le quartier où elle ne connaissait personne. Leonora conduisait sa fille chaque matin à l'école, elle venait la reprendre dans l'après-midi et, un jour, Maria avait demandé à Karen si elle avait envie de l'accompagner chez elle. Leonora avait accueilli la nouvelle amie de sa fille à bras ouverts et, à partir de ce moment-là, leur amitié s'était rapidement épanouie, sous la protection de Leonora.

– Sa mère se montrait même un peu envahissante, confia Karen à Erlendur. Elle nous avait inscrites à un cours de danse classique que nous ne supportions ni l'une ni l'autre, elle nous emmenait au cinéma, s'arrangeait pour que je puisse dormir chez elles à Grafarvogur; maman ne m'autorisait jamais à passer la nuit chez aucune de mes amies à part Maria. Leonora nous procurait des tickets de cinéma, faisait du pop-corn quand on regardait la télé. On avait à peine le temps de se retrouver seules pour jouer toutes les deux. Leonora était vraiment adorable, ne vous méprenez pas sur mes paroles, mais parfois c'était presque trop. Elle s'occupait très bien de sa fille et, même si j'avais l'impression que Maria était gâtée et surprotégée, elle n'a jamais été insolente, elle a toujours été polie, obéissante et gentille, comme le voulait sa nature.

L'amitié de Karen et de Maria s'était renforcée au fil des ans. Elles avaient passé leur baccalauréat ensemble, Karen avait choisi de devenir enseignante et Maria de se consacrer à l'histoire. Elles partaient ensemble à l'étranger, avaient fondé ensemble un club de couture qui, plus tard, était mort de sa belle mort, partaient en vacances toutes les deux, faisaient des séjours au chalet d'été et sortaient s'amuser ensemble le samedi soir.

Erlendur comprenait mieux pourquoi Karen était venue le voir au commissariat après le suicide de sa grande amie. Il saisissait la raison pour laquelle elle lui avait affirmé que son geste devait cacher autre chose qu'un insondable désespoir.

– Que dites-vous de cette séance chez le médium? lui demanda-t-elle.

– Elle vous avez déjà fait part de son projet lorsqu'elle est allée le consulter?

– C'est moi qui l'ai conduite là-bas. Il s'appelle Andersen.

– Leonora lui avait dit qu'elle s'arrangerait pour lui envoyer un signe si elle continuait de vivre après la mort, observa Erlendur.

– Je ne vois rien de bizarre à cela, répondit Karen. On en discutait souvent avec Maria. Elle m'a raconté pour le livre de Marcel Proust. Comment expliquez-vous ce phénomène ?

– Eh bien, il y a plusieurs explications plausibles, répondit Erlendur.

– Vous ne croyez pas au surnaturel, n'est-ce pas ? interrogea Karen.

– Non, mais je comprends bien Maria. Je comprends parfaitement pour quelles raisons elle est allée voir un médium.

– Beaucoup de gens croient en l'existence d'une vie après la mort.

– En effet, convint Erlendur. Mais je n'en suis pas. Ce que les gens ont décrit comme une grande lumière et un tunnel au moment de leur mort n'est, à mon avis, rien de plus que les derniers messages transmis par le cerveau avant qu'il ne s'éteigne.

– Maria avait une autre approche.

– A-t-elle parlé du pacte concernant le livre de Proust à d'autres personnes qu'à vous ?

– Je l'ignore.

Karen fixait Erlendur comme si elle se demandait s'il était le bon interlocuteur, si elle n'avait pas commis une erreur. Erlendur l'imitait. Le soir tombait dans le salon.

– Dans ce cas, je suppose que ça ne servirait à rien que je vous dise ce que Maria m'a raconté il n'y a pas longtemps.

– Rien ne vous oblige à me confier ce que vous préférez garder pour vous. Le cœur du problème, c'est que votre meilleure amie s'est suicidée. Il est bien possible que vous ayez du mal à regarder cette vérité en face, il y a en ce monde tant de choses difficiles à accepter.

– J'en ai parfaitement conscience, je sais également l'effet qu'a produit sur Maria le décès de sa mère, mais ça me semble vraiment très particulier.

– Quoi donc ?

– Maria m'a affirmé qu'elle avait vu Leonora.

– Après son décès ?

– Oui.

– Chez un médium ?

– Non.

– Je crois que Maria a vu beaucoup de choses et qu'en outre elle avait très peur du noir.

– Je suis bien placée pour le savoir. Mais cela n'avait rien à voir avec ça.

– Enfin, de quoi parlez-vous ?

– Il y a quelques semaines, elle s'est réveillée au milieu de la nuit et là, Leonora était debout à la porte de sa chambre. Elle portait une tenue d'été, avec un ruban dans les cheveux et un pull-over jaune. Elle a fait signe à Maria de la suivre avant de disparaître subitement de sa vue.

– Ça indique clairement à quel point cette pauvre femme en était arrivée, observa Erlendur.

– Je me garderais de la juger trop vite, répondit Karen. Vous avez entendu sur cette cassette la façon dont Leonora avait prévu de se manifester à elle, non ?

– Oui, tout à fait, confirma Erlendur.

– Et alors ?

– Et alors, rien. Le livre est tombé par terre. Ça arrive.

– Pourquoi justement celui-là ?

– Peut-être qu'elle l'a pris sur l'étagère et ensuite oublié. Peut-être qu'elle en a parlé à Baldvin qui l'a pris et ensuite oublié. Peut-être qu'elle en a parlé à des gens qui sont venus la voir et qu'ils ont manipulé l'ouvrage. Après tout, elle vous en a bien parlé à vous.

– Certes, mais, personnellement, jamais je ne l'aurais fait tomber et laissé grand ouvert par terre, observa Karen.

– Je crois aux hasards de la vie, reprit Erlendur. Et, apparemment, Leonora était restée omniprésente dans cette maison. N'est-ce pas là le signe qu'elle a continué de vivre après sa mort ? L'ancien petit ami de Maria m'a dit qu'elle avait toujours eu des visions alors qu'elle était dans un état de semi-veille, des gens qu'elle connaissait lui apparaissaient.

Ils gardèrent un long moment le silence.

– Donc, vous connaissez le médium dont on entend la voix sur cet enregistrement ? interrogea Erlendur pour finir.

– Oui. Il n'est pas très célèbre. C'est moi qui l'ai conseillé à Maria. Une autre de mes amies était allée le consulter et elle m'a parlé de lui.

– Comment cette cassette est-elle arrivée entre vos mains ?

– Maria me l'a prêtée l'autre jour. J'avais envie de voir comment se passait une séance chez un médium. En ce qui me concerne, je ne me suis jamais prêtée à ce genre d'expérience.

– Vous savez si elle est allée en consulter d'autres ?

– Elle a vu celui-là et un autre, juste avant sa mort.

– Qui était-ce ?

– Maria m'a raconté qu'elle connaissait toute sa vie. Jusqu'au moindre détail. Elle m'a dit que c'était absolument incroyable. C'est l'une des dernières fois où je lui ai parlé. J'ignorais qu'elle allait aussi mal, je ne pensais pas qu'elle en était arrivée à ce point.

– Vous connaissez l'identité du médium en question ?

– Non, Maria ne m'en a pas parlé, mais j'ai compris qu'elle l'a beaucoup appréciée et qu'elle avait confiance en elle.

– C'est-à-dire que c'était une femme ?

– C'est exact.

Karen restait assise, silencieuse, les yeux plongés dans la pénombre de l'autre côté de la grande baie vitrée du salon.

– On vous a raconté ce qui s'est passé au lac de Thingvellir ? interrogea-t-elle tout à coup.

– Oui, on m'en a touché mot.

– J'ai toujours eu l'impression qu'il était arrivé là-bas une chose qui n'a jamais été élucidée, observa Karen.

– Comment ça ?

– Maria ne me l'a jamais dit clairement, mais il planait sur elle comme une ombre menaçante. Une ombre sortie du passé, liée à ce drame affreux.

– Connaissez-vous Thorgerdur, cette femme qui était avec elle à la fac d'histoire ?

– Oui, je vois qui c'est.

– Elle m'a confié son sentiment ; elle pense que cette ombre avait à voir avec le père de Maria. Comme s'il devait mourir, a-t-elle précisé. Ça vous dit quelque chose ?

– Non. Comme s'il devait mourir ?

– C'est une phrase qui a échappé à Maria et qui peut signifier n'importe quoi.

– Elle voulait peut-être dire que son moment était venu ?

– On peut le penser en l'interprétant ainsi : son destin voulait qu'il meure ce jour-là et rien n'aurait pu changer cela.

– Je ne l'ai jamais entendue dire une chose pareille.

– Mais on peut également y voir une autre signification, poursuivit Erlendur.

– Vous voulez dire… qu'il l'aurait mérité, qu'il méritait de mourir ?

– C'est une autre hypothèse, mais, dans ce cas, pour quelle raison ?

– Ça implique qu'il ne se serait pas agi d'un accident ? Que… ?

– Je n'en ai aucune idée, répondit Erlendur. Il y a eu une enquête qui n'a relevé aucun détail suspect. Puis, des dizaines d'années plus tard, on prête ces paroles à Maria. Vous l'avez entendue dire ce genre de choses ?

– Non, jamais, répondit Karen.

– Une voix se manifeste lors de cette séance chez le médium, on l'entend sur la cassette.

– Oui ?

– Une voix grave masculine qui met Maria en garde et lui dit qu'elle n'a pas idée de ce qu'elle fait.

– En effet.

– Comment l'expliquait-elle ?

– Cette voix lui a rappelé celle de son père.

– Oui, elle le dit sur la bande.

– Tout ce que je sais, c'est que c'est arrivé au bord du lac. Elle me donnait très souvent cette impression. Un événement en rapport avec Magnus, son père, et qu'elle ne pouvait imaginer confier à personne.

– Dites-moi encore, vous connaissez un homme du nom de Tryggvi qui a étudié la médecine en même temps que Baldvin ?

Karen s'accorda un instant de réflexion, puis secoua la tête.

– Non, je ne connais aucun Tryggvi.

– Maria ne vous a jamais parlé de quelqu'un portant ce nom ?

– Non, je ne crois pas. Qui est-ce ?

– Tout ce que sais de lui, c'est qu'il était avec Baldvin à l'université, répondit Erlendur, qui préféra garder le silence sur ce qu'Orri Fjeldsted lui avait appris sur ce Tryggvi.

Quelques instants plus tard, ils prirent congé l'un de l'autre. Elle le regarda s'installer au volant de son véhicule garé sur le parking. C'était une vieille voiture noire avec des feux arrière de forme circulaire dont elle ne reconnaissait pas la marque. Mais au lieu de démarrer le moteur et de s'éloigner, Erlendur restait immobile. Bientôt, la fumée d'une cigarette s'éleva de la vitre entrouverte du conducteur. Quarante minutes s'écoulèrent jusqu'au moment où, finalement, les feux circulaires s'allumèrent et la voiture s'éloigna lentement.

Plus jeune, il avait désiré rêver de son frère. Il prenait des objets qui avaient appartenu à Bergur, un petit jouet ou un chandail que sa mère avait rangés avec soin car elle ne jetait jamais rien de ce que l'enfant avait possédé. Il les plaçait sous son oreiller avant de s'endormir, à chaque fois il en choisissait un nouveau. Au début, il avait voulu savoir si Bergur viendrait le visiter en rêve, s'il serait capable de l'aider à le retrouver. Plus tard, il avait simplement souhaité le voir, se souvenir de lui, de ce à quoi il ressemblait au moment où il s'était perdu.

Jamais Bergur ne lui était apparu en rêve.

Des dizaines d'années plus tard, alors qu'il se trouvait seul dans une chambre d'hôtel glacée, il avait enfin rêvé de lui. Le rêve s'était prolongé après son réveil et, du coin de l'œil, il avait aperçu son frère, quelque part à la frontière entre l'imaginaire et le réel, recroquevillé sur lui-même, grelottant de froid dans un angle de la chambre. Il avait eu l'impression qu'il aurait pu le toucher du doigt. Puis cette vision s'était dissipée et il s'était retrouvé seul avec, au fond du cœur, ce vieil espoir de retrouvailles qui jamais n'avaient eu lieu.

Après qu'elle eut trouvé Du côté de chez Swann *au pied de la bibliothèque, l'angoisse de Maria diminua, elle se sentit mieux. Elle faisait moins de cauchemars. Les nuits où elle ne rêvait pas se firent plus nombreuses et son sommeil plus réparateur.*

Baldvin se montrait plus compréhensif. Elle ignorait si c'était dû à sa peur de la voir franchir la limite entre la raison et la folie ou si ce signe envoyé par Leonora l'avait plus impressionné qu'il ne le laissait paraître.

– Peut-être que tu devrais aller consulter un médium ? avait-il suggéré un soir.

Maria l'avait regardé, déconcertée. Elle ne s'attendait pas à ça de la part de son mari qui avait toujours clamé son aversion pour les voyants. Voilà pourquoi elle avait gardé secrète sa visite chez Andersen. Elle n'avait pas voulu semer la discorde entre eux. Il lui semblait aussi que ce qui les concernait, elle et sa mère, relevait de son intimité.

– Je te croyais opposé à ce genre de chose, s'était-elle étonnée.

– C'est vrai, je… mais si cela peut t'apporter une forme d'aide, peu m'importe sa nature et sa provenance.

– Tu en connais, des médiums ? avait-elle demandé.

– Mmmh, non, avait répondu Baldvin, hésitant.

– *Mais… ?*

– *J'ai entendu les cardiologues discuter de ça au boulot.*

– *De quoi donc ?*

– *De la vie après la mort. Il est arrivé un petit truc. Un homme est mort pendant deux minutes sur la table d'opération. Ils étaient en train de lui faire un pontage et son cœur s'est arrêté de battre. Au bout de plusieurs tentatives de réanimation, il est reparti. L'homme a ensuite raconté qu'il avait fait l'expérience de la mort.*

– *À qui donc ?*

– *À tout le monde. Aux infirmières, aux médecins. Il n'était pas croyant avant, mais il affirme que cette expérience l'a définitivement convaincu.*

Il y avait eu un silence.

– *Il a dit qu'il avait pénétré dans un autre monde, avait poursuivi Baldvin.*

– *Je ne t'ai jamais posé cette question, mais est-ce que des histoires de cette sorte se produisent souvent à l'hôpital ?*

– *Ça arrive qu'on entende ce genre de chose. Il y a même des gens qui ont tenté des expériences sur eux-mêmes pour savoir s'il existe une vie après la mort.*

– *Comment ça ?*

– *Des gens qui se sont plongés en mort artificielle. C'est un phénomène connu. Une fois, j'ai vu au cinéma un navet qui en parlait. Enfin bref, les médecins se sont tous mis à discuter de médiums et de voyants, et l'un d'entre eux en connaissait un bon que sa femme est allée consulter. Je me suis dit que… ça serait peut-être quelque chose pour toi.*

– *Comment il s'appelle ?*

– *C'est une femme, une certaine Magdalena. Je me suis dit que tu aurais peut-être envie d'aller la voir. On ne sait jamais, ça pourrait peut-être t'aider un peu.*

15

La dernière résidence connue de Tryggvi était un squat crasseux et puant installé dans un taudis non loin de la rue Raudararstigur où il venait dormir avec trois autres clochards, d'anciens détenus et des ivrognes. C'était une maison en bois recouverte de tôle ondulée en attente de démolition avec des fenêtres cassées et un toit qui fuyait. Il y planait une forte odeur de pisse de chat, tout était couvert de détritus. Les quatre propriétaires qui en avaient hérité se disputaient âprement cette manne providentielle et avaient depuis longtemps négligé d'entretenir les lieux. On pouvait difficilement les considérer comme dignes d'avoir reçu ce bien en héritage, tant ils manquaient d'esprit d'initiative. Tryggvi avait quelques rares fois eu affaire à la police pour ivresse sur la voie publique et vagabondage. D'après les informations dont disposait Erlendur, c'était un homme paisible et solitaire. Il ne s'occupait de personne et personne ne s'occupait de lui. Parfois, quand un froid glacial s'abattait sur les rues de Reykjavik, il trouvait refuge au commissariat ou à l'Armée du Salut.

La deuxième fois qu'Erlendur se rendit à pied depuis son bureau de Hverfisgata jusqu'au taudis de Raudararstigur pour essayer de trouver Tryggvi, il tomba sur un homme qu'avec beaucoup de bonne volonté, on pouvait appeler son colocataire. C'était un ivrogne semi-conscient, assis sur un matelas immonde qui avait été installé voilà longtemps sur le sol cimenté pour plus de confort. Il pleuvait et une flaque d'eau s'était formée par terre, près de l'homme. Des bouteilles de Brennivín vides reposaient à côté de la paillasse, accompagnées de plusieurs flacons contenant des produits destinés à la pâtisserie, de verres et de deux seringues à aiguilles courtes. L'homme leva le regard vers Erlendur depuis son matelas en plissant les yeux, dont l'un était méchamment tuméfié.

– Vous êtes qui ? questionna-t-il, d'une voix rauque et pâteuse.

– Je suis à la recherche de Tryggvi, répondit Erlendur. On m'a dit qu'il venait parfois ici.

– Tryggvi ? Il est pas là.

– Je vois ça, vous pourriez me dire où il se trouve généralement à cette heure de la journée ?

– Ça fait un bail que je l'ai pas vu dans les parages.

– On m'a dit qu'il dormait parfois ici.

– Oui, mais ça fait un moment, répondit l'homme en se relevant sur son matelas. Et ça fait longtemps qu'il est pas passé nous voir. On est quel jour ?

– Qu'est-ce que ça change ? demanda Erlendur.

– Vous auriez pas un truc à boire ? s'enquit l'homme sur un ton optimiste. Il portait une veste épaisse, un pull-over, un pantalon marron et des chaussures montantes éculées qui laissaient apparaître ses chevilles blanches et décharnées. Erlendur remarqua qu'il avait une blessure à la lèvre. Apparemment, il s'était battu récemment.

– Non.

– Qu'est-ce que vous lui voulez à Tryggvi ? s'inquiéta l'homme.

– Rien de spécial, répondit Erlendur. J'avais juste envie de le voir.

– Vous êtes… son frère ?

– Non, comment va-t-il ?

Erlendur était certain que s'il s'attardait trop dans ce taudis puant, l'odeur d'urine imbiberait ses vêtements pour le reste de la journée.

– Je ne sais pas comment il va, s'emporta subitement l'ivrogne. Comment vous croyez qu'il va ? Mal, bien sûr ! Et vous, vous cherchez quoi ? Vous voulez le sortir du caniveau ? Et les autres qui se pointent ici et vous filent des raclées, cette bande d'ordures, en menaçant de vous brûler vif !

– Qui donc ?

– Des salauds qui ne vous lâchent pas la grappe !

– C'est récent ?

– Il y a quelques jours. Ils sont de pire en pire chaque année, ces saletés.

– Tryggvi a eu affaire à eux ?

– Tryggvi, je l'ai pas vu depuis…

– … longtemps, j'ai compris, acheva Erlendur.

– Allez voir dans les bars. C'est là que je l'ai croisé la dernière fois. Au Napoléon. Il doit avoir du fric, sinon ils l'auraient foutu à la porte.

– Merci beaucoup.

– Vous avez de l'argent ? s'enquit l'homme.

– Pour acheter à boire ?

– Qu'est-ce que ça change ? rétorqua-t-il en roulant des yeux.

– En effet, pas grand-chose, répondit Erlendur, qui plongea sa main dans sa poche pour en sortir quelques billets.

Rien n'avait subi de changement majeur au Napoléon depuis la dernière fois qu'Erlendur y était venu. De pauvres hères à la mine abattue étaient assis à quelques tables bancales. Vêtu d'un gilet noir par-dessus sa chemise rouge, le barman était plongé dans ses mots croisés. Derrière le comptoir, la radio diffusait le roman de l'après-midi : *Au même point dans l'existence.*

Erlendur avait très peu d'éléments sur l'homme qu'il recherchait. Il avait à nouveau interrogé Orri Fjeldsted, l'acteur, par téléphone. Orri s'était montré disert, d'ailleurs le temps ne lui manquait plus, maintenant que les représentations d'*Othello* avaient été interrompues, longtemps avant la date prévue. Orri n'en savait pas plus que ce qu'il avait déjà dit à Erlendur concernant le moment où Tryggvi avait été plongé en état de mort puis ramené à la vie. Il savait que Baldvin avait participé à l'expérience, mais ne se rappelait plus le nom du cousin de Tryggvi censé l'avoir conduite. Il avait conseillé à Erlendur de s'adresser à la faculté de théologie, où on avait affirmé au policier que Tryggvi avait interrompu ses études au bout d'une année pour s'inscrire en médecine. Il avait ensuite fréquenté cette faculté pendant deux ans avant d'entrer sur le marché du travail. Une brève investigation avait révélé qu'il avait travaillé en mer, aussi bien sur des chalutiers que sur des navires de commerce, avant de revenir à terre où il avait été docker. Un de ses anciens collègues du port confia à Erlendur qu'à l'époque, c'était déjà presque un clochard, il buvait comme un trou et manquait souvent le travail jusqu'au moment où on avait fini par le flanquer à la porte. À partir de là, on trouvait sa trace dans les registres de la police, en général comme occupant de taudis comme celui de Raudararstigur ou parce qu'on l'avait ramassé ivre mort sur la voie publique. Il n'avait jamais enfreint la loi, pour autant qu'Erlendur ait pu le constater.

Il interrompit le barman dans ses mots croisés.

– Je suis à la recherche de Tryggvi, déclara-t-il. On m'a dit qu'il venait souvent ici.

– Tryggvi ? rétorqua le barman. Vous croyez peut-être que je connais ces types-là par leur prénom ?

– Je n'en sais rien. C'est le cas ?

– Allez demander à celui qui porte une doudoune verte, suggéra le barman. Il est ici tous les jours.

Erlendur scruta la pénombre vers l'endroit de la salle que lui indiquait le serveur et vit un homme vêtu d'une doudoune verte devant une pinte de bière à moitié vide. Trois verres à liqueur étaient posés sur sa table à laquelle était également assise une femme âgée d'une cinquantaine d'années qui avait la même dose devant elle.

– Je suis à la recherche d'un certain Tryggvi, déclara Erlendur. Il prit une chaise à la table voisine et s'installa avec eux.

Le couple leva les yeux vers lui, surpris d'être dérangé.

– Vous êtes qui ? s'enquit l'homme.

– Un ami, répondit Erlendur. Un camarade de cours. J'ai appris qu'il venait parfois ici et j'ai eu envie de le revoir.

– Et… alors… ? ajouta la femme.

Le couple semblait sans âge, ils avaient tous les deux le visage bouffi, les yeux injectés de sang, et fumaient des roulées. Erlendur les avait dérangés dans leur fabrication artisanale. Ils confectionnaient de petites cigarettes. Elle s'appliquait à poser la quantité adéquate sur le papier afin qu'il n'y ait aucune perte, il les roulait et passait sa langue sur la bandelette encollée.

– Et alors… rien, répondit Erlendur. J'avais envie de le rencontrer. Vous savez où il est ?

– Tryggvi ? Il aurait pas cassé sa pipe ? dit l'homme à la doudoune en regardant la femme.

– Je l'ai pas vu depuis un bail, peut-être qu'il est clamsé.

– Donc, vous le connaissez ?

– Ouais, ça lui est arrivé de nous casser les pieds, confirma l'homme avant d'humecter la cigarette que la femme lui tendait.

– Et vous ne l'avez pas vu depuis longtemps ?

– Non.

– Vous vous souvenez à quel endroit ?

– Ça serait pas à… C'était pas à… je m'en souviens pas. Demandez à Rudolf. Il est assis là-bas.

Il pointa son index vers la porte auprès de laquelle un homme solitaire vêtu d'un manteau bleu, sa bière devant lui, fumait une cigarette. Le regard rivé sur la table, il semblait totalement plongé dans son monde quand Erlendur s'installa face à lui. L'homme leva les yeux.

– Vous savez où je pourrais trouver Tryggvi ? interrogea Erlendur.

– Vous êtes qui ?

– Un ami. Un camarade d'université.

– Quoi ? Tryggvi est allé à l'université ?

Erlendur opina du chef.

– Vous savez où je pourrais le trouver, ceux-là m'ont dit qu'il était peut-être mort, précisa-t-il en indiquant le couple aux roulées d'un signe de la tête.

– Il n'est pas mort, répondit l'homme. Je l'ai croisé il y a deux ou trois jours. Si c'est bien le même Tryggvi. Je n'en connais pas d'autre. Il est vraiment allé à l'université ?

– Vous l'avez vu où ?

– Il m'a dit qu'il allait se trouver un travail et arrêter de boire.

– Ah bon ? répondit Erlendur.

– C'est pas la première fois que j'entends ça, nota l'homme. Je l'ai vu à la gare routière, il était en train de se raser dans les toilettes.

– Il est au BSI* ?

– Parfois, oui. Il regarde passer les cars. Il passe toute la journée à regarder les autocars qui partent et qui arrivent.

* Gare routière de Reykjavik. *(Toutes les notes sont du traducteur.)*

16

Plus tard dans la journée, laissant la pluie au-dehors, Erlendur se plaça au milieu du restaurant Skulakaffi, à la recherche de la femme qu'il était venu y rencontrer. Assise, elle lui tournait le dos, penchée sur une tasse de lavasse, une cigarette consumée jusqu'au filtre entre les doigts. Il hésita l'espace d'un instant. Seules quelques tables étaient occupées : des livreurs qui feuilletaient les journaux, des ouvriers qui, venus prendre leur café en retard, achevaient d'avaler leurs viennoiseries et n'avaient plus que quelques minutes devant eux avant de reprendre le travail. Le lino usé et les chaises aux assises élimées étaient en harmonie avec leurs visages burinés et leurs mains calleuses. L'endroit ressemblait plus à une cantine pour les masses laborieuses qu'à un restaurant et n'avait pas été repeint depuis l'époque où Erlendur avait commencé à le fréquenter. Nulle part en ville, on ne trouvait meilleur petit salé nappé de sauce au lait sucrée. Il avait choisi cet endroit pour leur rencontre. Elle avait accepté sans difficulté, d'après Eva Lind.

– Bonjour, dit Erlendur en arrivant à la table.

Halldora leva les yeux de sa tasse.

– Bonjour, répondit-elle sans qu'on puisse déchiffrer quoi que ce soit dans sa salutation.

Il lui tendit la main et elle leva la sienne, mais

seulement pour lever sa tasse dont elle avala une gorgée.

Il replongea sa main dans la poche de son imperméable et s'installa en face d'elle.

– Tu as su choisir l'endroit, observa-t-elle en écrasant son mégot.

– Ils font un excellent petit salé, nota Erlendur.

– Toujours aussi rustre, rétorqua Halldora.

– Je suppose, répondit-il. Comment vas-tu ?

– Fais-moi grâce des formules de politesse, demanda-t-elle en levant les yeux de la table.

– D'accord.

– Eva m'a raconté que tu t'étais mis en ménage avec une femme.

– On ne vit pas ensemble, répondit Erlendur.

– Ah bon ? Comment ça ?

– On se fréquente, elle s'appelle Valgerdur.

– Ah ouais.

Il y eut un silence.

– C'est n'importe quoi, déclara brusquement Halldora. Elle attrapa son paquet de cigarettes et son briquet sur la table pour les plonger dans la poche de son manteau. Je ne sais pas ce qui m'est passé par la tête, continua-t-elle, déjà debout.

– Ne pars pas, pria Erlendur.

– Si, il faut que je parte. Je ne sais pas ce qu'Eva attendait de tout ça… mais c'est n'importe quoi…

Erlendur se pencha par-dessus la table et lui saisit le bras.

– Ne pars pas, répéta-t-il.

Leurs regards se croisèrent. Halldora retira sa main, puis se rassit lentement.

– Si je suis venue ici, c'est seulement parce que Eva l'a voulu, précisa-t-elle.

– Moi aussi, répondit Erlendur. On ne pourrait pas essayer de faire ça pour elle ?

Halldora sortit une nouvelle cigarette qu'elle alluma aussitôt. Erlendur crut voir l'inscription Majorque sur son briquet. Il ignorait qu'elle s'était offert un voyage au soleil. Peut-être l'avait-elle acheté pour conserver le souvenir de ces journées radieuses. Ou pour prolonger celui du sable brûlant de la plage. Un jour, elle avait voulu l'emmener avec elle au soleil et il avait refusé. Il lui avait dit qu'il n'avait rien à faire là-bas. Rien à faire ! avait-elle rétorqué. Les gens vont justement là-bas pour ne rien faire du tout !

– Eva s'en tire très bien, répondit Halldora.

– Et on ne ferait pas mal de suivre son exemple, reprit Erlendur. Je crois que ça l'aiderait si on arrivait à trouver ensemble un moyen de la soutenir.

– Il y a quand même un petit problème, rétorqua Halldora. Je ne veux rien avoir à faire avec toi. Je le lui ai dit et elle le sait. Je me tue à le lui répéter.

– Je peux tout à fait le comprendre.

– Le comprendre ? s'indigna Halldora. Je me fiche complètement de ce que tu comprends ou pas ! Tu as détruit notre famille. Tu as cela sur la conscience. Tu as tout simplement quitté la maison comme si tes enfants n'avaient pas la moindre importance à tes yeux. Tu crois franchement que tu comprends quoi que ce soit ?!

– Je n'ai pas tout simplement quitté la maison, contrairement à ce que tu affirmes, tu as tort. De plus, ce n'était pas très correct de raconter ça aux enfants.

– Pas très correct !

– On pourrait éviter de se disputer ? suggéra Erlendur.

– Tu es bien placé pour me juger !

– Je ne te juge pas du tout.

– Non, c'est ça, souffla Halldora. Tu as toujours évité toute forme de discussion. Tu as toujours fait ce que tu voulais et les autres n'avaient qu'à se taire. C'est bien comme ça que tu veux que les choses fonctionnent, non ?

Erlendur ne lui répondit pas. Il redoutait cette rencontre avec son ex-femme car il savait qu'elle le prendrait à partie. Dans l'esprit d'Halldora, le passé n'était pas plus oublié qu'enterré. En la regardant, il constatait combien elle avait vieilli, les muscles de son visage s'étaient relâchés, sa lèvre inférieure avançait légèrement, sa peau s'était couperosée autour des yeux et du nez. Autrefois, elle avait l'habitude de se maquiller, mais cela semblait n'avoir plus aucune importance à ses yeux. Erlendur supposait que, de son côté, l'image qu'il lui renvoyait était tout aussi déplorable.

– Nous avons commis des erreurs, reprit-il. J'ai fait une erreur et je dois vivre avec. J'aurais dû m'y prendre autrement, j'aurais dû me montrer plus ferme pour qu'on m'accorde un droit de visite. J'aurais pu essayer de mieux t'expliquer les choses. Je n'ai pas dû le faire suffisamment. Je regrette la manière dont tout cela s'est passé, mais il est trop tard pour y remédier. Ce n'est pas toi et moi, mais Sindri et Eva qui sont au centre de la question, peut-être d'ailleurs qu'ils le sont depuis le début. J'aurais pu faire mieux que ça, mais je t'ai laissée décider de tout et c'est toi qui avais la garde des enfants.

Halldora finit sa cigarette avant de l'écraser dans le cendrier. Elle en prit immédiatement une nouvelle qu'elle alluma avec son briquet Majorque. Elle aspira la fumée bleutée et la rejeta lentement.

– Vas-y, n'hésite pas à me mettre tout ça sur le dos.

– Je ne mets rien sur le dos de qui que ce soit, répondit Erlendur.

– Évidemment tu n'as aucune responsabilité, tu t'en sors sans dommage. C'est moi qui avais la garde des enfants ! C'est bien ce que tu viens de dire, c'est bien ta version ?

– Ce n'est pas ce que je voulais dire. Et je ne m'en sors pas…

– Tu crois peut-être que ma vie a été un lit de roses ? Divorcée, mère célibataire, deux enfants. Tu crois que ça ne pose aucun problème ?

– Non. S'il faut absolument trouver le coupable, alors c'est moi et personne d'autre. Je le sais, je le sais depuis le début.

– Parfait.

– Mais tu n'es pas entièrement innocente non plus, poursuivit-il. Tu m'as empêché de voir les enfants. Tu leur as menti à mon sujet. C'était ta vengeance. J'aurais dû exiger un droit de visite avec plus de fermeté. Ça a été ma plus grande erreur.

Halldora le fixait sans dire un mot. Erlendur ne la quittait pas des yeux non plus.

– Tes erreurs, ma vengeance, déclara-t-elle finalement.

Erlendur demeura silencieux.

– Tu n'as pas changé, nota-t-elle.

– Je refuse de me disputer avec toi.

– Peut-être, mais c'est pourtant ce que tu fais.

– Tu n'as pas vu ce qui était en train de se produire ? Tu ne pouvais pas réagir ? Tu ne pouvais pas cesser de t'apitoyer sur ton sort et ouvrir les yeux sur la tournure que prenaient les choses pour les enfants ? Je connais ma responsabilité et je me sais coupable de ne pas avoir vu à quel point ils allaient mal. Quand Eva m'a retrouvé et que j'ai constaté où elle en était arrivée, je me le suis reproché parce que j'ai compris que j'avais failli. Mais et toi, Halldora ? Pourquoi tu n'as pas pris le taureau par les cornes ?

Elle ne lui répondit pas immédiatement. Elle observa la pluie qui tombait au-dehors tout en jouant avec son briquet entre ses doigts. Erlendur s'attendait à ce qu'elle lui assène tout un sermon fielleux, il s'attendait à essuyer des réprimandes et des accusations. Mais elle se contentait de regarder la pluie et de fumer tranquillement sa cigarette. Sa voix était teintée de fatigue quand elle répondit aux questions d'Erlendur.

– Mon père était un simple ouvrier, comme tu sais. Il est né pauvre et l'était encore plus à sa mort. C'est pareil pour ma mère. Nous n'avons jamais rien possédé. Rien du tout. Je voulais une autre vie. Je voulais m'arracher à la pauvreté. Acheter un bel appartement. De jolis objets. Avoir un bon mari. J'ai cru que ce bon mari, c'était toi. J'avais l'impression de commencer une vie nouvelle, une vie qui nous apporterait un tout petit peu de bonheur. Ça ne s'est pas produit. Tu… tu es parti. Je me suis mise à boire. J'ignore ce qu'ont pu te dire Eva et Sindri. J'ignore ce que tu sais de mon existence, de notre quotidien avec les enfants, mais je peux te dire que ça n'avait rien du paradis. Je suis toujours mal tombée avec les hommes. Certains étaient tout simplement des salauds. J'en ai bavé tous les jours. J'ai vécu dans des appartements plus ou moins confortables. Parfois, on me jetait dehors avec les mômes. Parfois, je passais plusieurs journées de suite à boire. Je suppose que je ne me suis pas occupée des gamins aussi bien que j'aurais dû. Je suppose que la vie qu'ils ont eue jusqu'ici est encore pire que la mienne, surtout Eva, elle a toujours été plus influençable que Sindri, c'était une proie plus facile pour les inconnus et les milieux néfastes. Halldora aspira une nouvelle bouffée. Voilà. J'ai essayé de ne pas m'apitoyer sur mon sort. Je… je n'y peux rien si j'ai tendance à t'accuser de certaines épreuves que j'ai traversées.

– Je peux ? demanda Erlendur, la main tendue vers les cigarettes de celle qui avait été sa femme.

Elle avança vers lui le paquet et le briquet Majorque. Ils restèrent assis à fumer ainsi, plongés dans leurs pensées.

– Elle me posait beaucoup de questions sur toi, reprit Halldora. En général, je lui répondais que tu étais comme un de ces sales types avec lesquels je vivais parfois. Je sais bien que ce n'était pas très juste de ma part, mais qu'est-ce que je pouvais lui dire ? Qu'est-ce que tu aurais voulu que je lui dise ?

– Je n'en sais rien, répondit Erlendur. Ça n'a pas été une vie facile.

– Par ta faute.

Erlendur garda le silence. La pluie tombait doucement du ciel sombre de l'automne. Trois hommes en chemise à carreaux se levèrent et quittèrent les lieux après avoir lancé un remerciement au cuisinier.

– Les dés étaient pipés dès le début, reprit-elle.

– Oui, peut-être, convint Erlendur.

– Il n'y a pas de peut-être qui tienne.

– Soit.

– Et tu sais pourquoi ?

– Je crois savoir, oui.

– Les dés étaient pipés parce que j'étais complètement impliquée dans notre relation, observa Halldora.

– Oui.

– Et parce que cette implication n'a jamais été réciproque.

Erlendur ne répondit rien.

– Jamais, répéta-t-elle derrière un nuage de fumée.

– Je suppose que tu as raison, convint Erlendur.

Halldora poussa un soupir de dédain. Elle fuyait le regard d'Erlendur. Ils restèrent assis en silence un long moment. Enfin, elle toussota, tendit le bras vers le cendrier pour y écraser sa cigarette.

– Tu trouves vraiment que c'était juste ? interrogea-t-elle.

– Je suis désolé que les choses n'aient pas été réciproques, dit Erlendur.

– Désolé ! singea-t-elle. Tu crois que ça arrange quoi que ce soit ? Qu'est-ce que tu avais donc dans la tête ?

– Je n'en sais rien.

– Il ne m'a pas fallu longtemps pour m'en rendre compte, poursuivit Halldora. Pour comprendre que je ne comptais absolument pas à tes yeux. Malgré ça, je me suis entêtée. Comme une idiote. Et plus je te connaissais, plus je faisais d'efforts. J'aurais tout fait pour toi. Si seulement tu nous avais accordé un peu de temps et… Pourquoi donc as-tu laissé les choses aller aussi loin que ça ? Puisque, finalement, tu t'en fichais éperdument.

Les yeux plongés dans sa tasse, Halldora luttait contre les larmes. Ses épaules s'étaient affaissées, sa lèvre inférieure tremblait légèrement.

– J'ai commis des erreurs, répondit Erlendur. Je… je n'y comprenais rien, je ne savais pas comment m'y prendre. Je ne sais pas ce qui est arrivé. J'ai essayé d'y réfléchir le moins possible depuis. J'ai essayé de fuir ce chapitre de mon existence. Peut-être par lâcheté.

– Je ne t'ai jamais compris.

– Tu sais, Halldora, je crois que nous sommes très différents l'un de l'autre.

– Peut-être.

– Ma mère venait de mourir. Je me sentais plutôt seul. J'ai cru que…

– Que tu allais trouver une nouvelle mère ?

– J'essaie de t'expliquer ce que je ressentais à l'époque.

– Laisse tomber, rétorqua Halldora, ça n'a plus aucune importance.

– Il me semble en effet que nous ferions mieux de regarder l'avenir.

– Oui, probablement.

– Et que nous ferions mieux de penser à Eva, ajouta Erlendur. Il ne s'agit plus simplement de nous deux. Il y a longtemps que cela ne se résume plus à nous deux. Tu devrais le comprendre.

Ils se turent. Dans la cuisine, on entendait le bruit des assiettes. Deux hommes habillés tout en jean entrèrent et se dirigèrent vers le comptoir où ils commandèrent du café et une viennoiserie avant d'aller s'asseoir dans un coin. Un type en doudoune était assis tout seul à une table où il feuilletait un journal. Il n'y avait personne d'autre dans la salle.

– Tu as été une malédiction, déclara Halldora à voix basse. C'est ce que papa disait toujours de toi. Une malédiction.

– Ça aurait pu se passer autrement, répondit Erlendur. Si seulement tu t'étais montrée un peu plus compréhensive. Mais c'était trop douloureux pour toi, tu t'es enfermée dans la haine, l'amertume, et ça n'a pas changé. Tu m'as empêché de voir les enfants. Tu ne crois pas que ça suffit comme ça ? Tu ne trouves pas que le moment est venu de lâcher prise ?

– Je t'en prie, mets-moi tout sur le dos !

– Ce n'est pas ce que je fais.

– Bien sûr que si !

– On peut au moins essayer pour Eva ?

– Je ne crois pas, non. Je n'ai aucune envie de venir soulager ta conscience.

– Tu ne veux pas qu'on essaie ?

– C'est trop tard.

– Cela n'aurait jamais dû se passer comme ça, regretta Erlendur.

– Qu'est-ce que tu veux que j'en sache ? C'est toi qui as décidé.

Halldora ramassa son paquet de cigarettes et son briquet, puis se leva.

– C'est toi qui as décidé que ça se passerait comme ça, grommela-t-elle avant de sortir.

17

Les jours suivants, Erlendur se rendit à plusieurs reprises à la gare routière pour voir s'il n'y voyait pas Tryggvi. La description que lui avait donnée Rudolf au Napoléon était plutôt vague, mais il espérait qu'elle suffirait. La troisième fois qu'il passa au BSI, le car à destination d'Akureyri s'apprêtait à partir. Un petit groupe de passagers commençait à se préparer dans la salle d'attente. Le coup de feu de midi était terminé, le calme régnait dans la cafétéria qui proposait des plats chauds, des sodas et des sandwichs. On pouvait fumer aux tables situées le long des fenêtres qui donnaient sur le parking des bus à l'arrière de la gare. Un homme était assis là, seul, les mains cramponnées à un sac de supermarché en plastique jaune posé sur la table depuis laquelle il observait les gens qui s'embarquaient vers Akureyri. Il avait les cheveux hirsutes et portait une grosse balafre au menton, trace d'un accident passé ou de la lame d'un couteau. Ses grandes mains étaient sales, les ongles de son index et de son majeur noirs de crasse.

– Excusez-moi, demanda Erlendur tandis qu'il s'approchait de la table, vous vous appelez bien Tryggvi ?

L'homme lui opposa un regard méfiant.

– Qui êtes-vous ?

– Je m'appelle Erlendur.

– Bah… fit le clochard, qui ne semblait pas ravi de voir le premier venu l'apostropher.

– Je peux vous offrir un café ou quelque chose à grignoter ? proposa Erlendur.

– Qu'est-ce que vous voulez ?

– J'avais envie de discuter un peu avec vous. Si ça ne vous dérange pas.

L'homme le jaugea du regard.

– Discuter avec moi ?

– Si vous, ça ne vous gêne pas.

– Qu'est-ce que vous me voulez ??

– Je peux vous offrir quelque chose ?

L'homme fixa longuement Erlendur, il ne savait trop que penser de cette intrusion.

– Vous pouvez me prendre du Brennivin, déclara-t-il enfin.

Erlendur lui renvoya un rictus, hésita l'espace d'un instant avant de se diriger vers le comptoir. Il y commanda deux cafés ainsi qu'un double Brennivin pendant que l'homme l'attendait près de la fenêtre d'où il regardait le car d'Akureyri s'éloigner lentement. Le serveur apporta le tout et Erlendur lui demanda s'il connaissait l'homme assis là-bas, dans l'espace fumeur.

– Vous voulez parler de ce clochard ? demanda-t-il en faisant un signe de la tête en direction de l'intéressé.

– Oui, il vient souvent ici ?

– Depuis plusieurs années, par période.

– Et que fait-il ?

– Rien, jamais rien, et il ne pose jamais le moindre problème. Je ne sais pas pourquoi il vient traîner là. Parfois, je le vois se raser dans les toilettes. Ensuite, il reste assis des heures et des heures à regarder les cars s'en aller. Vous le connaissez ?

– Un peu, répondit Erlendur. Rien qu'un tout petit peu. Et il ne va jamais nulle part ?

– Non, jamais. Pas une fois je ne l'ai vu monter dans un bus, répondit le serveur.

Erlendur ramassa sa monnaie et remercia, puis alla retrouver l'homme à côté de la fenêtre.

– Qui m'avez-vous dit que vous étiez ? demanda ce dernier.

– Vous êtes bien Tryggvi ? éluda Erlendur.

– Oui, c'est mon nom. Et vous, qui êtes-vous ?

– Je m'appelle Erlendur, je suis de la police.

Tryggvi retira lentement son sac en plastique de la table pour le poser au sol.

– Qu'est-ce que vous me voulez ? Je n'ai rien fait de mal.

– Je ne vous veux rien du tout, répondit Erlendur. Et je me fiche de ce que vous avez dans ce sac. À vrai dire, on m'a raconté sur vous une étrange histoire qui remonterait à l'époque où vous fréquentiez l'université et j'avais envie de savoir si elle avait un fond de vérité.

– À quel sujet ?

– Au sujet de… comment dirais-je… de votre mort.

Tryggvi fixa longuement Erlendur sans dire un mot. Il venait de vider d'une traite le verre de Brennivín que celui-ci avait repoussé vers son interlocuteur. Ses yeux délavés étaient profondément enfoncés sous ses épais sourcils. Il avait un visage bien en chair qui tranchait étonnamment avec son corps décharné, un grand nez qui portait les traces d'une cassure et des lèvres épaisses. Ses traits, qui s'étaient affaissés sous l'effet de la gravité, lui allongeaient presque trop le visage.

– Comment vous m'avez trouvé ici ?

– Par divers moyens, répondit Erlendur. Je suis, entre autres, passé au Napoléon.

– Qu'est-ce que vous vous voulez dire par *ma mort* ?

– J'ignore si c'est vrai, mais j'ai entendu parler d'une expérience pratiquée par des étudiants en médecine, disons plutôt par un étudiant en particulier. Vous étiez inscrit en théologie ou en médecine à l'époque, je ne me souviens plus exactement. Vous avez voulu prendre part à cette expérience. Il s'agissait de vous plonger en état de mort artificielle l'espace de quelques instants avant de vous ramener à la vie. C'est vrai ?

– Pourquoi vous voulez savoir ça ? demanda l'homme de sa voix éraillée et rugueuse due à l'alcool. Il palpa sa poche de chemise à la recherche de ses cigarettes et en sortit un paquet à moitié vide.

– Je suis curieux, répondit Erlendur.

Tryggvi lança un regard au verre de Brennivín, puis au policier qui se leva, se dirigea vers le comptoir et acheta une demi-bouteille de cette gnôle islandaise qu'il rapporta à la table. Il remplit le verre et posa la bouteille à côté de lui.

– Où est-ce que vous avez entendu cette histoire ? interrogea Tryggvi. Il vida le verre cul sec et le fit glisser vers Erlendur qui le remplit à nouveau.

– Elle est vraie ?

– Et alors ? Qu'est-ce que ça vous apportera de le savoir ?

– Rien, répondit Erlendur.

– Vous êtes vraiment flic ? demanda l'homme en avalant une gorgée.

– Oui. Et vous, vous êtes bien le Tryggvi en question ?

– C'est bien mon nom, en effet, répondit l'homme

164

en balayant les lieux du regard. Je ne comprends pas ce que vous me voulez.

– Vous pouvez me raconter ce qui est arrivé ?

– Il n'est rien arrivé. Que dalle. Pas la moindre petite chose. Pourquoi vous venez me poser des questions là-dessus au bout de toutes ces années ? En quoi ça vous regarde ? En quoi ça regarde qui que ce soit ?

Erlendur voulait éviter d'effaroucher son interlocuteur. Il aurait pu raconter à ce clochard imbibé et crasseux qui empestait le rance à trois mètres que cela ne le regardait pas. Mais, alors, ce dernier ne lui dirait pas ce qu'il avait à cœur d'entendre. Au lieu de cela, il s'efforçait d'amadouer Tryggvi, s'adressait à lui d'égal à égal. Il remplit à nouveau son verre, lui alluma une cigarette, lui parla de choses et d'autres, de l'endroit où ils étaient assis, où on vendait encore des mâchoires de mouton grillées et de la purée de rutabaga comme dans l'ancien temps, à l'époque où les adolescents effectuaient la traditionnelle sortie du samedi soir avec les filles et où ils s'arrêtaient au BSI pour commander la spécialité. Le Brennivin, lui aussi, commençait à faire son effet. Tryggvi l'avalait sans compter, un verre en chassait un autre et il se montrait plus bavard. Erlendur orienta graduellement la conversation vers l'événement qui l'intéressait, vers cette époque où Tryggvi était à l'université et où quelques camarades avaient voulu tenter une expérience.

– Vous voulez manger quelque chose ? demanda Erlendur, une fois qu'ils furent lancés dans la discussion.

– Je croyais que je pourrais devenir pasteur, déclara Tryggvi en agitant la main pour signifier qu'il n'avait pas faim. À la place, il prit la bouteille et avala une bonne lampée, directement au goulot. Il s'essuya la bouche du revers de sa manche. Mais la théologie m'ennuyait, poursuivit-il. Alors, j'ai essayé la médecine. C'est là que la plupart de mes copains s'étaient inscrits. Je…

– Vous… ?

– Je n'en ai croisé aucun depuis bien longtemps. Je suppose qu'ils sont tous devenus médecins. Spécialistes en telle ou telle chose. Riches et bien gras.

– L'idée est venue d'eux ?

Tryggvi lança à Erlendur le regard de celui qui refuse qu'on le double. Ici, c'était lui qui décidait du déroulement du voyage et si ça déplaisait à Erlendur, il n'avait qu'à déguerpir.

– Je ne sais toujours pas pourquoi vous voulez ressortir cette histoire, observa le clochard.

Erlendur poussa un soupir.

– Cet événement a peut-être un lien avec une enquête sur laquelle je travaille en ce moment, je ne peux pas vous en dire plus.

Tryggvi haussa les épaules.

– C'est comme vous voulez.

Il avala une nouvelle gorgée de la bouteille. Le policier patientait.

– On m'a dit que c'était à votre demande, dit finalement Erlendur.

– C'est un mensonge, un putain de mensonge, s'emporta Tryggvi. Je n'ai jamais rien demandé. Ils sont venus me trouver. C'est eux qui sont venus me trouver. Erlendur gardait le silence. Je n'aurais jamais dû écouter cet imbécile, poursuivit Tryggvi.

– Quel imbécile ?

– Mon cousin, ce crétin de malheur !

Il y eut à nouveau un silence qu'Erlendur se refusait à rompre. Il ne voulait rien précipiter mais espérait que le clochard ressentirait le besoin de raconter, de parler de ce qui s'était passé, même si ce n'était qu'à ce quidam croisé dans la gare routière.

– Vous n'avez pas froid ? s'enquit Tryggvi en resserrant contre lui sa veste.

– Non, il ne fait pas froid du tout.

– Moi, je suis constamment frigorifié.

– Et votre cousin ?

– Enfin, je ne me souviens plus très clairement de comment tout ça s'est déroulé, observa Tryggvi.

En le regardant, Erlendur eut l'impression que, bien au contraire, il avait conservé en mémoire chacun des détails.

– C'est une idée qu'on a eue pendant une beuverie. Ils ont voulu la mettre en pratique. Il leur manquait un cobaye. On n'a qu'à prendre le théologien, ils ont dit. Et l'envoyer en enfer. L'un d'eux était… était mon cousin, un type plein aux as qui avait une putain de fascination pour la mort. Je n'étais pas en reste non plus de ce côté-là et il le savait parfaitement. Il m'a offert l'équivalent d'un salaire mensuel entier de l'époque si j'acceptais. Il y avait aussi une fille dans la bande… une fille pour laquelle j'en pinçais un peu. Peut-être que j'ai fait ça pour elle. Je ne dis pas le contraire. Ils étaient plus avancés que moi dans leurs études, mon cousin était en dernière année et cette fille-là aussi.

18

Arrivé à la moitié de la bouteille, Tryggvi fixait le parking d'un regard mélancolique. Son récit, aussi décousu qu'alambiqué, comportait de nombreuses répétitions. Parfois, il s'interrompait et demeurait longuement silencieux sans qu'Erlendur ose le déranger. À ces moments-là, il n'était qu'une tête inclinée dont les yeux fixaient la table, comme s'il avait été seul au monde, seul avec ses pensées, aussi solitaire que l'était son existence entière. Erlendur avait l'impression que cet homme avait très peu parlé de l'événement depuis qu'il avait eu lieu. Cette expérience semblait comporter divers points sensibles que Tryggvi n'était jamais parvenu à chasser de ses pensées et qui le poursuivaient à travers la vie comme des spectres.

L'idée était venue de son cousin, qui était en dernière année de médecine et s'apprêtait à partir aux États-Unis l'automne suivant pour y faire une spécialité. Il travaillait dans ce qui avait autrefois porté le nom d'Hôpital municipal, il était le meilleur de sa promotion. Véritable boute-en-train dans les fêtes, il jouait de la guitare, racontait des histoires drôles, organisait des week-ends à Thorsmörk. Il était au centre de tout, d'une assurance inébranlable, aussi résolu que téméraire. Un jour, il avait croisé Tryggvi lors d'une réunion de famille et lui avait demandé s'il avait lu cette histoire qui parlait d'étudiants français qui avaient tenté une expérience passionnante, mais évidemment tout à fait illégale.

– Quel genre d'expérience ? lui avait demandé Tryggvi, qui était, sous tout rapport, l'exact inverse de son cousin. Timide et renfermé, il passait la plupart de son temps seul. Jamais il n'avait pris la parole en public, il fuyait les week-ends à Thorsmörk en compagnie des très remuants étudiants en médecine et commençait déjà à perdre le contrôle de sa consommation d'alcool.

– J'ai eu du mal à le croire en lisant ce truc-là, s'était enflammé le cousin. Ils ont provoqué un arrêt du cœur chez un de leurs copains et l'ont plongé dans la mort pendant trois minutes avant de le ranimer. La justice n'a aucune idée du sort qu'elle doit leur réserver. Ils l'ont tué, mais sans le tuer vraiment, tu vois ?

Il était évident que cette information était montée à la tête du cousin. Les semaines suivantes, il n'avait parlé que de ces étudiants français, s'était tenu au courant du déroulement du procès et avait déjà laissé entendre à Tryggvi qu'il mourait d'envie de faire le même genre d'expérience. Il caressait l'idée depuis longtemps, mais ces Français avaient décuplé chez lui une envie devenue désormais incontrôlable.

– Tu étais en théologie, tu dois quand même être curieux, lui avait-il dit un jour qu'ils étaient assis à la cafétéria de la faculté de médecine.

– Je n'ai aucune envie de me faire tuer, avait répondu Tryggvi. Trouve quelqu'un d'autre.

– Il n'y a personne d'autre et tu es l'homme idéal. Tu es jeune et robuste. Il n'y a aucune maladie cardiaque dans notre famille. Dagmar sera de la partie et aussi Baddi, un gars qui est avec nous en médecine. J'en ai discuté avec eux. C'est sans le moindre risque.

Il ne peut rien arriver. Je veux dire, tu as souvent réfléchi à ça, tu sais, la vie après la mort.

Tryggvi connaissait Dagmar. Il l'avait remarquée dès le jour où il avait commencé ses études de médecine.

– Dagmar ? avait-il demandé.

– Oui, avait répondu son cousin, et ce n'est pas une idiote.

Tryggvi le savait bien. Dagmar était une amie de son cousin et ils avaient discuté ensemble lors d'un bal étudiant auquel il était allé, le premier et le dernier. Elle savait qu'ils étaient cousins. Tryggvi l'avait croisée plusieurs fois depuis et ils avaient un peu parlé tous les deux. Il trouvait que c'était une fille adorable, mais n'avait pas osé aller plus loin.

– Elle veut participer à ça avec vous ? s'était-il étonné.

– Bien sûr, avait répondu le cousin. Tryggvi avait secoué la tête. Naturellement, je te paierai, avait-t-il poursuivi.

Tryggvi avait fini par céder. Il ne savait pas exactement pourquoi il s'était laissé convaincre. Il manquait constamment d'argent, il voulait se retrouver en compagnie de Dagmar, son cousin se montrait pressant et, surtout, il était parvenu à réveiller sa curiosité pour la vie après la mort. Son cousin n'ignorait pas l'intérêt que, plus jeune, Tryggvi avait porté à la question : ils s'étaient interrogés sur Dieu, le paradis et l'enfer. Tous les deux étaient issus de familles très pieuses qui les avaient envoyés à l'école du dimanche, au catéchisme. Des familles qui se rendaient régulièrement à l'église et participaient à des activités au sein de la paroisse. Une fois adultes, les deux cousins n'étaient plus spécialement croyants. Ils s'étaient mis à douter de bon nombre de thèses, dont celles de la résurrection, de la

170

vie éternelle et de l'existence du paradis. Tryggvi pensait que c'était la raison qui l'avait poussé à s'inscrire en théologie. Les doutes qu'il avait, ainsi que ces questions pressantes qui l'avaient poursuivi toute sa vie. Et si ? Et si Dieu existait vraiment ? Et s'il y avait réellement une vie éternelle ?

– Nous en avons discuté tellement souvent, avait plaidé le cousin.

– C'est une chose d'en discuter, c'en est…

– Ça ne durera qu'une minute. Tu auras une minute pour aller de l'autre côté.

– Mais je…

– Tu t'es inscrit en théologie pour obtenir ces réponses, avait coupé le cousin.

– Et toi ? avait objecté Tryggvi. Qu'est-ce que tu veux prouver ?

L'autre avait souri.

– Il ne se passe jamais rien et personne n'entreprend jamais quoi que ce soit, en tout cas pas un truc aussi génial. Ce sera passionnant de voir ce qu'il en est de cette histoire de grande lumière et de tunnel, et on en a la possibilité sans prendre trop de risques. On peut le faire.

– Pourquoi tu ne le fais pas toi-même ? Pourquoi tu ne veux pas qu'on t'endorme, toi ?

– Parce qu'il nous faut un bon médecin et, avec tout le respect que je te dois, mon cher, je suis meilleur médecin que toi.

Tryggvi avait lu des articles sur le procès des étudiants français. Ces derniers étaient parvenus à ramener leur camarade à la vie et il s'était parfaitement remis. Il affirmait être en aussi bonne santé qu'auparavant.

Le soir où ils décidèrent de mener l'expérience, le cousin de Tryggvi fêtait ses vingt-sept ans. Ils s'étaient donné rendez-vous à son domicile avec Dagmar et

Baddi. De là, ils étaient partis à l'hôpital. Dans un bloc inoccupé, ils avaient installé une baignoire ainsi qu'un électrocardiographe et un défibrillateur. Tryggvi s'était allongé dans la baignoire où coulait en continu de l'eau froide sur de grands sacs de glace.

Peu à peu, son pouls s'était ralenti et il avait fini par perdre conscience.

– Je ne me souviens que du réveil, observa-t-il en suivant du regard l'arrivée d'un autocar vide. Il s'était mis à pleuvoir. Au sud, le ciel était chargé de nuages. La pluie ruisselait sur les vitres.

– Que s'est-il passé ? demanda Erlendur.

– Rien, répondit Tryggvi. Il n'est rien arrivé du tout. Je n'ai rien senti, rien vu. Aucun tunnel, aucune lumière. Que dalle. Je me suis endormi, puis réveillé. Voilà tout.

– L'expérience a réussi, ils sont parvenus à... à vous faire mourir ?

– Oui, d'après mon cousin.

– Où vit-il aujourd'hui ?

– Il est parti se spécialiser aux États-Unis et n'est jamais rentré en Islande.

– Et Dagmar ?

– J'ignore où elle est. Je ne l'ai pas revue depuis... depuis ce jour-là. J'ai arrêté la médecine, quitté l'université, et je suis parti en mer. C'était là que je me sentais le mieux.

– Vous vous sentiez mal ?

Tryggvi ne répondit rien.

– Ils ont tenté cette expérience une autre fois ? demanda Erlendur.

– Comment je le saurais ?

– Et vous vous en êtes totalement remis ?

– Je n'ai pas eu à me remettre de quoi que ce soit, observa Tryggvi.

– Et Dieu, alors ? Pas de Dieu ?

– Non, ni Dieu, ni paradis, ni enfer. Rien du tout. Mon cousin a eu la déception de sa vie !

– Vous vous attendiez à obtenir des réponses ?

– Peut-être. On était rudement impatients et excités.

– Et il n'y a rien eu.

– Non.

– La question est réglée.

– Oui, réglée.

– Vous êtes sûr ? Vous ne me cachez rien ?

– Non, confirma Tryggvi.

Ils se turent un long moment. Les clients étaient plus nombreux dans la cafétéria. Ils s'étaient assis avec leurs plateaux ou leurs tasses de café aux tables désertes, s'étaient procuré un journal avant de poursuivre leur route. De temps à autre, les haut-parleurs diffusaient des annonces.

– Depuis, c'est la dégringolade, observa Erlendur.

– Comment ça ?

– Votre vie, ce n'est pas franchement une partie de plaisir, précisa-t-il.

– Ça n'a rien à voir avec cette expérience débile. Ce n'est quand même pas ce que vous sous-entendez ?

Erlendur haussa les épaules.

– Vous venez ici depuis des années, à ce qu'on m'a dit, et vous restez assis comme ça, à la fenêtre.

Silencieux, Tryggvi plongeait son regard à travers les vitres ruisselantes de pluie, il fixait un point lointain, situé au-delà du cap de Reykjanes et du sommet de Keilir, qui se perdaient dans le lointain.

– Pourquoi restez-vous assis là ? s'enquit Erlendur d'une voix si basse qu'on l'entendait à peine.

Tryggvi lui lança un regard.

– Vous voulez vraiment savoir ce que j'ai découvert de l'autre côté ?

– Oui.

– La paix. J'ai trouvé la paix. Parfois, j'ai l'impression que je n'aurais pas dû revenir, que j'aurais dû rester là-bas.

Un bruit se fit entendre, quelqu'un avait laissé tomber un verre à côté du comptoir, les morceaux tournoyèrent sur le sol.

– J'ai trouvé une étrange tranquillité que je suis incapable de décrire, ni à vous, ni à personne. Ni d'ailleurs à moi-même. Après cette expérience, plus rien n'avait d'importance à mes yeux, que ce soient les autres, l'université ou mon environnement. La vie avait en quelque sorte cessé de m'intéresser. J'avais l'impression que ça ne me concernait plus.

Tryggvi hésita. Erlendur écoutait la pluie qui, impitoyablement, battait les vitres.

– Et après cette paix absolue…

– Oui ? encouragea Erlendur.

– À vrai dire, je n'ai pas eu le moindre répit, poursuivit Tryggvi, les yeux fixés sur le bus en partance pour Keflavik. J'ai constamment l'impression qu'il faut que j'aille quelque part, comme si j'attendais quelque chose, quelqu'un, ou comme si une personne dont j'ignore l'identité m'attendait en un lieu inconnu. Je ne sais ni qui je dois voir ni où je dois me rendre.

– Quelle est cette chose que vous croyez attendre ?

– Je n'en sais rien. Vous me prenez pour un cinglé. Les gens pensent que je suis dérangé.

– J'en ai rencontré de bien plus dérangés que vous, observa Erlendur.

Tryggvi suivit du regard le bus de Keflavik alors qu'il quittait la gare.

– Vous n'avez vraiment pas froid ? demanda-t-il à nouveau.

– Non, répondit Erlendur.

– Ça vous fait un drôle d'effet, de regarder comme ça les gens qui s'en vont, reprit Tryggvi au terme d'un long silence. De les voir monter dans ces bus, de voir ces bus les emmener au loin. Tout au long de la journée, des gens disparaissent.

– Vous n'avez jamais eu envie d'en prendre un ?

– Non, je ne vais nulle part, répondit Tryggvi. Pas pour tout l'or du monde. Je ne vais nulle part. Je ne laisse pas un car me déplacer. Où vont donc tous ces gens ? Dites-moi, où vont donc tous ces gens ?

Erlendur pensait que Tryggvi allait perdre le fil. Il s'efforça de retenir son attention encore un moment. Il observa ces mains crasseuses, ce visage allongé, et il lui vint subitement à l'esprit qu'il avait très peu de chance de croiser un individu qui tienne autant du revenant.

– En résumé, pour revenir à cette expérience, il y avait donc votre cousin qui vit maintenant en Amérique, cette jeune fille prénommée Dagmar et un troisième que vous avez appelé par son diminutif, Baddi. Qui était-ce ?

– Je ne le connaissais pas, répondit Tryggvi. C'était un camarade de mon cousin. Je ne me souviens même pas de son vrai prénom. Il avait arrêté le théâtre pour s'inscrire en médecine. Tout le monde l'appelait Baddi.

– Peut-être son vrai nom était-il Baldvin ?

– Oui, exactement, c'est comme ça qu'il s'appelait.

– Vous êtes sûr ?

Tryggvi hocha la tête. Un mégot éteint pendait à la commissure de ses lèvres.

– Et il avait étudié l'art dramatique ?

À nouveau, Tryggvi hocha la tête.

– C'était un copain de mon cousin, un acteur du tonnerre. C'est lui qui m'inspirait le moins confiance dans toute cette bande, conclut-il.

19

La femme prit une mine dubitative quand elle vint ouvrir à Erlendur. Le vent, qui avait tourné au nord, soufflait en bourrasques sèches et glacées. Erlendur resserra contre lui son imperméable. Il n'avait pas prévenu de sa venue et la femme, une dénommée Kristin, se tenait face à lui, immobile sur le pas de la porte, avec une expression butée, comme si elle n'avait aucune intention d'accepter cette visite inattendue. Erlendur lui expliqua qu'il était en quête d'informations remontant à l'époque où le père de Maria avait perdu la vie. Kristin affirma ne pouvoir lui être d'aucun secours en la matière.

– Pourquoi est-ce que vous remuez ça après tout ce temps ? s'enquit-elle.

– À cause du suicide, répondit Erlendur. Nous participons à une étude internordique sur les causes de suicide.

Debout dans l'embrasure, Kristin se taisait. C'était la sœur de Magnus, le père de Maria. Ingvar, l'ami de ce dernier, avait conseillé à Erlendur d'aller l'interroger car il pensait que Leonora lui avait peut-être parlé de l'accident mortel de Magnus au lac de Thingvellir. Kristin habitait seule. Ingvar avait précisé qu'elle ne s'était jamais mariée, qu'elle était restée célibataire toute sa vie et qu'elle recevait sûrement très peu de visites.

– Si vous me permettiez d'entrer, suggéra Erlendur en frappant ses pieds sur le sol pour se réchauffer, on n'en aura pas pour bien longtemps.

Au terme d'une hésitation embarrassée, Kristin finit par céder. Elle referma derrière eux et frissonna.

– Il fait drôlement froid, remarqua-t-elle.

– Oui, c'est vrai, convint Erlendur.

– Je me demande bien pourquoi vous ressortez cette histoire après tout ce temps, nota-t-elle, apparemment pas très ravie, une fois assise avec son hôte dans le salon.

– En interrogeant des personnes qui connaissaient Maria, j'ai découvert diverses informations dont je désirerais discuter avec vous.

– Pourquoi vous enquêtez sur elle ? C'est la procédure habituelle dans ce genre d'affaire ?

– Il n'y a pas d'enquête sur Maria, précisa Erlendur. Nous exploitons les données que nous avons recueillies. Il y a eu une enquête sur l'accident de Thingvellir à l'époque et la manière dont les choses se sont déroulées est tout à fait claire. Mon intention n'est pas de reprendre cette investigation. Les conclusions quant au caractère accidentel du décès de votre frère sont définitives.

– Que cherchez-vous, alors ?

– Permettez-moi d'insister sur ce point : les conclusions dont je viens de parler ne seront pas remises en cause quoi qu'il advienne.

Kristin ne saisissait toujours pas. Elle était âgée d'une bonne soixantaine d'années, avait des cheveux courts et ondulés. Elle était belle, d'une constitution plutôt frêle, et opposait à Erlendur un regard soupçonneux qui laissait présager qu'elle s'entourerait de précautions.

– Dans ce cas, que me voulez-vous exactement ?

– Rien de ce que vous me direz, que ce soit maintenant ou plus tard, ne pourra modifier le rapport qui a conclu au décès accidentel de votre frère. J'espère que vous avez bien compris.

Kristin prit une profonde inspiration. Peut-être commençait-elle à saisir où Erlendur voulait en venir bien qu'elle feigne le contraire.

– Je ne comprends pas ces sous-entendus, s'agaça-t-elle.

– Il n'y en a aucun, répondit Erlendur. D'ailleurs, je n'ai aucune envie de rouvrir un dossier classé d'aussi longue date. Que Leonora vous ait confié des éléments que nous ignorons ou non, cela ne changera rien. Vous étiez très amies, à ce qu'on m'a dit.

– En effet, convint Kristin.

– Vous a-t-elle parlé de ce qui s'est passé ?

Erlendur se savait en terrain périlleux. Il n'avait rien de plus que d'infimes soupçons : une légère contradiction entre les propos d'Ingvar et une enquête bâclée ainsi que cette relation mère-fille aux liens plus resserrés qu'il n'en avait jamais connu de toute sa carrière. On pouvait s'imaginer que Kristin connaissait d'autres détails pour peu qu'elle ait été la confidente de Leonora. Si, aussi étrange que cela paraisse, elle avait tu un détail toutes ces années, il était possible qu'elle le révèle, dans certaines conditions. Elle semblait être une femme honnête et sérieuse, c'était un témoin qui avait probablement fait le meilleur choix dans une situation difficile.

Le silence se posa sur le salon.

– Que voulez-vous savoir ? demanda-t-elle finalement.

– Tout ce que vous pouvez me dire, répondit Erlendur.

Kristin le fixait.

– Je ne vois pas où vous voulez en venir, répéta-t-elle d'un air toutefois plus hésitant.

– On m'a raconté que votre frère Magnus n'avait jamais touché au moindre moteur et qu'il n'y connaissait rien en mécanique. Dans un rapport de police datant de l'époque, il est consigné qu'il avait bricolé le moteur la veille de l'accident. Est-ce vrai ?

Kristin ne lui répondit pas.

– Son ami, un certain Ingvar – c'est d'ailleurs lui qui m'a suggéré de venir vous en parler –, m'a confié que Magnus ne s'y connaissait pas du tout en mécanique.

– Oui, c'est vrai.

– Or, Leonora a déclaré à la police qu'il avait bricolé le moteur.

Kristin haussa les épaules.

– Je n'en sais rien.

– J'ai parlé à une ancienne amie de Maria qui affirme avoir toujours eu le sentiment qu'un événement qui n'a jamais été révélé s'était produit au lac. Elle pense que le décès de Magnus n'a pas été qu'un banal accident. Ce sentiment se fonde sur très peu d'éléments, seulement sur des dires de Maria selon lesquels, peut-être, il devait mourir.

– *Il devait mourir* ?

– Oui, c'est comme ça que Maria s'est exprimée en parlant de son père.

– Qu'est-ce qu'elle voulait dire par là ? s'enquit Kristin.

– Son amie l'ignorait, mais elle pensait que, peut-être, il fallait comprendre que c'était son destin de périr ce jour-là. Pourtant, on peut aussi comprendre cette phrase d'une autre manière.

– Laquelle ?

– Que, peut-être, il avait mérité de mourir.

Erlendur observait Kristin. Elle ferma les yeux, ses épaules tombèrent.

– Vous pouvez me confier quelque chose que nous ignorons à propos de l'accident survenu au lac, ce jour-là ? avança-t-il avec précaution.

– Quand vous dites que ça ne changera rien aux conclusions sur…

– Vous pouvez me raconter tout ce que vous voulez, les conclusions de l'enquête menée à l'époque sont définitives.

– Je n'en ai jamais parlé à personne, commença Kristin d'une voix si basse qu'Erlendur devait tendre l'oreille. Ce n'est que lorsque Leonora était sur son lit de mort.

Erlendur percevait comme c'était difficile pour cette femme. Elle s'était accordé un long moment de réflexion. Il s'efforçait de se mettre à sa place. Elle ne s'était pas attendue à recevoir cette visite, et encore moins à la proposition qu'il venait de lui faire. Elle semblait ne plus voir aucune raison de se méfier de lui.

– Je crois qu'il me reste un peu d'aquavit d'Aalborg dans ce buffet, déclara-t-elle en se levant. Je peux vous en proposer ?

Erlendur accepta. Elle apporta deux verres à liqueur qu'elle posa sur la table et les remplit à ras bord. Elle vida le premier d'une traite alors qu'Erlendur en était encore à lever le sien. Puis, elle se resservit et reprit une gorgée.

– C'est vrai qu'aujourd'hui elles sont mortes toutes les deux.

– Tout à fait.

– Et que, par conséquent, cela ne changera rien.

– Je ne pense pas, en effet.

– Je ne sais rien à propos de l'hélice de ce bateau à moteur, précisa Kristin.

Elle demeura un moment silencieuse avant de poursuivre :

– Pourquoi donc Maria a-t-elle fait cela ?

– Je l'ignore, répondit Erlendur.

– La pauvre petite, soupira Kristin. Je me souviens si bien d'elle du vivant de mon frère. Elle était leur rayon de soleil. Elle était leur seul enfant et ils l'ont élevée avec un amour infini. Quand Magnus est mort à Thingvellir, on aurait dit que ses jambes s'étaient subitement dérobées sous son corps. Ça valait pour toutes les deux, pour Maria et Leonora. Je sais que Leonora était très amoureuse de mon frère, au point qu'il lui aurait presque caché le soleil. Et la gamine était très proche de lui. Voilà ce qui m'échappe. Je ne comprends pas ce qu'il avait dans la tête.

– Il ? Vous voulez dire Magnus ?

– Après l'accident, la mère et la fille ne se quittaient pas d'une semelle. Leonora protégeait tellement Maria que c'en était trop. Je crois qu'elle la surprotégeait. Les autres pouvaient à peine l'approcher et nous, la famille de Magnus, pas du tout. Les liens qui nous unissaient se sont dissous avec le temps. En fait, Leonora a coupé toute relation avec nous, avec la famille paternelle de sa fille, après l'accident. Ça m'a toujours semblé très étrange. Mais je n'ai appris toute la vérité qu'un peu avant le décès de Leonora. Elle m'a demandé de venir la voir avant de s'en aller, elle était clouée sur son lit de mort, extrêmement faible, et savait qu'il ne lui restait que quelques jours à vivre. Nous n'avions aucun contact depuis… depuis une éternité. Elle était dans sa chambre, elle m'a demandé de fermer la porte et de venir m'asseoir à son chevet. Elle avait quelque chose à me confier avant de dire adieu à ce monde. Je ne savais franchement pas à quoi m'attendre. Alors, elle s'est mise à me parler de Magnus.

– Vous a-t-elle dit ce qui s'est passé au lac ?

– Non, mais elle était furieuse contre lui.

Kristin remplit une nouvelle fois son verre d'aquavit. Erlendur refusa d'en prendre un second. Elle vida le sien d'un trait avant de le reposer doucement sur la table.

– Et maintenant elles sont parties toutes les deux, reprit-elle.

– Oui.

– Elles formaient presque une seule personne.

– Que vous a avoué Leonora ?

– Que Magnus s'apprêtait à la quitter. Il avait rencontré une autre femme. J'étais déjà au courant, il me l'avait raconté à l'époque. Enfin, c'est pour cette raison que Leonora m'a demandé de venir la voir. Elle a plus ou moins laissé entendre que j'avais participé à une sorte de complot contre elle. Elle ne l'a pas dit de façon directe, mais je l'ai bien senti.

Erlendur hésitait.

– En d'autres termes, il lui était infidèle.

Kristin hocha la tête.

– Ça avait débuté quelques mois avant son décès. Il me l'avait confié. Je crois qu'il ne l'avait dit qu'à moi et je ne l'ai pas répété à qui que ce soit. Ça ne regarde personne. Magnus a annoncé à Leonora qu'il voulait mettre un terme à leur mariage. Elle en a été profondément affectée, m'a-t-elle dit. Elle tombait des nues. Elle aimait mon frère et se consacrait tout entière…

– Il lui a révélé cela à Thingvellir ?

– Oui. Ensuite, Magnus est mort et je n'ai jamais soufflé mot de son infidélité. Ni à Leonora, ni à quiconque. Il était décédé et je me suis dit que ça ne regardait personne.

Kristin inspira profondément.

– Leonora m'a reproché de ne pas l'avoir prévenue dès que j'ai appris qu'il la trompait. Magnus a dû lui dire que j'étais au courant. En ce qui me concerne, il me semblait préférable qu'elle l'apprenne de sa bouche. Elle s'est montrée extrêmement butée et rancunière à mon égard. J'avais l'impression qu'elle pensait encore que je l'avais trahie, même après toutes ces années. Quand elle est morte… je n'ai pas eu la force de me rendre à son inhumation. Et aujourd'hui je le regrette. À cause de Maria.

– Ça vous est arrivé de parler de l'accident avec Maria ?

– Non.

– Vous pouvez me dire qui était cette femme que Magnus avait rencontrée ?

Kristin avala une autre gorgée d'aquavit.

– Qu'est-ce que ça changerait ?

– Je ne sais pas, répondit Erlendur.

– Je crois bien que c'est justement pour cette raison que Magnus a tellement hésité à lui dire, à cause de l'identité de celle qu'il voyait.

– Comment ça ?

– La femme en question était une bonne amie de Leonora.

– Ah, je vois.

– Elles ne se sont plus jamais adressé la parole après ça.

– Avez-vous, à un moment où à un autre, établi un lien quelconque entre cette affaire et l'accident ?

Kristin regarda Erlendur d'un air grave.

– Non, où voulez-vous en venir ?

– Je…

– Pour quelle raison vous intéressez-vous à cet accident seulement maintenant ?

– J'ai entendu parler de ce qui est survenu à…

– Le décès de Maria laisserait penser à autre chose ?

– Non, répondit Erlendur.

– Pourtant, elle a dit à une de ses amies que, peut-être, Magnus devait mourir, c'est bien ça ?

– C'est exact.

– J'ai toujours considéré ce qui est arrivé là-bas comme un terrible accident. Pas un seul instant, je n'ai envisagé qu'il ait pu s'agir d'autre chose.

– Mais… ?

– Il n'y a pas de mais qui tienne. Il est trop tard pour changer quoi que ce soit.

La station de taxis était située en plein centre-ville, dans un bâtiment qui avait connu des jours meilleurs. Il avait abrité une boîte de nuit, dans un passé où les jeunes hommes mettaient de la brillantine, portaient la banane, où leurs petites amies étaient coiffées à la Bardot et où un rock tout frais arrivé d'Amérique avait déchaîné les foules sur les pistes de danse avant de sombrer dans le silence. La moitié du bâtiment avait été transformée en station de taxis et le calme régnait désormais dans les parages. Deux hommes d'âge mûr jouaient au rami. Le sol était tapissé d'un lino jaune plein de trous, la laque immaculée des murs avait depuis longtemps cédé le pas à la crasse et ce n'était pas demain la veille qu'on trouverait le désodorisant permettant d'atténuer les relents d'humidité qui émanaient du parquet et des murs en bois. En entrant ici, on avait l'impression de faire un bond de cinquante ans en arrière. Erlendur ne boudait pas son plaisir. Il s'attarda un instant au milieu de l'espace pour humer l'histoire des lieux.

La standardiste leva les yeux. Voyant que les joueurs de rami n'avaient aucune intention d'interrompre leur partie, elle demanda à Erlendur s'il voulait qu'elle lui appelle une voiture. Il s'approcha pour la questionner au sujet d'un chauffeur, un certain Elmar.

– Elmar, le 32 ? s'enquit la femme qui avait eu son heure de gloire à la même époque que le bâtiment.

– Oui, je suppose.

– Il est en route, observa-t-elle, vous voulez l'attendre ? Il ne va pas tarder. Il mange toujours ici, le soir.

– Oui, c'est ce qu'on m'a dit, répondit Erlendur.

Il la remercia, puis alla s'installer à une table. L'un des joueurs leva les yeux et lui lança un bref regard. Erlendur lui adressa un signe de la tête, mais ne reçut aucune réponse. On aurait dit que le rami était la raison d'être de ces deux hommes.

Il feuilletait de vieux magazines lorsque le chauffeur de taxi apparut à la porte.

– Il veut te parler, lui cria la femme depuis le standard. Elle désignait le policier. Il se leva pour saluer l'arrivant qui lui serra la main et se présenta. C'était Elmar, le frère de David, le jeune homme disparu. Âgé d'une bonne cinquantaine d'années, le visage rond, il était plutôt enveloppé. Ses cheveux commençaient à se clairsemer et ses fesses avaient fondu à force de rester éternellement assis derrière le volant. Erlendur lui expliqua ce qui l'amenait à mi-voix. Du coin de l'œil, il voyait les joueurs de rami tendre l'oreille.

– Vous êtes encore là-dessus ? interrogea Elmar.

– On est sur le point de classer l'affaire, répondit Erlendur sans plus de précision.

– Ça ne vous dérange pas si je mange pendant qu'on discute ? demanda Elmar alors qu'il s'asseyait à la table la plus éloignée des joueurs. Il avait apporté son repas dans une boîte en polystyrène, un frichti acheté dans quelque magasin d'alimentation. Erlendur s'installa avec lui.

– Vous n'aviez pas une grande différence d'âge, observa-t-il.

– Deux ans, j'ai deux ans de plus que lui. Vous avez du nouveau ?

– Non, répondit Erlendur.

– En fait, David et moi on n'était pas très proches. En fait, mon frère ne m'intéressait pas beaucoup. Pour moi, c'était un gamin. Je passais plus de temps avec mes copains et les gens de mon âge.

– Vous avez réussi à vous faire une opinion sur ce qui a pu arriver ?

– Non, si ce n'est qu'à mon avis il s'est suicidé. Enfin, vous comprenez, il n'avait pas le genre de fréquentations ou d'activités qui auraient pu amener quelqu'un à lui vouloir du mal. David était un brave garçon. Dommage que les choses aient tourné comme ça.

– Quand l'avez-vous vu pour la dernière fois ?

– La dernière fois ? Je lui ai demandé de me dépanner pour aller au ciné. À cette époque-là, j'étais constamment à sec. Tout comme aujourd'hui. David travaillait parfois après les cours et il économisait. Je vous ai déjà raconté tout ça.

– Et… ?

– Non, et rien. Il m'a prêté de l'argent, point. Enfin, vous comprenez, je ne pouvais pas savoir qu'il allait disparaître ce soir-là, alors les paroles qu'on a échangées n'étaient pas mémorables, c'étaient des banalités, merci et à la prochaine.

– Donc, vous n'avez jamais été très proches ?

– Non, on ne peut pas dire.

– Vous ne vous êtes jamais fait de confidences ?

– Non, je veux dire, c'était mon frère et tout ça, mais on était très différents, enfin… vous voyez…

Elmar mangeait goulûment. Il glissa dans la conversation qu'en général il ne s'accordait qu'une demi-heure de pause pour le repas du soir.

– Savez-vous si votre frère avait une petite amie avant sa disparition ? demanda Erlendur.

– Non, je ne crois pas, il n'avait pas de copine.

– Un de ses amis dit qu'il avait rencontré une fille, mais c'est une information très vague.

– David n'a jamais eu aucune petite amie, répondit Elmar. Il attrapa son paquet de Camel, en proposa une à Erlendur qui refusa. En tout cas, pas à ma connaissance, ajouta-t-il en jetant un œil à la table des joueurs.

– Non, je vois, observa Erlendur. Vos parents ont longtemps espéré qu'il reviendrait.

– Oui, ils… ils n'en avaient que pour David. Ils ne pensaient qu'à lui.

Erlendur eut l'impression de déceler dans la voix d'Elmar une certaine amertume.

– On a terminé ? demanda-t-il. Je me disais que j'aurais peut-être le temps de faire une petite partie avec les gars.

– Oui, excusez-moi, répondit Erlendur en se levant. Loin de moi l'idée de gâcher votre dîner.

20

Eva Lind lui rendit visite dans la soirée. Elle avait rencontré sa mère qui lui avait dressé le compte rendu de leur entrevue. Erlendur répéta que c'était une mauvaise idée d'essayer de les rapprocher. Sa fille secouait la tête.

– Donc, vous n'avez pas l'intention de vous revoir ?

– Tu as fait ton possible. On n'arrive simplement pas à s'entendre. Il y a dans nos rapports une raideur dont nous ne parvenons pas à nous débarrasser.

– Une raideur ?

– C'était un moment très éprouvant.

– Elle m'a dit qu'elle était partie comme une flèche.

– C'est vrai.

– Enfin, vous vous êtes rencontrés.

Erlendur était installé dans son fauteuil, un livre dans les mains. Eva Lind avait pris place dans le canapé, face à lui. Ils s'étaient souvent retrouvés assis comme ça, l'un en face de l'autre. Ils s'étaient parfois violemment querellés, Eva Lind avait déversé sur son père un flot d'imprécations avant de prendre la porte. Parfois, ils étaient parvenus à se parler et à se témoigner de l'affection. Il arrivait même qu'Eva se soit endormie sur le canapé alors qu'il lui lisait des récits sur des gens qui s'étaient perdus dans la nature ou des textes documentaires sur les traditions islandaises. Au fil des visites de sa fille, Erlendur l'avait vue passer par tous les états, parfois tellement exaltée qu'il n'en comprenait pas la raison, parfois tellement déprimée qu'il redoutait de la voir faire une bêtise.

Il hésitait à lui demander si Halldora lui avait raconté le détail de leur conversation. Eva le tira d'embarras.

– Maman m'a dit que tu ne l'avais jamais appréciée, commença-t-elle avec précaution.

Erlendur feuilletait son livre.

– Mais qu'elle avait été très amoureuse de toi.

Il gardait le silence.

– Ça explique peut-être les drôles de relations que vous avez, observa-t-elle.

Erlendur continuait de ne rien répondre, les yeux baissés sur l'ouvrage qu'il tenait dans sa main.

– Elle m'a aussi dit que ça ne servait à rien de discuter avec toi, ajouta-t-elle.

– Eva, je ne vois pas en quoi nous pouvons t'aider. On n'est d'accord sur rien. Je te l'ai déjà dit.

– Maman est tout à fait d'accord avec toi.

– Je sais ce que tu essaies de faire, mais… nous sommes des parents difficiles, Eva.

– Elle m'a dit que vous n'auriez jamais dû vous revoir.

– Ça aurait probablement mieux valu, en effet.

– Donc, il n'y a pas le moindre espoir ?

– Il me semble bien.

– Enfin, on pouvait essayer.

– Évidemment.

Eva fixait son père du regard.

– C'est tout ce que ça t'inspire ? insista-t-elle.

– On ne pourrait pas tourner la page ? Erlendur leva les yeux de son livre. J'ai essayé, elle aussi, ça n'a pas fonctionné. Pas cette fois.

– Tu veux dire que… peut-être plus tard ?

– Je n'en sais rien.

Eva Lind poussa un soupir. Elle prit une cigarette qu'elle alluma.

– Ce que je peux être conne ! Je me disais que, peut-être… que, peut-être, on pouvait arranger tous ces problèmes entre vous. Mais apparemment, c'est sans espoir. Vous êtes des cas désespérés.

– Oui, sans doute.

Il y eut un silence.

– Je me suis toujours efforcée de nous considérer tous les quatre comme les membres d'une famille, reprit-elle. Et c'est toujours le cas. Je fais comme si on formait une famille, ce qu'évidemment nous ne sommes pas et n'avons jamais été. Je croyais qu'on pourrait s'arranger pour que, comment dire, que la paix nous entoure, Sindri, moi, maman et toi. Merde !

– Eva, nous avons essayé. Ça ne donne rien. Pour l'instant. Je crois qu'il y a longtemps que nous nous serions réconciliés si nous l'avions voulu.

– Je lui ai raconté pour ton frère. Elle ignorait tout ça.

– En effet, je ne lui en ai jamais parlé. Pas plus qu'à quiconque. Je n'ai parlé de lui à personne durant des années.

– Elle était très surprise. Elle ne connaissait pas non plus tes parents, mes grands-parents. Elle m'a donné l'impression de savoir très peu de choses à ton sujet.

– C'était l'anniversaire de ta grand-mère avant-hier, observa Erlendur. Je me débrouillais toujours pour lui rendre visite ce jour-là.

– J'aurais bien aimé la rencontrer, répondit Eva Lind.

Erlendur leva à nouveau les yeux de son livre.

– Et elle aurait sûrement été heureuse de te connaître. Je suppose que ç'aurait été différent si elle n'était pas morte.

190

– Qu'est-ce que tu lis ?

– Une histoire tragique.

– Celle qui parle de ton frère ?

– Oui. J'aimerais bien… tu veux bien que je te la lise ?

– Ne te sens pas obligé à cause de ça, observa Eva Lind.

– À cause de quoi ?

– De votre comportement à toi et à maman.

– Non, j'ai envie que tu l'entendes. Je voudrais te la lire.

Erlendur prit le livre, trouva la page et se mit à lire d'une voix basse, mais déterminée, le récit de cette tempête déchaînée qui avait façonné son existence tout entière.

Tragédie sur la lande d'Eskifjardarheidi
Récit consigné par Dagbjartur Audunsson

Depuis des siècles, il existe un chemin qui traverse la lande d'Eskifjardarheidi et qui mène du village d'Eskifjördur jusqu'à la région de Fljotdalshérad. C'est une ancienne route qu'on parcourait à cheval. Elle part du versant nord de la rivière Eskifjardara, remonte la crête de Langahrygg, longe la rivière Innri-Steinsa, enjambe la vallée de la Vina, remonte les collines de Midheidarendi jusqu'au plateau d'Urdarflöt, en passant au pied des falaises d'Urdarkletti où elle quitte le territoire du village d'Eskifjördur. Au nord, on trouve la vallée de la rivière Thvera qui passe entre les montagnes Andri et Hardskafi, puis on a la montagne Holafjall et la lande de Selheidi, encore plus loin vers le nord.

La métairie de Bakkasel était autrefois le nom de la ferme située au fond du fjord d'Eskifjördur, le long de cette vieille route rejoignant la région de Fljotdalshérad. Elle est aujourd'hui abandonnée, mais au milieu du siècle le paysan Sveinn Erlendsson et sa femme Aslaug Bergsdottir l'occupaient. Ils avaient deux fils, âgés de huit et dix ans, Bergur et Erlendur. Sveinn possédait un petit élevage de moutons et était également instituteur à l'école primaire d'Eskifjördur. Le samedi 24 novembre 1956, le temps était froid mais clair, les routes et chemins peu praticables. Sveinn voulut partir à la recherche de moutons qui s'étaient échappés de sa bergerie. Les prévisions étaient des plus incertaines, comme toujours à cette époque de l'année, et peu d'endroits se trouvaient encore exempts de neige. Dès le point du jour, lui et ses deux fils quittèrent la métairie de Bakkasel à pied. Sveinn avait prévu de rentrer avant la nuit.

Ils remontèrent d'abord la vallée de la Thvera et passèrent au pied de la montagne Hardskafi sans trouver trace des bêtes. Puis, ils obliquèrent vers le sud et traversèrent la lande d'Eskifjardarheidi d'où ils redescendirent lentement en longeant les crêtes de Langahrygg mais, quand ils arrivèrent aux falaises d'Urdarkletti, le temps se dégrada de façon soudaine. Cela ne disait rien de bon à Sveinn qui décida sur-le-champ de rebrousser chemin. Mais, en un clin d'œil, la pire des tempêtes s'était abattue sur eux, une bise violente soufflait du nord, accompagnée d'abondantes chutes de neige. Le temps se dégrada encore, on n'y voyait pas à un mètre. Ils se retrouvèrent pris dans un tourbillon aveuglant qui, bientôt, sépara les deux garçons de leur père. Ce dernier les chercha très longtemps. Il appela. Il cria, mais en vain, et parvint finalement à quitter la lande en suivant la rivière Eskifjardara jusqu'à la métairie de Bakkasel. La force des bourrasques était telle qu'il ne pouvait se tenir debout et qu'il dut parcourir la fin du chemin à quatre pattes. En arrivant chez lui, il était très mal en point, couvert de glace, il avait perdu son bonnet et presque la raison.

On téléphona à Eskifjördur pour qu'ils envoient de l'aide et la nouvelle se répandit bientôt que les deux enfants luttaient pour survivre au milieu de ce temps déchaîné qui, maintenant, atteignait la vallée et les habitations. Des sauveteurs se rassemblèrent à Bakkasel dans la soirée, mais il était impossible d'entreprendre des recherches tant que la tourmente ne se serait pas un peu apaisée et que le jour ne serait pas levé. Ce furent des heures éprouvantes pour Sveinn et sa femme qui savaient leurs deux fils piégés dans le blizzard, là-haut sur la lande. Très abattu, le père des enfants supportait à peine la présence humaine, terrassé, rendu fou de douleur. Considérant que le sort de ses fils était d'ores et déjà scellé, il ne se souciait ni de l'organisation des recherches ni des sauveteurs alors qu'Aslaug, la maîtresse de maison, était en première ligne quand ces derniers partirent enfin, dès l'aube, le lendemain.

On avait alors fait appel aux brigades de secours de Reydarfjördur, de Neskaupsstadur et de Seydisfjördur, ce qui représentait un nombre d'hommes considérable. Le temps s'était beaucoup apaisé, mais l'épais manteau neigeux ralentissait les recherches. Ils firent d'abord route vers la lande d'Eskifjardarheidi, équipés de longues piques qu'ils enfonçaient dans la poudreuse. Ils tentèrent de retrouver la trace des deux enfants, mais en vain. On pensait que les deux frères étaient ensemble et qu'ils étaient probablement enterrés dans la neige qui était tombée sans relâche toute la nuit. Ils avaient disparu depuis environ dix-huit heures au début des recherches et le froid glacial qui régnait dans les montagnes indiquait clairement que les sauveteurs menaient une course contre la montre.

À leur départ, les frères étaient bien équipés. Ils portaient d'épaisses vestes rembourrées, des écharpes et des bonnets. Après quatre heures de recherches incessantes, on trouva une écharpe. Aslaug affirma qu'elle appartenait à l'aîné. Les recherches redoublèrent d'intensité sur la zone concernée. Halldor Brjansson, un sauveteur de Seydisfjördur, crut percevoir une résistance en enfonçant sa pique. On se mit à creuser et le frère aîné apparut à la surface, couché sur le ventre, comme s'il était tombé en avant de tout son long. Il était en vie, mais en état d'hypothermie, et des engelures avaient commencé à se former sur ses doigts et ses pieds. Inconscient, il était incapable de fournir le moindre renseignement sur l'endroit où son frère aurait pu se trouver. On dépêcha le plus rapide des sauveteurs pour qu'il rapporte du lait chaud. Les hommes se relayèrent pour porter le garçon depuis la lande jusqu'à la métairie de Bakkasel où se trouvait un médecin qui l'examina et expliqua comment le réchauffer. Il pansa les engelures et, les heures passant, l'enfant revint à lui, même s'il avait un moment semblé presque perdu. Il s'en était fallu de peu qu'il ne périsse gelé.

On continua de passer au peigne fin l'endroit où le fils aîné avait été retrouvé, mais en vain. Il semblait que le frère cadet avait été poussé par le vent en direction de la vallée de la Thvera et de la montagne Hardskafi. La zone de recherches fut à nouveau élargie quand la nouvelle parvint aux sauveteurs depuis Bakkasel que les deux enfants avaient été séparés et que l'aîné ignorait ce qu'il avait pu advenir de son petit frère. Il avait déclaré qu'ils étaient restés ensemble un long moment, mais que les bourrasques avaient fini par les séparer. Il l'avait cherché, avait crié son nom, jusqu'à ce que, complètement épuisé, il tombe à plusieurs reprises dans la neige. On rapporta que le garçon était inconsolable et qu'il supportait à peine la compagnie des autres. Il n'avait qu'une idée en tête, remonter dans la montagne à la recherche de son frère et le médecin avait dû lui administrer un calmant.

La nuit tomba à nouveau, le temps se dégrada derechef et les sauveteurs durent se mettre à l'abri. À ce moment-là, des renforts avaient été envoyés d'Egilsstadir. On avait installé un central à Eskifjördur. Dès l'aube, le lendemain matin, une foule de gens reprirent les recherches, aussi bien sur la lande que dans la vallée de la Thvera ou sur les flancs des montagnes Andri et Hardskafi. On essaya de calculer la route de l'enfant après qu'il avait été séparé de son frère. Les recherches engagées sur ces zones restèrent sans résultat, on explora très loin vers le nord et le sud, mais le garçon demeurait introuvable. On y consacra la journée, jusqu'au soir.

Les recherches continuèrent plus d'une semaine, sans que jamais on ne retrouve l'enfant. Diverses hypothèses furent émises sur le sort qu'il avait connu : on aurait dit que la terre l'avait simplement englouti. Certains pensaient qu'il était tombé dans la rivière Eskifjardara et que le courant l'avait emporté jusqu'à la mer, d'autres étaient d'avis que le vent l'avait poussé plus haut qu'on ne l'imaginait dans les montagnes. D'autres encore considéraient qu'alors qu'il se trouvait sur le chemin du retour, il s'était enlisé dans les sables mouvants qui se trouvent au fond de la vallée de l'Eskifjördur.

On souligna combien la douleur de Sveinn Erlendsson était immense après ce qui était arrivé à ses fils. Plus tard, le bruit courut dans la région que sa femme Aslaug avait tenté de le dissuader d'emmener les deux enfants avec lui sur la lande, mais qu'il avait refusé de l'écouter.

Le frère aîné se remit de ses engelures, mais, après l'événement, on le décrivit comme solitaire et apathique. On affirma qu'il avait passé son temps à chercher les restes de son frère tout le temps que la famille demeura à la métairie de Bakkasel. Deux ans après le drame, ils quittèrent la région et partirent pour Reykjavik. Comme il a déjà été dit, la métairie de Bakkasel fut laissée à l'abandon.

Erlendur referma le livre et passa sa main sur la couverture usée. Eva Lind était assise, silencieuse, dans le canapé. Un long moment s'écoula avant qu'elle ne tende le bras vers son paquet de cigarettes.

– Solitaire et apathique ? interrogea-t-elle.

– Ce vieux Dagbjartur n'épargnait personne, observa Erlendur. Il aurait pu s'abstenir de propos aussi durs. Il n'avait aucun moyen de savoir si j'étais effectivement solitaire et apathique. Il ne m'a jamais vu. Il connaissait très très peu tes grands-parents. Il tenait ses informations des sauveteurs. Les gens devraient se garder d'imprimer les racontars et les ragots qui leur sont parvenus aux oreilles en les prenant pour argent comptant. Il a réussi à blesser ma mère, ce qui était tout à fait inutile.

– Sans parler de toi.

Erlendur haussa les épaules.

– Il y a si longtemps. Je n'ai jamais voulu trop montrer ce récit, sans doute pour respecter la mémoire de ma mère. Ce texte ne lui plaisait pas.

– Mais c'est vrai ? C'est vrai qu'elle ne voulait pas que vous alliez avec votre père ?

– Elle y était opposée, en effet. Mais, plus tard, elle ne lui a jamais reproché ce qui est arrivé. Évidemment, elle était furieuse et folle de douleur, mais elle savait que ce n'était pas une question d'innocence ou de culpabilité. La question, c'était la survie, c'était de survivre dans la lutte contre la nature. Ce voyage était nécessaire et on ne pouvait pas prévoir qu'il serait à ce point périlleux.

– Et ton père, qu'est-ce qui lui a pris ? Pourquoi il n'a rien fait ?

– En réalité, je n'ai jamais compris. Il est redescendu de la lande en état de choc, persuadé que Bergur et moi étions morts tous les deux. On aurait dit que tout désir de vivre l'avait déserté. Il avait réussi à s'en tirer de justesse après nous avoir perdus dans cette tempête. Lorsque la nuit est tombée et que le blizzard s'est déchaîné avec encore plus de violence, il a semblé perdre le peu d'espoir qui lui restait, à ce que m'a dit ta grand-mère. Assis sur le bord du lit dans la chambre, il ne prêtait aucune attention à ce qui se passait autour de lui. Évidemment, il était fatigué et sa lutte contre le froid l'avait épuisé. Quand on est venu lui dire qu'on m'avait retrouvé, il a retrouvé un semblant d'énergie. Je me suis faufilé dans la chambre et il m'a simplement serré dans ses bras.

– Il devait être soulagé.

– Oui, il l'était, mais je… j'ai été envahi par un étrange sentiment de culpabilité. Je n'arrivais pas à comprendre pourquoi j'avais été sauvé et pourquoi Bergur avait péri. En fait, je ne le comprends toujours pas. J'avais l'impression d'y avoir été pour quelque chose, l'impression que c'était ma faute. Peu à peu, je me suis enfermé avec ces pensées. Solitaire et apathique. Peut-être que, finalement, il a très bien décrit les choses, ce Dagbjartur.

Ils gardèrent le silence un long moment jusqu'à ce qu'Erlendur repose le livre.

– Ta grand-mère a tout rangé et nettoyé soigneusement avant notre départ. J'ai vu des maisons abandonnées où on pourrait croire que les gens sont partis dans la précipitation, qu'ils ont disparu sans même jeter un regard en arrière, en laissant les assiettes sur la table, la vaisselle dans le buffet, les meubles dans la salle à manger, les lits dans les chambres. Ta grand-mère a vidé notre maison avec soin en ne laissant rien, elle a emporté les meubles à Reykjavik et donné le reste. Personne n'a voulu habiter là-bas après notre départ. Notre maison a été abandonnée. Ça engendre un étrange sentiment. Le dernier jour, on passait d'une pièce à l'autre et j'ai perçu un drôle de vide qui m'habite depuis lors. On aurait dit qu'on laissait notre vie à cet endroit, derrière ces vieilles portes et ces fenêtres vides. On aurait dit qu'on n'avait plus de vie. Que des forces nous l'avaient arrachée.

– Comme elles vous avaient arraché Bergur ?

– Parfois, j'aimerais qu'il me laisse tranquille, qu'une journée entière passe sans qu'il vienne dans mes pensées.

– Et ça n'arrive jamais ?

– Non, ça n'arrive jamais.

21

Assis dans sa voiture devant l'église, Erlendur fumait une cigarette en réfléchissant aux hasards de l'existence. Depuis longtemps, il se demandait comment de simples coïncidences pouvaient façonner le destin des gens, décider de leur vie et de leur mort. Son travail quotidien le confrontait à de tels hasards. Plus d'une fois, il était arrivé sur la scène d'un crime parfaitement gratuit, imprévisible et où il n'existait aucun lien entre l'assassin et sa victime.

L'un des exemples les plus terribles qui lui venait à l'esprit était celui d'une femme, assassinée alors qu'elle rentrait chez elle après être allée faire une course au magasin d'alimentation dans l'une des banlieues de la ville. La boutique en question était, à l'époque, l'une des rares à rester ouverte le soir. Cette femme avait croisé le chemin de deux individus bien connus des services de police. Ces derniers avaient tenté de la voler, mais, étonnamment résolue, elle s'était cramponnée à son sac à main. Un de ces multirécidivistes était armé d'une petite matraque avec laquelle il avait frappé la victime à la tête par deux fois. Lorsque l'ambulance était arrivée aux urgences, la femme était décédée.

Pourquoi elle ? s'était interrogé Erlendur face à son cadavre, en cette soirée d'été, une vingtaine d'années plus tôt.

Il savait que ceux qui l'avaient agressée étaient des bombes à retardement ambulantes et, à son avis, il était certain qu'ils finiraient par commettre un jour un crime sérieux. Pourtant, leur rencontre avec cette femme avait relevé du plus parfait des hasards. Ça aurait pu arriver à quelqu'un d'autre dans la même soirée, une semaine, un mois, un an plus tard. Pourquoi elle, en ce lieu précis, en cette heure précise ? Et pourquoi avait-elle réagi de cette façon en croisant leur route ? Jusqu'où remonte le fil des événements qui ont conduit à ce meurtre ? s'était-il demandé. Loin de lui l'idée de nier la responsabilité des meurtriers ; ce qu'il voulait, c'était examiner cette vie qui s'était achevée dans une mare de sang sur un trottoir de Reykjavik.

Il avait découvert que la victime était originaire de province et qu'elle habitait dans la capitale depuis un peu plus de sept ans. C'étaient des licenciements dans l'industrie de la pêche qui l'avaient conduite à quitter le port d'où elle venait pour déménager à Reykjavik avec son mari et leurs deux filles. Un chalutier avait été vendu et avait quitté le village, et la crevette se faisait rare. Peut-être était-ce à ce moment-là qu'avait débuté son ultime voyage. Ils s'étaient installés en banlieue. Elle aurait souhaité être plus proche du centre-ville, mais un appartement de taille comparable y était nettement plus cher. C'était là le deuxième jalon de son parcours.

Son mari avait trouvé un emploi dans l'industrie du bâtiment. Quant à elle, elle était chargée de relations clientèle dans une compagnie téléphonique. L'entreprise avait transféré son siège ; subitement, il lui avait été plus difficile de s'y rendre avec les transports en commun et elle avait donné sa démission. Elle était devenue surveillante à l'école primaire du quartier : cela lui plaisait beaucoup. Elle aimait bien les élèves et c'était réciproque. Chaque jour, elle se rendait à pied à son travail. Elle s'était mise à aimer la marche et entraînait chaque soir son mari avec elle pour une promenade dans le quartier. Elle n'y renonçait jamais sauf quand la tempête soufflait. Les filles du couple grandissaient, la grande allait bientôt fêter ses vingt ans.

Le moment se rapprochait. Le soir fatidique, alors que toute la famille était chez elle, la fille aînée avait eu envie d'une glace maison. Ce désir avait entraîné une série d'événements. Il manquait de la crème ainsi que diverses petites choses. La mère était partie à la boutique.

La cadette lui avait proposé d'y aller à sa place, mais elle avait refusé, désirant s'offrir une petite promenade nocturne. Elle avait lancé un regard à son époux qui lui avait dit ne pas en avoir envie. La raison était simple : la télévision proposait la rediffusion d'un documentaire où la parole était donnée à des provinciaux, bien souvent des plus originaux, et il ne voulait surtout pas manquer ça. Peut-être était-ce là qu'il fallait voir le seul véritable hasard. Si ce documentaire n'avait pas été au programme, son mari l'aurait accompagnée.

La mère était donc sortie et n'était jamais rentrée.

L'individu qui lui avait porté le coup mortel avait déclaré qu'elle avait refusé à tout prix de lâcher son sac à main. On avait découvert que, plus tôt dans la journée, cette femme avait retiré une somme importante destinée au cadeau d'anniversaire qu'elle avait décidé d'offrir à sa fille aînée. L'argent se trouvait dans son sac. Voilà pourquoi elle s'y cramponnait. D'habitude, elle ne transportait jamais de grosses sommes.

C'était aussi à mettre sur le compte du hasard.

Cette femme était décédée un soir d'été en ville, l'esprit tout entier fixé sur le cadeau d'anniversaire de sa fille. Elle avait mené une vie sans histoires, entouré ses proches d'amour et d'affection ; c'était tout le mal qu'elle avait fait.

Erlendur éteignit sa cigarette et descendit de son véhicule. Il détailla l'église du regard : un bloc de ciment froid et gris. Il se fit la réflexion que l'architecte devait être athée. En tout cas, il avait l'impression que ce bâtiment avait plutôt été érigé à la gloire de la béton-neuse du ventre de laquelle il était sorti qu'à celle du Seigneur.

Assise à son bureau, le pasteur Eyvör était au télé-phone. Elle lui fit signe de s'asseoir. Il attendit qu'elle ait terminé sa conversation. Dans un placard entrou-vert, on apercevait une robe de pasteur, une collerette et une étole.

– Encore vous ! s'exclama Eyvör dès qu'elle eut raccroché. Vous venez encore pour Maria ?

– J'ai lu que les crémations étaient de plus en plus fréquentes, observa Erlendur, afin d'éviter de répondre directement à la question du pasteur.

– Il y a toujours des gens qui choisissent cette solu-tion et donnent des recommandations très claires en la matière. Des personnes qui ne veulent pas que leur corps pourrisse dans la terre.

– Ça n'a rien à voir avec la foi chrétienne ?

– Non, absolument pas.

– J'ai su que Baldvin avait fait incinérer Maria, poursuivit Erlendur.

– En effet.

– Elle aurait exprimé ce souhait.

– Ça, je n'en sais rien.

– Elle n'a jamais abordé la question avec vous ?

– Non.

– Baldvin vous en a-t-il parlé ?

– Non, il m'a simplement dit que c'était la volonté

de sa femme. Nous n'exigeons pas qu'on nous apporte de preuve.

– Non, cela va de soi.

– Il y a quelque chose qui vous chiffonne dans son décès, n'est-ce pas ? interrogea Eyvör.

– Peut-être, répondit Erlendur.

– Que pensez-vous qu'il lui soit arrivé ?

– Je crois qu'elle allait extrêmement mal, qu'elle allait extrêmement mal depuis très longtemps.

– C'est également mon opinion. Peut-être est-ce la raison pour laquelle je n'ai pas été aussi surprise que beaucoup d'autres par ce qui s'est passé.

– Vous a-t-elle parlé de visions qu'elle avait eues, d'hallucinations ou de phénomènes comparables ?

– Non.

– Elle ne vous a pas raconté qu'elle avait cru voir sa mère ?

– Non.

– Et de séances chez des médiums ?

– Non, elle n'a rien mentionné de ce genre.

– Avec votre permission, de quoi discutiez-vous toutes les deux ?

– Eh bien, il s'agit évidemment de choses personnelles, répondit Eyvör. Je ne peux pas vous les détailler. Je crois d'ailleurs que ça n'a rien à voir avec la manière dont elle a choisi de quitter ce monde. En général, on parlait de religion.

– Vous abordiez des sujets précis ?

– Oui, parfois.

– Lesquels ?

– Eh bien, le pardon, la confession des péchés, la vérité. Le pouvoir qu'a la vérité de libérer les hommes.

– Vous a-t-elle parlé d'événements survenus au lac de Thingvellir alors qu'elle était encore enfant ?

– Non, je ne m'en souviens pas.

– Et de la mort de son père ?

– Non. Je suis désolée de ne pas pouvoir vous aider plus que ça.

– Ce n'est pas grave, répondit Erlendur en se levant.

– Il y a quand même une chose dont je peux vous parler. On abordait souvent le thème de la vie après la mort, je crois vous l'avoir déjà dit la première fois que vous êtes venu. Elle était... comment dirais-je... ce sujet l'intéressait de plus en plus au fil des ans, surtout, évidemment, après le décès de sa mère. En réalité, elle désirait avoir des preuves de l'existence de cette vie éternelle. Elle me donnait l'impression d'être prête à aller très loin.

– Que voulez-vous dire ?

Eyvör se pencha par-dessus son bureau. Du coin de l'œil, Erlendur apercevait la collerette de pasteur à l'intérieur du placard.

– Elle me donnait l'impression d'être prête à aller jusqu'au bout. Mais ce n'est qu'une opinion personnelle et n'allez pas crier cela sur tous les toits. C'est une confidence qui doit rester entre nous.

– Qu'est-ce qui vous fait penser cela ?

– C'est juste un sentiment.

– En d'autres termes, son suicide était... ?

– Le moyen qu'elle avait trouvé pour obtenir la réponse. Il me semble. Je sais que je ne devrais pas vous raconter ça, mais par rapport à ce que j'ai vu d'elle au cours des dernières années, je trouve très plausible qu'elle ait simplement cherché les réponses à ses questions.

Erlendur s'assit au volant de sa voiture, démarra, et son téléphone se mit à sonner. C'était Sigurdur Oli. Erlendur lui avait demandé d'éplucher les communications du portable de Maria, ce que Baldvin s'était empressé de les autoriser à faire. Les journées qui avaient précédé son décès, elle avait été en contact avec des universitaires pour raisons professionnelles, avec Karen pour le prêt du chalet d'été et avec son mari qu'elle avait appelé à l'hôpital et sur son téléphone portable.

– Le dernier appel sortant date du soir où elle s'est pendue, déclara Sigurdur Oli, qui ne se souciait nullement de surveiller son vocabulaire.

– À quelle heure ?

– À neuf heures moins vingt.

– Donc, elle était en vie à ce moment-là.

– Tout porte à le croire. La conversation a duré dix minutes.

– Son mari affirme qu'elle l'a appelé le soir en question depuis le chalet.

– Qu'est-ce que tu as en tête ? demanda Sigurdur Oli.

– Comment ça ?

– Qu'y a-t-il de louche dans cette affaire ? Cette femme s'est suicidée, c'est si compliqué que ça ?

– Je n'en sais rien.

– Tu as bien conscience que tu te comportes comme si tu enquêtais sur un meurtre, hein ?

– Non, c'est faux, rétorqua Erlendur. Je ne pense pas qu'il s'agisse d'un meurtre. Ce que je veux découvrir, c'est le pourquoi de son suicide, un point c'est tout.

– Et ça te regarde en quoi ?

– En rien, répondit Erlendur. En rien du tout.

– Je croyais que tu ne t'intéressais qu'aux disparitions.

– Un suicide, c'est aussi une disparition, conclut Erlendur avant de raccrocher.

Le médium vint accueillir Maria à la porte et l'invita à entrer. Les deux femmes discutèrent longuement avant que ne débute la séance proprement dite. Magdalena lui fit bonne impression. Elle se montrait chaleureuse, compréhensive et prévenante, exactement comme l'avait été Andersen. Maria trouvait différent de s'adresser à une femme, cela l'intimidait moins. Il semblait également que le don de Magdalena était plus développé. Elle était dotée d'une plus grande sensibilité, savait plus de choses, voyait plus clairement et plus loin qu'Andersen.

Elles s'étaient assises au salon. Ce fut graduellement que Magdalena entreprit la voyance. Maria accorda très peu d'attention à l'agencement de l'appartement ou du mobilier. Baldvin avait obtenu son numéro de téléphone à l'hôpital ; Maria avait immédiatement appelé cette femme qui lui avait dit pouvoir la recevoir sur-le-champ. Elle avait l'impression que la voyante vivait seule.

– Je ressens une présence intense, déclara Magdalena. Elle ferma les yeux, puis les rouvrit. Il y a ici une femme, continua-t-elle. Ingibjörg, ça vous dit quelque chose ?

– C'est le prénom de ma grand-mère, répondit Maria, elle est morte depuis longtemps.

*– Elle est très lointaine. Vous n'étiez pas spéciale-
ment proches.*

*– Non, je l'ai à peine connue. C'était ma grand-
mère paternelle.*

– Elle est extrêmement triste.

– Ah, oui.

*– Elle dit que ce n'est pas votre faute si les choses
se sont passées comme ça.*

– Non.

– Elle me parle d'un accident.

– Oui.

– Je vois de l'eau. Quelqu'un s'est noyé.

– Oui.

– Un terrible accident.

– Oui.

*– Est-ce que... je vois un tableau, un tableau qui
représente un lac. C'est une peinture du lac de
Thingvellir, ça vous dit quelque chose ?*

– Oui.

*– Merci. Il y a... il y a là un homme... Ce n'est pas
très clair, c'est une photo ou une peinture. Je vois une
femme, elle affirme qu'elle s'appelle Lovisa, cela vous
dit quelque chose ?*

– Oui.

– Vous êtes parentes.

– Oui.

– Merci. Elle est jeune... je... à peine vingt ans.

– Oui.

*– Elle sourit. Elle est entourée d'une grande
lumière. Il fait clair tout autour d'elle. Elle sourit. Elle
dit que Leonora est avec elle et qu'elle va bien.*

– Oui.

*– Elle vous demande de ne pas vous inquiéter... Dit
que Leonora se sent très bien, elle dit aussi...*

– Oui ?

– *Qu'il lui tarde de vous revoir.*

– *Oui.*

– *Elle veut que vous sachiez qu'elle va très bien. Que ce sera merveilleux quand vous viendrez la retrouver. Ce sera merveilleux.*

– *Oui ?*

– *Elle vous dit de ne pas avoir peur. De ne pas vous inquiéter. Que tout ira pour le mieux. Ce que vous ferez. Elle dit que... quelle que soit votre décision... tout... tout se passera bien. Qu'il ne faut avoir aucune inquiétude. Que tout se passera pour le mieux.*

– *Oui.*

– *Une grande beauté règne autour de cette femme. Elle... elle rayonne avec une grande intensité. Elle vous dit... est-ce que ça vous dit quelque chose... elle parle d'un écrivain.*

– *Oui ?*

– *Un écrivain français.*

– *Oui.*

– *Elle sourit. Il y a... cette femme qui est avec elle... elle est... elle dit qu'elle se sent beaucoup mieux. Toutes ces... toutes ces souffrances.*

Magdalena ferma les paupières.

– *Elles s'en vont...*

Elle rouvrit les yeux.

– *Ça... ça s'est bien passé ? s'enquit-elle.*

Maria hocha la tête.

– *Oui, répondit-elle tout bas. Merci beaucoup.*

À son retour, elle raconta à Baldvin ce que la séance chez le médium avait révélé. Fortement ébranlée, elle lui expliqua qu'elle ne s'attendait pas à recevoir des messages d'une telle netteté. De même, elle était étonnée de ceux qui s'étaient manifestés. Elle n'avait pas pensé à sa grand-mère paternelle depuis toute petite.

Quant à Lovisa, sa grand-tante, elle en avait unique-ment entendu parler. Cette dernière, qui était la sœur de sa grand-mère, avait été assez tôt emportée par la diphtérie.

Maria eut des difficultés à trouver le sommeil ce soir-là. Elle se retrouva seule chez elle car Baldvin avait dû faire un saut à l'hôpital. Dehors, le vent de l'automne hululait.

Elle parvint finalement à s'endormir.

Elle fut réveillée en sursaut quelques instants plus tard par la barrière du jardin qui cognait contre la clôture. Il pleuvait abondamment. Elle savait que ce bruit l'empêcherait de se rendormir.

Elle se leva et alla jusqu'à la cuisine, en robe de chambre et en pantoufles. L'une des portes donnait sur la terrasse qu'ils avaient construite quelques années plus tôt. Elle resserra contre elle sa robe de chambre, ouvrit sur l'extérieur et perçut aussitôt une forte odeur de cigare.

Elle sortit prudemment sur la terrasse où la pluie glacée vint lui gifler le visage.

Était-ce possible que Baldvin ait fumé avant son départ ? pensa-t-elle.

Elle aperçut la barrière qui cognait contre le mon-tant, mais au lieu de se dépêcher d'aller la refermer, puis de courir se réfugier à l'intérieur, elle resta comme pétrifiée à scruter le jardin plongé dans les ténèbres. Elle y distinguait un homme trempé de la tête aux pieds, imposant et massif, avec une bedaine et le visage aussi pâle qu'un mort. Tout ruisselant, il ouvrit la bouche et la referma à plusieurs reprises. On aurait dit qu'il luttait pour emplir ses poumons d'oxygène. Il s'écria soudain :

– Méfie-toi... Tu ne sais pas ce que tu fais !!

22

Andersen le médium s'était montré méfiant. Il avait refusé de révéler quoi que ce soit par téléphone et n'avait même pas cru qu'Erlendur était vraiment un policier. Ce dernier avait immédiatement reconnu la voix de la cassette. L'homme avait déclaré que si Erlendur désirait s'entretenir avec lui, il devrait prendre rendez-vous comme tout le monde. Le policier avait protesté, arguant que l'affaire qui l'amenait était des plus banales et que ça leur prendrait très peu de temps, mais le médium n'avait pas cédé.

– Et vous allez me faire payer ? avait interrogé Erlendur à la fin de la conversation.

– On verra bien, avait répondu Andersen.

Quelques jours plus tard, dans la soirée, Erlendur sonna à l'interphone d'un immeuble du quartier des Vogar et demanda à parler à cet Andersen.

Le médium déclencha l'ouverture de l'entrée et Erlendur monta lentement jusqu'au palier du troisième étage où son hôte l'attendait. Ils se donnèrent une poignée de main et l'homme lui montra le chemin de la salle à manger. Une discrète odeur d'encens l'accueillit quand il pénétra dans les lieux et une musique relaxante s'échappait de haut-parleurs qui lui étaient invisibles.

Erlendur avait repoussé cette visite jusqu'au moment où il avait compris qu'il ne pouvait en faire l'économie. Les activités des médiums ou leur capacité à entrer en contact avec les défunts ne le passionnaient pas franchement et il craignait que les choses finissent par s'envenimer. Il avait pris la ferme décision de s'en tenir au tangible et espérait qu'Andersen adopterait la même attitude.

Le médium l'invita à s'asseoir à une petite table ronde et s'installa face à lui.

– Vous vivez seul ? demanda Erlendur en parcourant les lieux du regard. Il avait l'impression d'être dans un foyer islandais des plus ordinaires. Il y avait là une grande télévision, des films sur cassettes vidéo et sur DVD, beaucoup de CD de musique rangés sur trois supports verticaux, le sol était en parquet et des photos de famille décoraient les murs. Nulle trace de voiles ou de boules de cristal, pensa-t-il.

Pas le moindre détail rappelant le spiritisme.

– Vous avez besoin de ces informations dans le cadre d'une enquête ? demanda Andersen.

– Non, je suis… Que pouvez-vous me dire à propos de Maria ? La femme dont je vous ai parlé au téléphone et qui a mis fin à ses jours.

– Permettez-moi de vous demander pourquoi vous enquêtez sur elle.

Erlendur commença à parler de l'étude que les Suédois consacraient au suicide et à ses causes, mais n'était pas certain de parvenir à mentir de façon convaincante à cet homme qui gagnait son pain grâce à ses dons de voyance : Andersen ne risquait-il pas de le percer immédiatement à jour ? Aussi, il passa rapidement sur les explications en espérant que son hôte n'y verrait que du feu.

– Alors là, je ne vois pas bien en quoi je pourrais vous être utile, observa le médium. Très souvent, j'établis avec ceux qui viennent me consulter une relation de confiance qu'il m'est très difficile de rompre.

En guise d'excuse, il esquissa un sourire qu'Erlendur lui renvoya. Andersen était un homme de haute taille, âgé d'une soixantaine d'années, ses tempes commençaient à grisonner, il avait un visage lumineux, une mine radieuse où transparaissait un calme exceptionnel.

– Vous avez toujours beaucoup de travail ? reprit Erlendur afin de détendre un peu l'atmosphère.

– Je ne me plains pas, les Islandais s'intéressent beaucoup à la vie spirituelle.

– Vous voulez dire, à celle qui continue après la mort ?

Andersen hocha la tête.

– N'est-ce pas une superstition de campagnards ? Nous sommes sortis de nos maisons de tourbe et des ténèbres du Moyen Âge il n'y a pas si longtemps, lança Erlendur.

– La vie spirituelle n'a rien à voir avec les maisons de tourbe, contra Andersen. Ce genre de préjugés peut aider certaines personnes. Pour ma part, j'ai toujours trouvé qu'ils prêtaient à rire. Mais je comprends parfaitement que les gens puissent douter d'individus tels que moi. J'éprouverais évidemment moi aussi des doutes si je n'étais pas né avec cette malédiction que je préfère baptiser du nom de sensibilité.

– Combien de fois Maria est-elle venue vous consulter ?

– Elle est venue me voir à deux reprises après le décès de sa mère.

– Pour essayer d'entrer en contact avec elle, c'est ça ?

– En effet, c'était son but.

– Et… comment cela a-t-il marché ?

– Il me semble qu'elle est repartie satisfaite.

– Inutile de vous demander si vous croyez à une vie après la mort, observa Erlendur.

– C'est le fondement même de mon existence.

– Et c'était aussi son cas ?

– Sans aucun doute. Sans aucun doute possible.

– Vous a-t-elle parlé de sa phobie de l'obscurité ?

– Très peu. Nous avons convenu que cette phobie était une peur psychique comme n'importe quelle autre et qu'il était possible de la surmonter en pensant différemment et par la maîtrise de soi.

– Vous a-t-elle raconté d'où lui venait cette peur ?

– Non, d'ailleurs je ne suis pas psychologue. Mais d'après nos conversations, je croirais volontiers qu'elle était liée à la mort accidentelle de son père. On s'imagine facilement combien cet événement a marqué son enfance.

– Est-elle… comment dit-on… est-elle apparue ici ? Je parle de Maria, bien sûr, après son décès.

– Non, répondit Andersen avec un sourire. Ce n'est pas aussi simple que ça. J'ai l'impression que vous avez sur les médiums des idées un peu fantaisistes. Vous connaissez notre profession ?

Erlendur secoua la tête.

– On m'a dit que Maria cultivait un intérêt tout particulier pour la question de la vie après la mort, reprit-il.

– Cela va de soi, dans le cas contraire elle ne serait pas venue me voir, remarqua Andersen.

– En effet, mais il s'agissait chez elle d'un intérêt tellement fort qu'il en était inhabituel, c'était, pour ainsi dire, une obsession. On m'a confié qu'elle était extrêmement curieuse quant à la mort et ce qui venait après.

Erlendur préférait s'abstenir de citer mot pour mot la cassette que lui avait remise Karen et il espérait que le médium viendrait le retrouver sur le terrain où il s'avançait. Andersen le dévisagea longuement comme s'il pesait avec soin ce qu'il avait ou non le droit moral de lui révéler.

– Maria était une âme en quête, répondit-il. Il y en a beaucoup comme nous. Je suis certain que c'est aussi votre cas.

– Et que recherchait-elle ?

– Sa mère. Sa mère lui manquait. Cette dernière avait décidé de lui donner la réponse à la question de la vie après la mort. Maria considérait qu'elle avait reçu cette réponse et elle est venue me consulter. On a discuté tous les deux. Je crois que cela lui a fait du bien.

– Sa mère s'est-elle manifestée pendant l'une de ces séances ?

– Non, elle ne l'a pas fait, mais ça ne signifie rien en soi.

– Et Maria, qu'en a-t-elle pensé ?

– Elle est repartie satisfaite de chez moi.

– On m'a dit qu'elle souffrait d'hallucinations, poursuivit Erlendur.

– Appelez cela comme vous voudrez.

– Qu'elle avait vu sa mère.

– C'est vrai, elle m'en a parlé.

– Et ?

– Et rien. Elle était extrêmement réceptive.

– Vous savez si elle s'est adressée ailleurs, si elle est allée consulter d'autres voyants ?

– Évidemment, elle ne m'a parlé que de ce qui me concernait. En revanche, un jour, elle m'a téléphoné pour me demander mon avis sur une collègue, une femme qui m'était inconnue et dont je n'ai rien pu lui dire. Je suppose qu'elle débute à peine dans la profession. Je connais pourtant la plupart des gens qui l'exercent.

– Et vous ignorez tout de la femme en question ?

– En effet, à part son nom. Et comme je viens de le dire, je ne sais pas ce qu'elle vaut en tant que médium.

– Et comment s'appelle-t-elle ?

– Maria ne m'a pas donné son deuxième nom*, mais seulement son prénom, Magdalena.

– Magdalena ?

– Inconnue au bataillon.

– Qu'est-ce que ça signifie ? Je veux dire, le fait que vous ne la connaissiez pas ?

– Rien de spécial. Ça ne signifie pas forcément quelque chose. Mais en passant quelques coups de fil, j'ai découvert que personne ne connaît cette Magdalena.

– C'est peut-être tout simplement une nouvelle, comme vous venez de le dire ?

Andersen haussa les épaules.

– Tout porte à le croire, en effet.

– Vous êtes nombreux à pratiquer cette activité ?

– Pas tant que ça, mais je n'ai pas le chiffre.

– Comment Maria a-t-elle eu connaissance de cette Magdalena ?

– Je l'ignore.

– Votre opinion sur la phobie de l'obscurité est plutôt étrange pour un homme qui gagne son pain quotidien en entrant en contact avec les morts et les fantômes.

– Comment ça ?

– Vous la décrivez comme une peur enracinée dans

---

* Le deuxième nom des Islandais n'est pas un nom de famille. Il s'agit du prénom du père auquel on accole le suffixe -*son* pour les hommes ou -*dóttir* pour les femmes. Ainsi Erlendur Sveinsson est Erlendur le fils de Sveinn et Eva Erlendsdóttir est Eva la fille d'Erlendur. C'est toujours par le prénom qu'on réfère à l'individu, le deuxième nom ne servant que de précision destinée à éviter les confusions.

le psychisme et non comme issue d'une croyance en l'existence des fantômes.

– Il n'y a rien de néfaste dans le monde des esprits, observa Andersen. Nous avons tous nos fantômes et nos revenants. Vous aussi, et vous n'êtes pas le dernier.

– Moi ? rétorqua Erlendur.

Andersen hocha la tête.

– Toute une foule, ajouta le médium. Mais ne vous inquiétez pas, continuez à chercher. Vous finirez par les trouver.

– Vous voulez parler de lui, vous voulez dire le trouver ? s'enquit Erlendur.

– Non, conclut Andersen en se mettant debout. Je parle d'eux.

23

À une certaine époque, Erlendur avait souffert de tachycardie. Il avait la désagréable impression que son cœur battait une mesure en trop ou que, par moments, son rythme se ralentissait. Constatant que le phénomène tendait plutôt à s'accentuer, il avait feuilleté les pages jaunes de l'annuaire téléphonique et s'était arrêté à un nom qui lui semblait sympathique dans la rubrique Cardiologues : Dagobert. Ce prénom l'avait immédiatement séduit, il avait donc décidé de le prendre pour médecin. Au bout d'à peine cinq minutes passées dans le cabinet, submergé par son impatience, il avait demandé au cardiologue la raison de cet étrange prénom.

– Je suis originaire des fjords de l'Ouest, avait précisé l'homme qui semblait habitué à cette question. Je ne m'en plains pas. Mon cousin m'envie. Il s'appelle Dosotheus.

La plupart des sièges de la salle d'attente étaient occupés par des gens souffrant d'affections variées. Ce centre médical employait des médecins spécialisés dans des domaines divers. On y trouvait des oto-rhino-laryngologistes, des phlébologues, trois cardiologues, deux phrénologues et un ophtalmologiste. Debout à la porte de la salle d'attente, Erlendur se faisait la réflexion que parmi tout ce beau monde, chacun allait trouver chaussure à son pied. Il était gêné de venir s'imposer ainsi chez son cardiologue sans avoir pris rendez-vous plusieurs mois auparavant. Il savait cet homme très pris, n'ignorait pas qu'il n'y avait plus aucun rendez-vous de disponible jusqu'à l'année prochaine et se disait que sa visite allait rallonger le délai d'attente des patients d'au minimum un quart d'heure, quel que soit l'instant où il entrerait dans le cabinet. Erlendur était déjà là depuis une bonne vingtaine de minutes.

Du fond de la salle d'attente partait un long couloir où se trouvaient les salles de consultation des médecins et, alors que trois quarts d'heure s'étaient écoulés depuis qu'il avait informé l'accueil de son arrivée, la porte s'ouvrit, Dagobert apparut et lui fit signe de le suivre. Erlendur l'accompagna et le cardiologue referma la porte derrière eux.

– Vous revenez me voir avec la même chose ? s'enquit Dagobert en invitant Erlendur à prendre place sur la table d'auscultation. Le dossier d'Erlendur était posé sur le bureau.

– Non, répondit le policier. Je vais très bien, la raison de ma visite est plutôt d'ordre professionnel.

– Ah bon ? s'étonna le médecin. C'était un homme grassouillet et avenant, qui portait une chemise blanche, une cravate et un jean. Il n'avait pas de blouse, mais le stéthoscope était bien là, autour de son cou. Vous ne voulez pas vous allonger pour que je vous ausculte ?

– Inutile, répondit Erlendur qui s'installa sur la chaise devant le bureau. Dagobert s'assit sur la table d'examen. Erlendur se rappelait le premier rendez-vous où ce médecin lui avait expliqué que son cœur était commandé par des impulsions électriques, lesquelles avaient été perturbées. En général, le phénomène était dû au stress. Erlendur n'avait pas compris un traître mot de ce qu'il lui avait raconté, à part quand il avait dit que la situation n'avait rien de préoccupant et que ça s'arrangerait avec le temps.

– Dans ce cas, que puis-je pour… ? interrogea Dagobert.

– C'est une question d'ordre médical, commença Erlendur.

Il se débattait avec des problèmes lexicaux depuis qu'il avait décidé de venir le consulter. Il s'était gardé de s'adresser à des gens qui travaillaient avec la police, à un médecin légiste, par exemple, car il voulait n'avoir à fournir aucune explication.

– Oui, laquelle ?

– Si quelqu'un avait l'intention de plonger un individu en état de mort pendant, disons, une à deux minutes, pour ensuite le ramener à la vie sans que personne ne remarque quoi que ce soit, comment procéderait-il ? demanda Erlendur.

Le médecin le fixa longuement.

– Vous connaîtriez un tel cas ? interrogea-t-il.

– C'est justement ma deuxième question, répondit Erlendur. Pour ma part, je n'en connais aucun.

– Autant que je sache, personne ne s'est livré à ce genre de chose de manière délibérée, si c'est ce que vous voulez dire, reprit Dagobert.

– Comment procéderait-on ?

– Tant de paramètres entrent en jeu. Quelles seraient les conditions de déroulement de l'expérience ?

– Je ne suis pas certain. Disons que quelqu'un se mette en tête de faire ça chez lui.

Dagobert lança à Erlendur un regard grave et sévère.

– Des gens de votre connaissance se seraient-ils amusés à tenter ce genre d'expérience ? demanda-t-il. Dagobert savait qu'Erlendur travaillait à la Criminelle et considérait que les troubles du rythme cardiaque dont ce dernier souffrait étaient, pour reprendre son expression, de nature professionnelle. À part ça, il était rare qu'il recoure au jargon, à la grande satisfaction de son patient.

– Non, répondit Erlendur. Et cela n'a rien à voir avec l'une de nos enquêtes. Ma curiosité a simplement été piquée au vif en parcourant un ancien dossier qui a atterri entre mes mains.

– Ce dont vous parlez, c'est de la façon dont on peut susciter un arrêt du cœur sans que personne ne le remarque et de manière à ce que l'intéressé survive ?

– Oui, je suppose, convint Erlendur.

– Pourquoi quelqu'un irait-il faire une chose pareille ?

– Je n'en ai pas la moindre idée.

– Je suppose qu'au contraire, vous en avez une sacrée derrière la tête.

– Absolument pas.

– Je ne vous suis pas vraiment. Comme je viens de le dire : quel motif quelqu'un aurait-il de provoquer un arrêt cardiaque ?

– Je l'ignore, répéta Erlendur. J'espérais que vous seriez à même de répondre à ma question.

– D'accord. La première chose à laquelle vous devez penser est de n'endommager aucun des organes vitaux, expliqua Dagobert. Dès que le cœur cesse de battre, la décomposition du corps se met en route, les tissus et les organes sont menacés. On peut recourir à divers traitements médicamenteux afin de provoquer l'arrêt cardiaque, mais peut-être est-il préférable d'opter pour l'hypothermie. Je ne suis pas spécialiste en la matière.

– L'hypothermie* ?

---

* Dagobert utilise le terme médical emprunté au grec. La langue islandaise qui forme les termes avec des racines nordiques et n'emprunte pratiquement pas de mots étrangers désigne l'hypothermie par un terme qui

– C'est un procédé qui consiste à refroidir le corps, expliqua le médecin. Le cœur cesse de battre lorsque la température corporelle chute en deçà d'une certaine limite, ce qui cause effectivement la mort. Le froid se charge de conserver les organes car il ralentit l'ensemble du métabolisme.

– Et comment est-on ramené à la vie ?

– Probablement à l'aide de chocs électriques suivis d'un réchauffement rapide, j'entends par là réchauffement du corps.

– Mais ce genre d'expérience ne peut être conduite que par un spécialiste, n'est-ce pas ?

– Sans nul doute. Je ne peux pas imaginer le contraire. Il faut qu'un médecin soit présent sur les lieux, voire un cardiologue. Et évidemment, personne ne devrait se prêter à ce jeu-là.

– Combien de temps peut-on maintenir quelqu'un dans cet état avant que ça ne devienne irrémédiable ?

– Eh bien, je n'ai pas pour spécialité de provoquer des arrêts cardiaques en recourant à l'hypothermie, mais c'est une question de quelques minutes après l'arrêt du cœur, tout au plus quatre ou cinq. Je l'ignore. Il faut prendre en compte les conditions de l'expérience. Si elle se déroule en milieu hospitalier et qu'on dispose des meilleures techniques, il est peut-être possible de repousser la limite. L'hypothermie permet de maintenir des patients dans le coma le temps qu'ils guérissent de leurs blessures. Elle est également intéressante pour la conservation d'organes de personnes ayant fait un arrêt cardiaque. Dans ce cas, la température corporelle est maintenue à environ trente et un degrés.

équivaudrait à « sur-refroidissement ». Ce qui explique qu'Erlendur demande des éclaircissements.

– Et si l'expérience est pratiquée chez un particulier, quel est l'équipement nécessaire ?

Le médecin s'accorda un long moment de réflexion.

– Je ne peux… reprit-il avant de s'interrompre à nouveau.

– Quelle est la chose qui vous vient à l'esprit en premier lieu ?

– Une bonne baignoire. Un défibrillateur et suffisamment d'ampères au compteur. Et aussi des couvertures.

– Est-ce que ça laisserait des traces ? Pour peu qu'on parvienne à ranimer l'intéressé ?

– Des traces de l'expérience ? Je ne pense pas, répondit Dagobert. Je suppose que c'est un peu comme si on se retrouvait pris dans le blizzard. Le froid ralentit graduellement le métabolisme, on commence par s'endormir, puis on tombe dans le coma, le cœur s'arrête et on meurt.

– N'est-ce pas exactement ce qui se produit quand les gens se perdent dans la nature ? demanda Erlendur.

– Oui, effectivement.

La femme dont on savait avec certitude qu'elle avait été la dernière à s'entretenir avec Gudrun travaillait comme conservatrice et directrice de l'un des départements du Musée national. Elles étaient cousines et les parents de l'étudiante lui avaient demandé de garder un œil sur leur fille pendant leur long périple asiatique. De trois ans l'aînée de Gudrun, plutôt petite, elle attachait son épaisse chevelure blonde en queue de cheval. Son nom était Elisabet, mais elle se faisait appeler Beta.

– Déterrer cette histoire me met mal à l'aise, expliqua-t-elle alors qu'elle venait de s'installer dans la cafétéria du musée avec Erlendur. Duna était plus ou moins sous ma responsabilité, en tout cas c'est l'impression que j'avais à l'époque, même si je n'avais, voyez-vous, aucun moyen d'empêcher quoi que ce soit. Elle a tout simplement disparu. C'était vraiment incroyable. Pourquoi reprenez-vous cette affaire aujourd'hui ?

– Nous sommes sur le point de la classer, répondit Erlendur en espérant que cette explication suffirait. Il n'avait aucune idée de ce qui le poussait à rechercher cette étudiante ou encore David, en dehors de sa passion des disparitions et du fait que, contrairement à l'accoutumée, la situation était plutôt calme au commissariat.

– Donc, à partir de maintenant, elle n'aura plus aucune chance d'être retrouvée ? interrogea Beta.

– Cela remonte à très longtemps, observa Erlendur afin de ne pas lui répondre directement.

– Je n'arrive vraiment pas à imaginer ce qui a pu arriver, reprit Beta. Un beau jour, elle part au volant de sa voiture et pouf, la voilà disparue. Son véhicule est resté introuvable et elle n'a pas laissé la moindre trace. Apparemment, elle ne s'est arrêtée à aucune station-service ni à aucune ferme, que ce soit sur la route qui mène vers le nord ou ici, dans les environs de Reykjavik.

– Certains ont émis l'hypothèse d'un suicide, avança Erlendur.

– Ce n'était vraiment pas son genre, répondit immédiatement Beta.

– C'est une question de genre ?

– Non, je veux dire, elle n'était pas comme ça.

– Personnellement, je ne connais personne qui soit comme ça, observa Erlendur.

– Enfin bref, vous voyez ce que je veux dire, conclut Beta. D'ailleurs, en parlant de sa voiture, elle ne s'est tout de même pas suicidée elle aussi, non ?

Erlendur sourit.

– Nous avons dragué les ports dans toute l'Islande, envoyé des plongeurs explorer les abords des jetées, au cas où elle aurait perdu le contrôle de son véhicule. Nous n'avons rien trouvé.

– Elle adorait sa petite Mini, nota Beta. Je n'ai jamais réussi à m'imaginer qu'elle puisse la faire plonger dans la mer depuis une jetée. Cette idée m'a toujours semblé à côté de la plaque. Complètement saugrenue.

– Elle ne vous a fait part d'aucun projet au cours de votre dernière conversation ?

– Non, aucun. Si j'avais su ce qui allait se passer, ç'aurait été différent. Elle m'a téléphoné pour me demander à quel numéro de la rue Laugavegur se trouvait un salon de coiffure dont je lui avais parlé. Elle prévoyait d'y aller. C'est d'ailleurs pour cela que je n'ai jamais cru au suicide. Il n'y avait aucun signe qui aurait pu laisser penser une telle chose.

– Y avait-il une raison, une occasion particulière ?

– Pour qu'elle aille chez le coiffeur ? Non, je crois simplement qu'il était temps pour elle d'aller se faire couper les cheveux, répondit Beta.

– Et vous n'avez parlé de rien d'autre ?

– Non, en fait, non. Ensuite, je n'ai plus eu aucune nou-velle. Je la croyais partie dans le Nord, j'ai appelé chez elle deux ou trois fois, mais elle était absente, enfin, c'est ce que je croyais. En réalité, elle avait disparu. Ce n'est pas facile de s'imaginer ce qui a bien pu arriver. Pourquoi une jeune fille dans la fleur de l'âge comme elle devrait-elle disparaître de façon aussi inattendue et sans crier gare ? Qu'est-ce que ça peut bien signifier ? Comment est-ce possible de comprendre et d'accepter ça ?

– Elle n'avait jamais été en couple, vécu avec un garçon ou bien… ?

– Non, jamais, il lui restait toutes ces choses à découvrir.

– Où avait-elle l'habitude de se rendre quand elle partait en voiture ? Je sais que cette information est consignée dans nos dossiers, mais on ne pose jamais trop la question.

– Dans le Nord, évidemment. Parfois, la ville d'Akureyri lui manquait et elle y allait dès qu'elle en avait l'occasion. Elle parcourait également les environs de Reykjavik, la péninsule de Reykjanes, parfois elle allait à Selfoss ou bien à Hveragerdi pour s'acheter une glace, enfin, des choses habituelles. Vous savez aussi qu'elle se passionnait pour les lacs.

– C'est exact.

– Un de ses lieux de prédilection était justement celui de Thingvellir.

– Le lac de Thingvellir ?

– Elle le connaissait comme sa poche. Elle s'y rendait très souvent, elle y avait ses coins préférés. Un de nos oncles, qui vivait ici à Reykjavik, avait un chalet d'été dans la vallée de Lundarreykdalur dans le Borgafjördur. On y allait souvent et, sur le chemin du retour, elle passait par la dorsale d'Uxahryggir et par Thingvellir. Elle longeait le lac par l'est, puis rentrait à Reykjavik. Il lui arrivait de camper là-bas, parfois avec des amies, parfois toute seule. Elle quittait la ville et restait au bord du lac. Elle aimait bien ces moments de solitude. C'était une jeune fille tellement indépendante.

– Aucun indice ne suggérait qu'elle était passée au chalet de votre oncle ? demanda Erlendur alors qu'il essayait de se rappeler les détails du dossier concernant la disparition de Gudrun.

– Non, elle n'y était pas allée.

– D'où lui venait cette passion des lacs ?

– Personne n'en savait rien, elle non plus d'ailleurs. Ça a commencé quand Duna était toute petite. Un jour, elle m'a avoué que les lacs avaient une étrange force d'attraction, qu'ils dégageaient une étonnante tranquillité. Que c'était aux abords des lacs qu'on trouvait la nature authentique, les oiseaux, la vie subaquatique. Évidemment, elle étudiait la biologie et cela n'avait rien d'un hasard.

– Donc elle allait aussi sur le lac ? Avait-elle une barque ?

– Non, c'était assez inattendu venant d'elle. Duna avait la phobie de l'eau depuis toujours. Il fallait sacrément ruser pour qu'elle consente à se rendre aux cours de natation et elle n'a jamais vraiment apprécié ça. Elle n'a jamais aimé être dans l'eau ou sur l'eau, ce qui lui plaisait c'était la proximité des lacs. Parce que c'était une amoureuse de la nature.

– C'est vrai que peu d'endroits sont aussi beaux que le lac de Thingvellir, observa Erlendur.

– En effet.

24

Deux jours plus tard, Erlendur était au domicile d'un vieux professeur d'art dramatique du nom de Johannes qui lui avait offert une tisane. Erlendur n'était pas un habitué de ce genre de boisson, mais l'homme lui avait réservé un accueil plutôt frais : il ne comprenait pas ce que lui voulait la police et avait failli ne pas le laisser entrer. Quand Erlendur lui avait expliqué que l'affaire qui l'amenait n'avait rien à voir avec lui, mais plutôt avec des ragots qui couraient sur d'autres, il avait changé d'attitude et ouvert grand sa porte. Il s'apprêtait à boire une tisane et avait proposé à son visiteur de l'accompagner.

C'était Orri Fjeldsted qui avait communiqué le nom du professeur à Erlendur quand ce dernier lui avait demandé qui connaissait le mieux les anciens élèves de l'École d'art dramatique. Orri n'avait pas eu besoin d'y réfléchir à deux fois. Johannes l'avait eu comme élève à l'époque, c'était le meilleur des hommes, mais aussi une commère de premier ordre. Il savait effectivement beaucoup de choses, mais tout ce qu'il dirait à Erlendur au sujet d'Orri ne serait qu'un tissu de mensonges, avait prévenu ce dernier.

Johannes vivait seul dans une maison mitoyenne du quartier est de Reykjavik. Plutôt grand et totalement chauve, il s'exprimait d'une voix forte. Ses yeux pétillaient et ses oreilles étaient d'une taille démesurée. Orri avait dit qu'il était divorcé, sa femme l'avait quitté depuis des années. Ils n'avaient pas eu d'enfant. Johannes avait été un excellent acteur dans sa jeunesse, mais, l'âge venant, le nombre de rôles proposés s'était réduit et il s'était mis à enseigner à l'École d'art dramatique. Parallèlement, il avait continué à interpréter quelques rôles dans des théâtres professionnels aussi bien qu'amateurs. De temps à autre, un rôle dans un film avait continué de faire vivre son nom et, parfois, il accordait à la télévision ou à la radio des interviews dans lesquelles il retraçait son passé.

– Je me rappelle très bien Baldvin, déclara Johannes alors qu'il venait de s'asseoir dans son bureau avec sa tisane et celle de son hôte. Erlendur avala une gorgée à laquelle il trouva mauvais goût. Il avait expliqué à Johannes la raison de sa visite en le priant de ne pas aller crier sur les toits que la police posait des questions sur l'un de ceux qu'il avait eus comme élèves. D'après Orri, ce genre de requête était parfaitement vaine, mais Erlendur espérait qu'il s'y plierait.

– Ce n'était pas un acteur des plus prometteurs, autant que je me souvienne, il a abandonné dès le début de la deuxième année, poursuivit Johannes. Il maîtrisait assez bien la comédie, mais ça s'arrêtait là. Il est parti en milieu de semestre, autant dire en pleine représentation. Il pensait avoir trouvé sa vocation dans la médecine. Je l'ai à peine revu depuis.

– Et les autres de sa promotion, ils formaient un bon groupe ?

– Oui, certains étaient bons, répondit Johannes en avalant une gorgée de tisane. Sacrément. Enfin, il y avait tout de même Orri Fjeldsted qui est un acteur excellent, même si son registre n'est parfois pas des plus variés. J'ai assisté à cette désastreuse adaptation d'*Othello* et il n'était pas bon dedans. Il y avait parmi eux Svala et Sigridur, une grande actrice, taillée pour Ibsen et Strindberg, ces géants des pays nordiques. Sans oublier Heimir, dont il m'a toujours semblé qu'il méritait de plus grands rôles. Avec l'âge, il est devenu un peu aigri et désabusé. Il s'est tourné vers la bouteille. Je l'ai pris pour incarner Jimmy dans *Presque un gentleman*, de John Osborne, quand j'ai monté cette pièce et j'ai trouvé qu'il s'en tirait rudement bien, même si ce n'était pas l'avis de tout le monde. En fait, je ne sais même pas où il en est aujourd'hui : je l'ai entendu dans un petit rôle l'autre jour, dans une pièce radiophonique. Tous ces gens-là sont aujourd'hui proches de la cinquantaine. Lilja, Snaebjörn, Einar. Ah oui, Karolina faisait aussi partie du groupe. Elle n'a jamais été une grande actrice, la pauvre.

– Vous souvenez-vous de détails remontant à l'époque où Baldvin a renoncé au théâtre ? demanda Erlendur, qui n'avait décidément pas l'impression d'avoir à tirer les vers du nez de son interlocuteur.

– Baldvin ? Eh bien, il a tout bonnement arrêté. Il n'a pas fourni d'explications précises, d'ailleurs il n'en avait pas besoin. C'était très difficile à l'époque d'entrer dans cette école, les demandes étaient légion et permettez-moi de vous dire qu'il était plutôt rare que les étudiants s'en aillent ainsi, au beau milieu de la représentation. En pleine représentation.

– Il n'a tout de même pas réellement fait ça ?

– Non, c'est seulement une façon de parler, voyez-vous, pour dire qu'il a abandonné. J'ai trouvé qu'il arrêtait de façon étonnamment subite, quand on pense aux efforts que ces gamins devaient faire pour être admis dans l'école. À cette époque-là, les jeunes voulaient tous devenir acteurs. C'était le rêve. Avoir du succès, devenir célèbre et être admiré de tous. Ce sont des choses que peut vous apporter l'art dramatique parallèlement à tout le reste. Car, aux vrais acteurs, il apporte nettement plus. Pour ma part, il m'a apporté la culture, la littérature, le plaisir du texte, il m'a ouvert une porte sur la vie elle-même.

Le vieil acteur s'interrompit et sourit.

– Vous m'excuserez de m'enflammer ainsi. Nous, les acteurs, nous avons peut-être tendance à en faire un peu trop. Surtout quand nous sommes sur le devant de la scène.

Il laissa éclater un rire bruyant, empreint d'auto-dérision.

– On m'a dit que Baldvin avait rencontré la femme qu'il a épousée plus tard peu après cet événement, reprit Erlendur avec un sourire.

– Oui, une étudiante en histoire, n'est-ce pas ? J'ai entendu dire qu'elle est morte récemment, qu'elle s'est suicidée. C'est peut-être la raison de votre visite, à moins que…

– Non, répondit Erlendur. Vous l'avez connue ?

– Pas du tout. Dites-moi, auriez-vous trouvé quelque chose de suspect dans son suicide ?

– Non, répondit Erlendur. Et Baldvin, il était satisfait d'abandonner le théâtre ? Vous vous en souvenez ?

– Je crois bien que Baldvin a toujours fait ce qu'il a voulu, répondit Johannes. C'est l'impression qu'il me donnait. On aurait dit que jamais il ne laissait personne lui donner de leçons. C'était un garçon résolu, qui menait sa vie comme il l'entendait. Enfin bref, les autres racontaient que cette fille le tenait tellement bien qu'il a changé du tout au tout. En outre, il n'a jamais rien eu d'un bon acteur. Je suppose qu'il s'en est rendu compte et qu'il a agi en conséquence.

– Parmi ceux de cette promotion, y en a-t-il eu qui se sont mis en couple ? demanda Erlendur en repoussant sa tisane. Je veux dire, parmi le groupe.

– Eh bien, ni plus ni moins que d'habitude, répondit Johannes. Il y en a toujours et les choses vont plus ou moins loin. Certaines personnes de cette promotion se sont mariées. Ça arrive.

– Et Baldvin ?

– Vous voulez dire avant qu'il rencontre sa femme ? Eh bien, là, je ne vous serai pas d'un grand secours. J'ai plus ou moins entendu dire qu'il était avec Karolina, une étudiante de sa promotion. Elle était assez jolie, mais n'avait aucun véritable talent d'actrice, d'ailleurs elle n'a jamais joué dans quoi que ce soit d'intéressant. Je me demande encore sur quels critères elle était entrée dans notre école. Je ne l'ai jamais su.

– Elle est devenue actrice par la suite ? demanda Erlendur, qui regrettait de ne pas mieux connaître les théâtres.

– Eh bien, sa carrière n'a pas été très longue et plutôt indigente. Je crois qu'elle ne monte plus sur scène depuis des années. La plupart du temps, elle interprétait de petits rôles. Le plus important qu'elle a joué a reçu de telles critiques qu'elle a dû en être complètement démontée.

– De quel rôle s'agissait-il ?

– C'était une pièce suédoise engagée qui marchait plutôt bien dans le temps. Ni bonne ni mauvaise. Le titre islandais était *Vonareldur, Flamme d'espérance*. J'ignore pourquoi ils ont monté ce truc-là, le drame pour ménagères vivait ses dernières heures.

– En effet, répondit Erlendur, qui n'y connaissait strictement rien en théâtre suédois.

– L'auteur était plutôt en vogue, à cette époque-là. Erlendur hocha la tête, et le vide à l'intérieur avec.

Karolina était assez particulière. Personne n'avait autant qu'elle envie de devenir célèbre, de devenir une star, une reine de la scène. Je crois bien que c'est la seule raison qui l'a poussée à s'inscrire dans notre école alors que d'autres pensaient plutôt au théâtre en lui-même ainsi qu'à la formation qu'il vous apporte. Karolina n'était pas très claire de ce côté-là. De plus, elle n'avait aucune des qualités requises, elle était dépourvue de talent. Nous avons pourtant tout essayé avec elle, mais ça ne donnait jamais rien.

– Pourtant, elle a obtenu ce rôle, non ?

– Le rôle qu'elle a eu dans *Flamme d'espérance* n'était pas mauvais, reprit Johannes en terminant sa tisane. Mais son interprétation était calamiteuse. La pauvre, c'était un vrai désastre. Après ça, je crois qu'elle a abandonné les planches. Enfin bon, elle et Baldvin s'étaient plus ou moins rapprochés avant qu'il ne se marie et qu'il ne devienne… mais, au fait, ils n'ont jamais eu d'enfants, n'est-ce pas ?

– Non, confirma Erlendur, étonné de constater comme le professeur d'art dramatique se tenait au courant des choses. Rien ne semblait échapper à l'attention de ses grandes oreilles.

– Peut-être est-ce l'absence d'enfant qui a été la cause du geste de cette femme.

Erlendur haussa les épaules.

– Je n'en sais rien.

– Elle s'est pendue, n'est-ce pas ?

Erlendur hocha la tête.

– Et Baldvin ? Comment il a pris ça ?

– Disons, de la seule façon dont on puisse le prendre, me semble-t-il.

– Oui, comment prendre ce genre de chose ? Je me le demande. J'ai rencontré Baldvin il y a quelques années. Il remplaçait mon médecin traitant au dispensaire. Un très gentil garçon, ce Baldvin. Je me souviens qu'il tirait constamment le diable par la queue. Il traînait derrière lui tout un cortège de dettes. Il m'a plus d'une fois emprunté de l'argent jusqu'à ce que je finisse par refuser de lui en prêter. Il vivait largement au-dessus de ses moyens, mais bon, qui ne le fait pas de nos jours ?

– En effet, convint Erlendur en se levant.

– On dirait que c'est la mode d'être aussi endetté que possible, observa Johannes alors qu'il reconduisait son visiteur à la porte.

Erlendur le salua d'une poignée de main.

– Elle était rudement jolie, Magdalena, un beau brin de fille, nota l'acteur.

Erlendur s'arrêta net.

– Magdalena ?

– Oui, la jolie Magdalena. Je veux dire Karolina. Excusez-moi, qu'est-ce que je raconte ? Je commence à mélanger les rôles et ceux qui les interprétaient.

– Qui était Magdalena ? demanda Erlendur.

– C'était le rôle tenu par Karolina dans cette pièce suédoise. Elle jouait la jeune femme qui portait le nom de Magdalena.

– Magdalena ?

– Cette information vous serait-elle utile ?

– Je ne sais pas, répondit Erlendur, c'est possible.

Assis dans sa voiture, il réfléchissait à nouveau aux hasards de l'existence. Il venait de fumer quatre cigarettes et ressentait une très légère brûlure dans la poitrine. Il n'avait en réalité rien avalé depuis le matin et fumait pour se couper la faim. Il avait entrouvert la vitre côté conducteur et cette petite ouverture évacuait la majeure partie de la fumée vers l'extérieur. C'était le soir. Il suivait des yeux le soleil d'automne qui disparaissait par moments derrière des bancs de nuages. Le véhicule était garé dans le quartier ouest de Kopavogur, à distance respectable d'une vieille maison qu'il surveillait du coin de l'œil tout en contemplant le coucher de soleil. Il savait que la femme y vivait seule et devinait qu'elle avait très peu d'argent car, dans le cas contraire, elle en aurait consacré une partie à l'entretien de cette maison qui était plutôt en mauvais état. Elle n'avait pas été repeinte depuis longtemps et des traces de rouille coulaient sous les fenêtres. Une petite voiture japonaise valétudinaire était garée devant. Il n'avait remarqué personne dans la rue. Les occupants des maisons alentour étaient peu à peu rentrés chez eux après le travail, l'école, les courses ou les autres activités auxquelles ils se livraient dans leur routine quotidienne et Erlendur épiait, presque honteux, la vie de familles typiques par les deux fenêtres de cuisine qui s'offraient à sa vue depuis l'endroit où il s'était garé.

Il était venu là à cause d'une coïncidence décelée dans une enquête dont il ignorait pourquoi il la menait avec autant d'entêtement. Aucun élément n'indiquait qu'il ait pu s'agir d'autre chose que d'un très triste décès, celui d'une femme arrivée au bout du rouleau. L'ensemble de son passé tendait à le confirmer : la perte douloureuse de sa mère, son obsession de la vie après la mort. Il n'avait trouvé aucun élément douteux jusqu'à ce que quelqu'un mentionne ce nom qu'il avait déjà entendu dans un autre contexte. Cela avait suscité en lui d'étranges suppositions quant à des liens, avérés ou non, entre diverses personnes que cette malheureuse femme de Thingvellir avait connues ou pas. Magdalena était le nom de la voyante que Maria était allée consulter. Erlendur était convaincu que le hasard n'était rien de plus que la vie elle-même qui jouait aux gens de mauvais tours ou les divertissait. Il était comme la pluie qui tombe aussi bien sur les justes que sur les crapules. Il pouvait avoir des conséquences bénéfiques ou néfastes. Dans une certaine mesure, il déterminait ce qu'on appelle le destin. Il naissait du néant : inattendu, étrange et inexpliqué.

Erlendur se gardait de confondre les hasards et le reste. Il savait mieux que quiconque par son travail que, parfois, les coïncidences étaient organisées. Elles pouvaient être soigneusement agencées dans la vie d'individus qui jamais ne soupçonnaient quoi que ce soit. Dans ce cas, les événements ne portaient plus le nom de hasard. On pouvait les définir de diverses manières, mais dans la profession d'Erlendur il existait un seul mot pour le faire et c'était le mot crime.

Alors qu'il retournait ces pensées dans sa tête, la lumière extérieure s'alluma, la porte s'ouvrit et une femme en sortit. Elle referma derrière elle, se dirigea vers la voiture garée devant la maison, s'installa au volant et démarra. Elle dut s'y reprendre à trois fois pour que le véhicule consente enfin à avancer et à quitter la rue dans un vacarme considérable. Erlendur se fit la réflexion que, probablement, le pot d'échappement avait rendu l'âme.

Il suivit la voiture du regard, démarra sa vieille Ford et commença à suivre la femme. Il ne savait pas grand-chose de celle qu'il prenait en filature. Après sa visite chez le professeur d'art dramatique, il s'était un peu penché sur la carrière de cette Karolina Franklin. Son véritable nom était Karolina Franklinsdottir, mais elle en avait retiré le suffixe *dottir* qui signifiait « fille de » afin de lui conférer l'apparence d'un nom de famille : son ancien professeur avait observé que ça en disait long sur le personnage. Cette fille est très superficielle, avait-il déclaré. Elle n'a rien là-dedans, avait-

235

il ajouté en frappant son index sur sa tempe. Erlendur avait découvert que Karolina travaillait comme assistante de direction dans un important groupe financier. Divorcée et sans enfant, elle ne s'était pas produite en public depuis des années. Le rôle de Magdalena dans *Flamme d'espérance* avait été son dernier : d'après Johannes, elle y avait incarné une ouvrière suédoise qui, ayant découvert l'infidélité de son mari, ruminait sa vengeance.

Erlendur suivit Karolina jusqu'à la location de vidéos du quartier, il la regarda choisir un film et s'acheter quelques friandises avant de repartir vers son domicile.

Pendant environ une heure, il resta assis dans sa voiture devant chez elle, fuma deux cigarettes de plus avant de quitter la rue et de rentrer chez lui.

25

Le directeur général de la banque le reçut sans attendre. Il vint le retrouver à l'accueil, le salua d'une poignée de main vigoureuse et l'invita à le suivre dans son bureau. L'homme avait une cinquantaine d'années et portait une tenue d'une grande élégance : un costume à petits carreaux avec cravate assortie et des chaussures vernies qui brillaient de tous leurs feux. De la même taille qu'Erlendur, il était d'un abord souriant et amical et expliqua qu'il rentrait tout juste d'un voyage à Londres où, en compagnie de quelques clients, ils avaient assisté à un match de football important. Erlendur connaissait vaguement le nom des équipes, mais cela n'allait pas plus loin. Le directeur général avait l'habitude de recevoir des clients fortunés qui désiraient bénéficier d'un service aussi rapide que souple. Erlendur savait que cet homme avait gravi les échelons à force de travail, de persévérance, d'endurance et grâce à son sens du service, ce qui était chez lui des qualités innées. Ils s'étaient souvent croisés depuis l'époque où il avait débuté comme simple caissier. Les deux hommes s'étaient bien entendus, surtout quand Erlendur avait découvert que le caissier n'était pas né à Reykjavik, mais qu'il avait passé son enfance dans une petite ferme de la région de l'Öraefi jusqu'au moment où sa famille avait cessé l'exploitation pour déménager à la capitale.

Il offrit un café à Erlendur et ils s'installèrent dans le coin salon de ce bureau des plus spacieux. Ils parlèrent de l'élevage des chevaux dans l'est de l'Islande et abordèrent la question du développement de la criminalité à Reykjavik, conséquence directe de la consommation croissante de stupéfiants. Une fois que ces deux sujets de conversation leur semblèrent se tarir, Erlendur fut pris d'une subite inquiétude : bien que rien ne l'indique encore, le directeur général allait sûrement devoir reprendre sa tâche consistant à engranger des milliards pour le compte de la banque. Erlendur en vint donc à l'affaire qui l'amenait.

– Il y a naturellement bien longtemps que vous avez cessé de collaborer avec la police, observa-t-il en balayant le bureau du regard.

– D'autres personnes se consacrent désormais à cette tâche, répondit le directeur qui lissait sa cravate. Désirez-vous les interroger ?

– Non, pas du tout. C'est vous que je suis venu voir.

– De quoi s'agit-il ? Auriez-vous besoin d'un prêt ?

– Non.

– D'une autorisation de découvert ?

Erlendur secoua la tête. Jamais il n'avait été confronté à de véritables problèmes financiers. Son salaire lui avait toujours suffi, sauf à l'époque où il avait acheté son appartement, mais il n'avait jamais eu d'autorisation de découvert ou contracté d'autres crédits que son emprunt-logement, qui serait bientôt entièrement soldé.

– Non, rien de ce genre, répondit-il. Mais c'est personnel et il faut que ça reste entre nous. À moins que vous ne vouliez que la police me flanque à la porte.

Le directeur sourit.

– Vous y allez peut-être un peu fort. Pourquoi vous mettraient-ils à la porte ?

– On ne sait jamais quelle mouche peut piquer ces gars-là. Vous croyez aux fantômes ? C'est généralement le cas des gens de l'Öraefi, non ?

– Un peu, oui ! Mon père pourrait vous raconter des tas d'histoires. Il dit qu'ils sont tellement présents dans le monde qu'ils devraient payer l'impôt sur le revenu.

Ce fut au tour d'Erlendur de sourire.

– Vous enquêtez sur les fantômes ? interrogea le directeur.

– C'est bien possible.

– Des fantômes qui sont clients chez nous ?

– Je peux vous donner un nom, répondit Erlendur. Et un numéro d'identification. Je sais qu'il est client chez vous. Et sa femme défunte l'était également.

– C'est elle, le fantôme ?

Erlendur hocha la tête.

– Vous avez besoin de renseignements sur le mari ?

Erlendur hocha à nouveau la tête.

– Pourquoi ne passez-vous pas par la voie… conventionnelle ? Vous n'avez pas de mandat ?

Erlendur secoua la tête.

– C'est un criminel ?

– Non, probablement pas.

– Probablement pas ? Vous enquêtez sur cet homme ?

Erlendur hocha la tête.

– De quoi s'agit-il exactement ? Que cherchez-vous ?

– Je ne peux pas vous le dire.

– Qui est-ce ?

Erlendur secoua la tête.

– Je n'ai même pas le droit de le savoir ?

– Non. Je sais que ma requête est inhabituelle, voire

239

inconcevable pour d'honnêtes gens comme vous, mais je voudrais examiner le compte en banque de cet homme et je ne peux pas le faire en recourant aux moyens légaux. Malheureusement. Je le ferais si je le pouvais, mais c'est impossible.

Le directeur général le dévisagea longuement.

– Vous me demandez d'enfreindre la loi.

– Il y a enfreindre et enfreindre.

– Il n'y a pas d'enquête officielle ?

Erlendur secoua à nouveau la tête.

– Erlendur, s'étonna le directeur, vous n'auriez pas perdu l'esprit ?

– Cette affaire, dont je ne peux pas vous communiquer les détails, est en train de tourner au cauchemar pour moi. J'ignore la manière dont les choses se sont réellement passées, mais les informations auxquelles je vous demande d'accéder me permettraient probablement d'y voir plus clair.

– Pourquoi n'y a-t-il pas d'enquête officielle ?

– Parce que je fais cavalier seul, répondit Erlendur. Personne n'est au courant de mes activités ni de ce que j'ai découvert. Je suis complètement seul. Ce qui se passe ici, dans votre bureau, restera entre nous. Pour l'instant, je n'ai pas rassemblé assez d'éléments pour me permettre d'ouvrir une enquête officielle. Les gens sur lesquels je recueille des informations n'en savent rien, en tout cas je l'espère. En ce qui me concerne, j'ignore la nature précise des renseignements dont j'ai besoin, mais je compte en trouver certains à la banque. Vous devez me faire confiance.

– Pourquoi faites-vous une chose pareille ? Vous ne risquez pas de perdre votre emploi ?

– Cette affaire est de celles où l'on n'a très peu d'éléments mais un ensemble de soupçons. Pour l'instant, je ne dispose que de quelques fragments entre lesquels il me faut établir des liens simples en explorant un passé qui remonte à une époque antérieure aux faits. Je dois combler les lacunes de l'histoire de ces gens et, entre autres, celles de leur histoire financière. Je ne me permets de vous demander cela que parce que… parce que je crois qu'un crime a été commis. Un crime odieux que personne ne soupçonne et dont… l'individu en question… sort parfaitement indemne.

Aussi silencieux que dubitatif, le directeur général regarda longuement Erlendur.

– Pouvez-vous consulter les comptes de vos clients sur ces ordinateurs ? demanda Erlendur en désignant d'un signe de tête les trois écrans de l'imposant bureau.

– Oui.

– Acceptez-vous de m'aider ?

– Erlendur, je… je ne peux pas me permettre une chose pareille. Je ne le peux absolument pas.

Les deux hommes se regardèrent un long moment.

– Pouvez-vous me dire si l'intéressé est très endetté ? C'est simple : oui ou non ?

Le directeur s'accorda un moment de réflexion.

– Erlendur, je ne peux pas, s'il vous plaît, ne me demandez pas ça.

– Et sa femme ? Elle est décédée. Ça ne peut nuire à personne.

– Erlendur…

– D'accord. Je vous comprends.

Le directeur s'était mis debout, il appuyait son index sur le plateau de son bureau.

– Vous avez son numéro personnel d'identification ?

– Oui.

Il entra la série de chiffres, appuya sur quelques touches du clavier, cliqua à l'aide de la souris et déclara, les yeux rivés sur l'écran :

– Elle était riche comme Crésus.

241

Allongé dans son lit d'hôpital, le vieil homme paraissait dormir. Le calme régnait dans le couloir après le dîner. Les deux patients qui partageaient la chambre n'accordaient aucune attention à Erlendur. Le premier lisait ; le second sommeillait.

Erlendur s'assit au chevet du lit et jeta un œil à sa montre. Alors qu'il rentrait chez lui, il avait décidé de faire cette petite halte. Le vieil homme s'éveilla.

– Je suis allé voir Elmar, votre fils, annonça Erlendur. Ignorant combien de temps il avait devant lui, il en vint directement au fait.

L'homme plongé dans la lecture reposa son livre sur la table de nuit et se tourna vers le mur. Erlendur s'imaginait qu'il entendait toute leur conversation. Celui qui sommeillait, entre les deux autres patients, se mit à ronfler discrètement. Erlendur savait que ce n'étaient pas là les meilleures conditions pour mener une enquête, mais il n'y pouvait pas grand-chose. En outre, les circonvolutions auxquelles il se livrait autour de ce vieil homme méritaient à peine le nom d'enquête policière.

– Ils se sont toujours bien entendus, n'est-ce pas ? demanda Erlendur d'un ton qui s'efforçait de ne pas éveiller d'inutiles soupçons. Il se disait que, peut-être, il avait déjà posé cette question.

– Ils étaient très différents, si c'est ce que vous voulez dire.

– Et pas très proches ?

Le vieil homme secoua la tête.

– Non, en effet. Il ne met jamais les pieds ici, mon petit Elmar. Il ne vient pas me voir. Il dit que c'est parce qu'il ne supporte pas les cliniques, les hôpitaux et les maisons de retraite, enfin, tous ces trucs-là. Il est taxi. Vous le saviez ?

– Oui, répondit Erlendur.

– Divorcé, comme bien des hommes, reprit le vieil homme. Il a toujours eu du mal à s'adapter aux autres.

– Oui, il y a des gens comme ça, observa Erlendur dans le seul but de répondre quelque chose.

– Vous avez trouvé cette fille dont vous m'avez parlé ?

– Non, Elmar m'a dit que David n'avait jamais eu aucune petite amie.

– Et il a raison.

Le patient d'à côté s'était mis à ronfler plus fort.

– Vous feriez peut-être mieux de renoncer aux recherches, suggéra le vieil homme.

– On peut à peine parler de recherches, répondit Erlendur. C'est plutôt calme en ce moment, ne vous inquiétez pas pour moi.

– Vous croyez vraiment que vous allez finir par le retrouver ?

– Je n'en ai aucune idée. Il y a des gens qui disparaissent. Parfois on les retrouve, parfois non.

– Ça fait trop longtemps. Il y a une éternité que nous avons décidé de ne plus nous imaginer ce qu'aurait été notre vie avec lui. Dans une certaine mesure, cette décision nous a soulagés, même si nous n'avons jamais réussi à faire correctement le deuil.

– Non, évidemment, convint Erlendur.

– Et bientôt, c'est moi qui vais disparaître, poursuivit le vieil homme.

– Ça vous préoccupe beaucoup ?

– Non, je n'ai pas peur.

– Ce qui vient après ne vous inquiète pas non plus ? demanda Erlendur.

– Pas du tout. Je suppose que je vais retrouver mon David. Et ma Gunnthorunn. Ce sera bien.

– Vous y croyez ?

– Depuis toujours.

– À la vie éternelle ?

– Oui. Oui !

Il y eut un silence.

– J'aurais bien aimé savoir ce qui est arrivé à mon garçon, reprit le vieil homme. C'est bizarre, la manière dont ces choses se produisent. Il a dit à sa mère qu'il passerait dans une librairie, qu'ensuite il irait chez son camarade et ainsi s'est achevée sa courte vie.

– Personne ne l'a aperçu dans aucune librairie. Ni ici, à Reykjavik, ni dans les villes voisines. Nous avons vérifié à l'époque. Et il n'avait rendez-vous avec aucun de ses amis.

– Peut-être que sa mère aurait mal compris. Toute cette histoire était incompréhensible, complètement incompréhensible.

Le patient qui lisait au début de leur conversation s'était maintenant endormi.

– De quel livre avait-il besoin ? Vous vous en souvenez ?

– Il l'a dit à Gunnthorunn. Il voulait s'acheter un livre sur les lacs.

– Sur les lacs ?

– Oui, un livre qui parlait des lacs.

– Desquels ? Que voulait-il en faire ?

– C'était un livre qui venait d'être publié, à ce que m'a dit sa mère. Un livre de photos sur les lacs des alentours de Reykjavik.

– Il s'intéressait à ce genre de littérature ? À celle qui traite de la nature islandaise ?

– Ça ne m'a jamais frappé. Je me souviens que sa mère pensait qu'il voulait l'offrir à quelqu'un. Mais elle n'en était pas sûre. Elle se disait qu'elle avait peut-être mal compris car c'était la première fois qu'il mentionnait ce sujet dans une conversation.

– Vous savez à qui il avait prévu d'offrir ce livre ?

– Non.

– Et ça ne disait rien à ses amis ?

– Non, à aucun d'entre eux.

– Est-il possible qu'il l'ait acheté pour la jeune fille dont Gilbert parlait ? Celle que, d'après lui, votre fils avait rencontrée ?

– Il n'y avait aucune fille, répondit le vieil homme. Mon petit David nous en aurait parlé. D'ailleurs, elle se serait manifestée après sa disparition. Le contraire est impensable. Voilà pourquoi il n'y avait aucune fille. C'est impossible.

Le vieil homme balaya cette idée d'un geste de la main.

– Impossible, conclut-il.

26

Le lendemain soir, Erlendur pénétra dans l'impasse du quartier de Grafarvogur et se gara devant la maison où vivait le médecin. Ils avaient convenu d'un rendez-vous. Erlendur l'avait appelé dans l'après-midi pour lui dire qu'il devait le voir. Baldvin avait désiré savoir pourquoi et Erlendur lui avait répondu qu'une troisième personne lui avait communiqué des informations dont il voulait discuter avec lui. Le médecin avait semblé très étonné, il avait voulu savoir qui était la personne en question et avait demandé si la police l'avait placé sous surveillance rapprochée. Erlendur l'avait calmé, comme la fois précédente, en lui répondant que cela prendrait très peu de temps. Il avait failli ajouter que c'était juste la routine, mais il savait que ç'aurait été un mensonge.

Il resta un long moment assis dans sa voiture après avoir éteint le moteur. Son rendez-vous avec Baldvin ne le réjouissait pas. Il était venu seul. Ni Elinborg ni Sigurdur Oli ne savaient exactement ce à quoi il consa-crait ses journées et ses supérieurs de la Criminelle n'en avaient aucune idée non plus. Erlendur ignorait combien de temps il parviendrait à garder son enquête secrète. Peut-être la suite des événements dépendait-elle de la réaction de Baldvin.

Ce dernier vint l'accueillir à la porte et l'invita au salon. Il était seul dans la maison. Erlendur ne s'attendait pas à ce qu'il en aille autrement. Les deux hommes s'assirent, l'atmosphère était plus pesante que les premières fois qu'ils s'étaient vus. Baldvin se montrait poli, mais excessivement formel. Il n'avait toutefois pas demandé s'il devait contacter un avocat lorsqu'ils s'étaient parlé au téléphone. Erlendur en était soulagé, car il aurait été bien en peine de lui répondre. Mieux valait s'entretenir seul à seul avec lui étant donné la situation.

– Comme je vous l'ai dit au téléphone…

Erlendur s'apprêtait à réciter l'introduction qu'il avait répétée dans sa voiture, mais Baldvin lui coupa l'herbe sous le pied.

– Pourriez-vous, s'il vous plaît, en venir au fait ? J'espère que cela ne prendra pas trop de temps. Que voulez-vous savoir ?

– J'allais vous dire qu'il y a trois points sur…

– Que voulez-vous savoir ?

– Magnus, votre beau-père…

– Je ne l'ai jamais rencontré, répondit Baldvin.

– Non, je m'en doute. Que faisait-il ?

– Que faisait-il ?

– Oui, de quoi il vivait ?

– J'ai comme l'impression que vous le savez déjà.

– Le plus simple serait que vous répondiez à mes questions, conseilla Erlendur d'un air sévère.

– Il était agent immobilier.

– Et ça marchait bien ?

– Non, pas du tout. En fait, il était au bord de la faillite quand il est décédé.

– Mais il n'a pas fait faillite ?

– Non.

– Et Maria et Leonora ont hérité ?

– Oui.

– De quoi ont-elles hérité ?

– À l'époque, ça ne valait pas grand-chose, répondit Baldvin. Elles ont gardé cette maison parce que Leonora était une femme intelligente et forte.

– Il y avait autre chose ?

– Un bout de terrain à Kopavogur. Magnus l'avait accepté en règlement d'une dette, en arrhes ou autre, et il en est devenu propriétaire. C'était deux ans avant sa mort.

– Et Leonora l'a conservé toutes ces années ? Même quand elle a eu besoin de se battre pour conserver la maison ?

– Où voulez-vous en venir avec toutes ces questions ?

– Depuis cette époque, la ville de Kopavogur s'est étendue plus rapidement que n'importe quelle autre commune islandaise. Beaucoup plus de gens sont venus s'y installer que n'importe où ailleurs, y compris à Reykjavik. Quand Magnus est devenu propriétaire de ce terrain, il semblait tellement éloigné dans la campagne que personne ne daignait s'y rendre, même en voiture. Mais aujourd'hui il est à deux pas du cœur de la ville. Qui aurait pu imaginer ça ?

– En effet, c'est incroyable.

– J'ai vérifié le montant que sa vente a rapporté à Leonora, il y a deux ou trois ans, c'est ça ? Cela lui a rapporté pas mal d'argent. D'après les comptes de la commune de Kopavogur, trois cent millions de couronnes islandaises. Leonora savait gérer son patrimoine, n'est-ce pas ? Elle n'étalait pas sa richesse, peut-être que l'argent ne l'intéressait pas, d'une manière générale. Par conséquent, elle en avait placé la majeure partie à la banque où il accumulait des intérêts. Maria a hérité de sa mère. Vous héritez de Maria. Il n'y a personne d'autre, vous êtes le seul.

– Je n'y peux pas grand-chose, commenta Baldvin. Si j'avais cru ce détail important, je vous l'aurais signalé.

– Quel rapport Maria entretenait-elle avec l'argent ?

– Quel rapport ? Je… aucun. Elle n'avait aucun rapport précis à l'argent.

– Par exemple, avait-elle envie que vous l'utilisiez pour améliorer votre quotidien et mieux profiter de la vie ? Elle voulait le dépenser en produits de luxe et en futilités ? Ou bien ressemblait-elle à sa mère qui s'en fichait pas mal ?

– Elle ne s'en fichait absolument pas, répondit Baldvin.

– Mais elle ne le dépensait pas non plus ?

– Non, pas plus que Leonora. C'est vrai. Je crois savoir pour quelle raison, mais c'est une autre histoire. Qui avez-vous interrogé, si je peux me permettre ?

– Ça n'a aucune importance, pour l'instant. J'imagine que vous avez voulu profiter de la vie. Il y avait tout cet argent qui dormait sans que personne ne s'en serve.

Baldvin prit une profonde inspiration.

– Je n'ai aucune envie de parler de ça, répondit-il.

– Comment vous vous étiez arrangés avec Maria ? Il y avait un contrat de mariage ?

– Oui, tout à fait.

– Que stipulait-il ?

– Que l'argent issu de la vente de ce terrain lui appartenait en propre.

– C'était son bien propre ?

– Oui, elle devait conserver le tout en cas de divorce.

– Parfait, observa Erlendur. Venons-en au deuxième point. Connaissez-vous un certain Tryggvi ?

– Tryggvi ? Non.

– Évidemment, il y a longtemps que vous l'avez vu, mais ces détails devraient vous rafraîchir la mémoire. Il a un cousin qui vit aux États-Unis. Sigvaldi. Sa petite amie s'appelait Dagmar. En ce moment, elle est justement en vacances en Floride. Elle rentre d'ici une semaine environ. Je vais essayer de lui rendre une petite visite. Ces noms vous disent quelque chose ?

– Plus ou moins… qu'est-ce que… ?

– Vous étiez en médecine avec ces gens-là ?

– Oui, c'est bien eux.

– Avez-vous pris part à une expérience visant à maintenir Tryggvi mort pendant quelques minutes ?

– J'ignore de quoi vous…

– Vous, votre ami Sigvaldi et Dagmar, sa copine ?

Baldvin fixa longuement Erlendur sans dire un mot. Puis, semblant subitement ne plus tenir en place, il se leva.

– Il ne s'est rien passé, répondit-il. Comment diable avez-vous découvert ce truc-là ? Qu'est-ce que vous essayez de faire ? J'y étais, ça s'arrête là, c'est Sigvaldi qui a procédé à l'expérience. Je… il ne s'est rien passé du tout. J'étais présent, mais je ne connaissais même pas ce type. Tryggvi, dites-vous, c'est son nom ?

– Par conséquent, vous savez très bien de quoi je parle ?

– C'était une expérience débile. Elle n'était pas censée prouver quoi que ce soit.

– Mais Tryggvi est mort l'espace de quelques instants ?

– Je ne le sais même pas. Je suis sorti. Sigvaldi avait installé un box à l'hôpital, c'est là que nous avons fait ça. Ce Tryggvi était plutôt bizarre. Sigvaldi passait son temps à se moquer de lui. Je venais de commencer

250

mes études de médecine. Sigvaldi était un type rudement intelligent, mais un peu extrême. C'est lui qui a
voulu tenter ce truc-là, lui seul. Et peut-être aussi
Dagmar. Je ne savais pratiquement rien de ce projet.

– Je ne les ai pas encore interrogés, mais je n'y
manquerai pas, nota Erlendur. Comment Sigvaldi a-t-il
provoqué l'arrêt cardiaque de Tryggvi ?

– Il a refroidi le corps et lui a administré un médicament. Je ne me rappelle plus quel produit, mais il
est toujours en vente. Il a eu pour effet de ralentir
graduellement les battements du cœur jusqu'à les arrêter. Sigvaldi avait un chronomètre et, au bout d'une
minute, il a pris le défibrillateur. Ça a marché tout de
suite, le cœur s'est remis en route.

– Et ?

– Et quoi ?

– Qu'en a dit Tryggvi ?

– Rien. Rien du tout. Il n'a rien senti, aucune souffrance. Il a décrit ça comme un profond sommeil. Je ne
comprends pas pourquoi vous déterrez cette histoire.
Jusqu'où comptez-vous remonter ? Pourquoi vous pas-
sez ma vie au microscope comme ça ? Vous me soup-
çonnez de quelque chose ? C'est dans vos habitudes
d'enquêter comme ça sur les suicides ? À moins que ce
ne soit du harcèlement ?

– Il reste un dernier point, reprit Erlendur sans lui
répondre. Ensuite, je pars.

– Une enquête a été officiellement ouverte ?

– Non, répondit Erlendur.

– Dans ce cas… suis-je obligé de répondre à vos
questions ?

– En fait, non. J'essaie simplement de comprendre
ce qui s'est passé lorsque Maria a mis fin à ses jours.
De découvrir s'il y a quelque chose de suspect dans
son décès.

– Quelque chose de suspect ?! Ce n'est pas déjà assez suspect comme ça de se suicider ? Enfin, que me voulez-vous ?

– Maria est allée consulter un médium avant sa mort. Elle a contacté une certaine Magdalena. Ça vous dit quelque chose ?

– Non, répondit Baldvin. Absolument rien. J'ignorais qu'elle était allée voir un médium. Et je n'en connais aucun du nom de Magdalena.

– Elle y est allée parce qu'elle a cru voir sa mère lui apparaître ici, longtemps après son décès.

– Ça ne me dit absolument rien, répondit Baldvin. Peut-être était-elle plus réceptive que la plupart des gens, elle croyait avoir des visions et des rêves prémonitoires. Le phénomène n'est pas si rare et n'a rien d'anormal, si c'est le genre de chose que vous cherchez.

– Non, évidemment.

Baldvin s'était rassis face à Erlendur. Il hésitait.

– Je devrais peut-être parler à vos supérieurs, observa-t-il.

– Comme vous voulez, si vous pensez que vous vous sentirez mieux après, répondit Erlendur.

– Il y a… à propos de fantômes. Il y a une petite chose que je ne vous ai pas dite, déclara Baldvin, en prenant son visage entre ses mains. Peut-être comprendrez-vous mieux Maria et son geste une fois que vous aurez entendu ça. Cela vous calmera peut-être un peu. J'espère que vous comprenez que je n'ai rien fait. Qu'elle a fait ça toute seule.

Erlendur gardait le silence.

– Ça concerne l'accident de Thingvellir.

– L'accident ? Celui qui a coûté la vie à Magnus ?

– Oui. Je me disais que je n'avais pas besoin d'entrer là-dedans, mais puisque vous trouvez qu'il y a dans cette histoire quelque chose de pas très net, il vaut sûrement mieux que vous soyez au courant. J'ai promis à Maria de n'en parler à personne, mais vos visites répétées me déplaisent et je veux qu'elles cessent. Je ne veux plus que vous veniez ici avec ces insinuations et ces sous-entendus. Je veux que vous mettiez un terme à tout cela et que vous nous laissiez… que vous me laissiez pleurer ma femme en paix.

– Je ne vois pas de quoi vous parlez.

– Bon, voilà ce que Maria m'a dit sur la mort de son père au lac de Thingvellir, après le décès de Leonora.

– Quoi donc ?

Baldvin inspira profondément.

– La description que Leonora et Maria ont donnée des événements et de la noyade est entièrement vraie à un détail près. Peut-être vous êtes-vous penché sur cette affaire puisque vous ne pouvez pas vous empêcher de mettre votre nez dans tout ce qui nous touche.

– Je sais quelques petites choses, en effet, convint Erlendur.

– Pour ma part, je ne connaissais que la version officielle, comme tout un chacun. L'hélice s'est détachée, Magnus a probablement essayé de bidouiller le moteur, il est tombé par-dessus bord, l'eau était glacée et il s'est noyé.

– Oui.

– Maria m'a raconté qu'il n'était pas seul dans la barque. Je sais que je ne devrais pas vous dire ça, mais je ne vois pas comment me débarrasser de vous autrement.

– Qui était avec lui ?

– Leonora.

– Leonora ?

– Oui. Leonora et…

– Qui d'autre ?

253

– Maria.

– Quoi ? Maria aussi était présente ?

– Magnus trompait Leonora, il lui était infidèle. Je crois qu'il lui avait avoué ça à Thingvellir, au chalet. Leonora a fait une crise de nerfs. Elle était loin d'imaginer une chose pareille. Magnus, Maria et Leonora sont allés faire un tour sur le lac. Maria ne m'a pas raconté ce qui s'est passé, mais nous savons que Magnus est tombé par-dessus bord. L'agonie a été brève. Personne ne survit bien longtemps dans le lac de Thingvellir en automne.

– Et Maria ?

– Maria a assisté à la scène, répondit Baldvin. Elle n'a rien dit à la police et elle a confirmé la version selon laquelle Magnus était seul.

– Maria vous a-t-elle raconté ce qui s'est passé sur le lac ?

– Non, elle s'y est refusée.

– Et vous l'avez crue ?

– Évidemment.

– Ça lui pesait beaucoup ?

– Oui, en permanence. Ce n'est qu'après le décès de Leonora, après son interminable agonie dans cette maison, que Maria m'a confié tout ça. Je lui ai promis de ne le répéter à personne. J'espère que vous respecterez cette promesse, vous aussi.

– C'est pour cette raison qu'elles n'ont jamais touché à l'argent de Magnus ? À cause de leur mauvaise conscience ?

– Ce terrain n'avait pas la moindre valeur jusqu'à ce que la ville vienne s'étendre jusque-là. Elles avaient oublié jusqu'à son existence quand, un beau jour, un important entrepreneur est venu les trouver en leur offrant cent millions de couronnes. Elles se demandaient ce qui leur arrivait.

Baldwin lança un regard vers la photo de Maria, posée sur la table à côté d'eux.

– Elle était tout simplement au bout du rouleau, reprit-il. Elle n'avait jamais réussi à parler à personne de ce qui s'était passé et Leonora en avait, dans une certaine mesure, fait sa complice en s'assurant son silence. Maria ne pouvait plus supporter la vérité et… c'est la solution qu'elle a trouvée pour la fuir.

– Vous suggérez que son suicide serait lié à la mort de son père ?

– Ça me semble évident, répondit Baldvin. Je n'avais pas l'intention de vous en parler, mais…

Erlendur se leva.

– Je ne vous importunerai pas plus longtemps, déclara-t-il. Ça suffit pour aujourd'hui.

– Vous allez vous servir de ce que je viens de vous dire à propos de cet accident ?

– Je ne vois aucune raison de déterrer cette histoire. Elle remonte à très longtemps. Maria et Leonora sont toutes les deux décédées.

Baldvin le raccompagna jusqu'à la porte. Erlendur était sur le trottoir quand il se retourna vers son hôte.

– Encore une petite chose, avez-vous une douche à Thingvellir ?

– Une douche ? répondit Baldvin, déconcerté.

– Oui, ou une baignoire ?

– Les deux. Nous avons une douche et un jacuzzi. Je suppose que vous vouliez parler d'un jacuzzi ? Nous l'avons installé sur la véranda. Pourquoi ?

– Simple question. Évidemment, un jacuzzi, c'est bien ce que je voulais dire. Tous les chalets d'été sont équipés de ce genre de truc, non ?

– Adieu.

– Oui, au revoir.

Les visions de Maria ne lui posaient plus de pro-
blème depuis un certain temps lorsque son père était
apparu dans le jardin en lui criant qu'elle ne savait
pas ce qu'elle faisait. Personne d'autre ne l'avait vu.
Personne d'autre ne l'avait entendu. Il avait disparu
aussi vite qu'il était venu et ensuite Maria n'avait plus
perçu que les hurlements du vent et les claquements de
la barrière. Elle était rentrée se mettre à l'abri, avait
fermé la porte de la terrasse à clef, s'était réfugiée
dans sa chambre où elle s'était enfoui la tête sous
l'oreiller.

Cette voix s'était déjà adressée à elle lors de sa
visite chez Andersen. Elle lui avait crié exactement les
mêmes paroles de mise en garde, mais leur sens conti-
nuait de lui échapper, ainsi que la raison pour laquelle
ces mots avaient été prononcés. Elle s'interrogeait sur
le crédit qu'elle devait leur accorder.

Elle n'était pas encore endormie lorsque Baldvin
rentra, tard dans la nuit. Ils avaient à nouveau parlé
de la séance chez Magdalena que Maria lui avait déjà
racontée. Elle lui décrivit les choses avec plus de pré-
cision, de même que ses réactions, elle lui avait dit
qu'elle croyait tout ce qui était arrivé là-bas, elle vou-
lait le croire. Elle voulait croire en l'existence d'une

vie après celle-ci. Croire que notre passage sur terre n'était pas la fin de tout.

Allongé auprès d'elle, Baldvin l'écoutait en silence.

– Je t'ai déjà parlé d'une de mes connaissances qui était en fac de médecine : un certain Tryggvi ? avait-il demandé.

– Non, avait répondu Maria.

– Il voulait essayer de découvrir s'il y avait une autre vie après la mort. Il s'est fait assister de son cousin. Ce dernier était médecin et il avait lu une histoire qui parlait d'une tentative d'approche de la mort réalisée par des Français. On était tous en médecine. Il y avait aussi une fille avec nous. On a tenté cette expérience à quatre.

Maria avait écouté avec attention le récit de Baldvin sur la manière dont ils avaient provoqué la mort de Tryggvi avant de le ramener à la vie. Ça avait plutôt bien fonctionné. Mais Tryggvi n'avait rien eu à raconter sur son voyage.

– Qu'est-il devenu ? avait demandé Maria.

– Je n'en sais rien, avait répondu Baldvin. Je ne l'ai pas revu depuis.

Un long silence avait envahi la chambre du couple, où Leonora avait livré son combat contre la mort.

– Tu crois que… ?

Maria avait hésité.

– Quoi ? avait encouragé Baldvin.

– Tu crois que tu serais capable de tenter ce genre d'expérience ?

– C'est très possible.

– Tu pourrais le faire avec moi ? Pour moi ?

– Pour toi ?

– Oui, pour moi… J'ai lu beaucoup de choses sur les états proches de la mort.

– Je sais.

– Cette expérience est dangereuse ?

– Elle peut l'être, avait répondu Baldvin. Je n'ai pas l'intention de…

– On peut la faire ici ? À la maison ? avait demandé Maria.

– Maria…

– Le risque est important ?

– Maria, je ne peux pas…

– Le risque est important ?

– Ça… ça dépend de plusieurs choses. Tu y penses sérieusement ?

– Pourquoi pas ? avait-elle répondu. Qu'est-ce qu'on a à perdre ?

– Tu en es sûre ?

– Tu as refermé la barrière ?

– Oui, je l'ai refermée en rentrant.

– Il était effrayant, avait frissonné Maria. Terrifiant.

– Qui ça ?

– Mon père. Je sais qu'il se sent très mal. Il ne peut pas aller bien. Il n'aurait jamais dû partir comme ça. Il n'aurait pas dû mourir de cette façon. Ça n'aurait jamais dû arriver.

– De quoi est-ce que tu parles ?

– Dis-m'en un peu plus sur ce Tryggvi, avait éludé Maria. Qu'est-ce qui s'est passé exactement ? Comment on s'y prend ? De quoi on a besoin pour faire ce type d'expérience ?

27

Le dimanche, Erlendur avait appelé sa fille tôt dans la matinée en lui demandant si elle voulait venir se promener avec lui. Il avait envie de consacrer sa journée à explorer les lacs des environs de Reykjavik au volant de sa voiture. Il avait réveillé Eva Lind qui avait eu besoin d'un certain temps pour émerger. Cette dernière s'était montrée plutôt réticente, mais il n'avait pas renoncé. Elle ne devait pas avoir plus à faire que n'importe qui en ce dimanche. Et elle n'allait quand même pas à la messe. Finalement, elle avait cédé. Il avait également tenté de joindre Sindri Snaer, mais était tombé sur un message l'informant que le téléphone était éteint ou hors de sa zone de couverture. Quant à Valgerdur, elle travaillait tout le week-end.

En temps normal, il se serait offert cette promenade tout seul et l'aurait appréciée, mais cette fois-ci il désirait profiter de la compagnie d'Eva, il était à coup sûr fatigué de lui-même, comme elle n'avait pas tardé à le souligner au bout du fil. Il avait souri. Eva Lind était d'humeur plus légère que d'habitude, même si son idée de rapprocher Erlendur et Halldora n'avait mené nulle part et que son rêve d'instaurer des relations convenables entre ses deux parents semblait hors d'atteinte.

Ils n'avaient même pas abordé la question lorsqu'ils avaient quitté la ville. C'était une belle journée d'automne. Le soleil brillait, bas dans le ciel, au-dessus du massif de Blafjöll, le temps était froid et calme. Ils s'étaient arrêtés brièvement dans une station où Erlendur avait acheté des cigarettes et un pique-nique. Avant de quitter son domicile, il avait préparé du café dont il avait rempli un thermos. Il avait emporté une couverture dans le coffre de sa voiture et, en sortant du magasin, il s'était fait la réflexion que jamais auparavant il ne s'était offert de promenade dominicale avec Eva Lind.

Ils commencèrent par rayonner aux abords immédiats de la ville. Erlendur avait étudié des cartes précises des environs de Reykjavik et s'était étonné de constater la kyrielle de lacs, quasi innombrables, présents dans ce périmètre plutôt restreint. Ils étaient partis de celui d'Ellidavatn où on avait récemment construit un nouveau quartier, avaient fait le tour de Raudavatn sur une route en assez bon état, puis s'étaient rendus à Reynisvatn, que le nouveau quartier de Grafarholt cachait désormais au regard. De là, ils avaient poursuivi vers le lac de Langavatn, laissant de côté ceux qui parsèment la lande de Middalsheidi avant de s'engager sur Mosfellsheidi. Ils étaient allés voir le Leirvogsvatn, juste à côté de l'embranchement de Thingvellir, puis le Stiflidalsvatn et le Mjoavatn. Le jour était bien avancé lorsqu'ils étaient enfin descendus vers Thingvellir, ils avaient tourné en direction du nord, suivi le lac de Sandkluftavatn qui longeait la route sur la face nord du plateau de Hofmannaflöt en remontant vers la dorsale d'Uxahryggir pour déboucher dans la vallée de Lundarreykdalur. Ils s'étaient arrêtés sur les rives du Litla-Brunnavatn, juste à côté de la route de Biskupsbrekka.

Erlendur avait étendu la couverture sur laquelle ils s'étaient assis, les jambes allongées, pour se régaler des sandwichs achetés au magasin. Il avait sorti le paquet de gâteaux secs au chocolat et versé du café dans deux tasses. Il regardait en direction de Thingvellir et du plateau de Hofmannaflöt, situé en contrebas de la montagne Armannsfell, cet endroit où au Moyen Âge les gens venaient se distraire en assistant à des tournois de chevaux. Il avait parcouru les librairies d'occasion à la recherche du livre sur les lacs que David avait probablement eu l'intention d'acheter. Le seul envisageable était paru peu avant la disparition du jeune homme et portait tout simplement le titre : *Les Lacs des environs de Reykjavik.* C'était une belle édition, généreusement illustrée de photos prises à divers moments de l'année. Eva Lind feuilletait le livre et regardait les clichés.

– Si tu crois qu'elle est allée se jeter dans une de ces mares, je te souhaite bon courage ! observa Eva Lind en avalant une gorgée de café.

Erlendur lui avait parlé de Gudrun, que tous appelaient Duna et qui avait disparu depuis environ trente ans sans que personne ne sache exactement à quel moment. Il lui avait expliqué l'intérêt qu'elle portait aux lacs et précisé qu'il n'excluait pas que cette disparition soit liée à une seconde, celle d'un jeune homme du nom de David. Eva Lind trouvait l'idée qu'il ait pu rencontrer une fille juste avant sa disparition un peu tirée par les cheveux. Erlendur pensait que le livre était destiné à Gudrun, que la rencontre des deux jeunes gens était récente, tellement récente que personne n'en avait eu vent, à l'exception de Gilbert, l'ami de David. En outre, on n'avait découvert cette possibilité que bien des années plus tard, lorsque Gilbert était rentré du Danemark.

Eva Lind trouvait que son père compliquait bien les choses et ne se priva pas de le lui dire. Erlendur hocha la tête, mais argua du fait que l'une des données communes entre ces deux affaires était justement le peu d'indices dont disposait la police. On n'avait rien sur David. Et tout ce qu'on savait de Gudrun, c'est que sa voiture avait disparu avec elle et qu'on ne l'avait jamais retrouvée.

– Et si, après tout, ils se connaissaient ? observa Erlendur en contemplant le Litla-Brunnavatn. Si, après tout, David avait acheté ce livre pour l'offrir à Gudrun ? S'ils étaient partis ensemble faire cette dernière expédition ? On connaît la date de la disparition de David. Celle de Gudrun nous a été signalée environ deux semaines plus tard. Voilà pourquoi on n'a jamais établi de lien entre ces deux affaires, mais elle aurait parfaitement pu disparaître en même temps que lui.

– Je te souhaite bien du courage pour les retrouver, répéta Eva Lind. Il doit y avoir un bon millier de lacs envisageables si tu crois vraiment qu'ils étaient allés en voir un. Y'en a autant ici que dans cette putain de Finlande. Ça ne serait pas plus simple de partir de l'hypothèse qu'ils sont tombés dans la mer, qu'ils sont tombés à l'eau d'une jetée ?

– On a cherché sa voiture dans les ports principaux, précisa Erlendur.

– Ce n'est pas possible qu'ils se soient suicidés, chacun de leur côté ?

– Si, évidemment. Jusqu'à présent, c'était ce qu'on pensait. Je… l'idée de relier ces deux affaires ne m'est venue que très récemment. Et elle me plaît. Ces deux enquêtes sont au point mort depuis des dizaines d'années : brusquement, on découvre que la jeune fille se passionnait pour les lacs et que, parallèlement, le jeune homme avait parlé d'acheter un livre traitant justement de ce sujet, un thème pour lequel il n'avait jamais jusqu'alors manifesté le moindre intérêt. Erlendur avala une gorgée de café. En outre, poursuivit-il, le père du garçon est à l'agonie et n'obtiendra probablement jamais aucune réponse à ses questions. Pas plus que sa défunte mère. C'est ça aussi qui me préoccupe : les réponses. Que les gens obtiennent des réponses. Une personne ne quitte pas tout simplement son domicile pour disparaître comme par enchantement. Il y a toujours une piste. Sauf là. On n'en a aucune. On n'a aucun élément dans ces deux enquêtes.

– Grand-mère n'a jamais obtenu de réponse, observa Eva Lind en s'allongeant sur le dos pour regarder le ciel.

– Non, elle n'en a pas eu, convint Erlendur.

– Pourtant, tu n'abandonnes pas, nota Eva. Tu continues de chercher. Tu vas là-bas, dans les fjords de l'Est.

– En effet, je vais dans l'Est. Je grimpe sur Hardskafi et, de là, sur la lande d'Eskifjördur. Parfois, j'y campe.

– Mais tu n'y trouves jamais rien.

– Non, rien que des souvenirs.

– Et ça ne suffit pas ?

– Je ne sais pas.

– Hardskafi ? C'est quoi au juste ?

– Ta grand-mère pensait que Bergur était mort sur cette montagne. J'ignore pourquoi. C'était un pressentiment qu'elle avait. Si c'est le cas, il a dû s'écarter considérablement du chemin, mais la tempête soufflait dans cette direction et, évidemment, lui comme moi, nous avons cherché à nous mettre à l'abri du vent. Elle y montait souvent, ta grand-mère, jusqu'au moment où nous avons fini par quitter la campagne.

– Et toi, tu y es monté aussi ?

– Oui, on peut parfaitement escalader cette montagne en dépit de son nom dissuasif *.

– Et aujourd'hui tu as renoncé ?

– Je ne m'aventure là-haut que des yeux.

Eva Lind médita un instant les paroles de son père.

– Naturellement, vu ton grand âge. Erlendur sourit. Donc, tu laisses tomber ?

– La dernière question que ta grand-mère m'a posée, c'est si j'avais retrouvé mon frère. C'est la dernière pensée qui lui a traversé l'esprit au moment de sa mort. Il m'est arrivé de me demander si elle l'avait trouvé... si elle l'avait retrouvé, de l'autre côté, comme on dit. Personnellement, je ne crois pas à l'existence d'une vie après la mort, je ne crois pas plus en Dieu qu'à l'enfer, mais ta grand-mère croyait à tout cela. C'était l'héritage de son éducation et elle était persuadée que notre vie sur terre n'était ni le début ni la fin de tout. Dans ce sens, elle est partie en paix, elle affirmait que Bergur reposait entre de bonnes mains. Auprès des siens.

– C'est le genre de trucs que racontent les vieux, observa Eva Lind.

– Elle était tout sauf vieille. Elle est morte dans la force de l'âge.

– Ne dit-on pas que les dieux chérissent ceux qui périssent jeunes ?

Erlendur lança un regard à sa fille.

– Je ne crois pas que les dieux me chérissent beaucoup, ajouta-t-elle. Ou plutôt, je ne me l'imagine pas. D'ailleurs, je ne vois pas quelle raison ils auraient de m'aimer.

* *Harður* signifie dur et *skafi* signifie, entre autres, une spatule, un racloir. Le nom de cette montagne suggère donc l'idée d'un obstacle infranchissable, d'une muraille. *Harðskafi* est également le titre original du roman.

– Je ne suis pas sûr qu'il faille remettre sa destinée entre les mains des dieux, quels qu'ils soient, observa Erlendur. L'homme est l'artisan de son propre destin.

– Tu parles en connaisseur. Qui donc est l'artisan du tien ? N'est-ce pas ton père qui t'a emmené sur cette montagne par un temps déchaîné ? Qu'est-ce qu'il allait donc foutre là-haut avec ses deux enfants ? Tu ne t'es jamais posé la question ? Tu n'as jamais ressenti de la colère en y réfléchissant ?

– Il ne pouvait pas savoir. Il n'avait pas prévu qu'on serait pris dans cette tempête.

– Mais il aurait pu s'y prendre autrement. S'il s'était correctement occupé de ses enfants.

– Il s'occupait très bien de nous.

Il y eut un silence. Erlendur suivit du regard une voiture qui descendait de la dorsale d'Uxahryggir et s'engageait sur la route de Thingvellir.

– Je me suis toujours détestée, reprit Eva Lind. J'éprouvais de la colère. Parfois, je bouillonnais tellement que j'étais prête à exploser. J'étais en colère contre maman, contre toi, contre l'école et contre ces connards qui m'emmerdaient là-bas. Je voulais me débarrasser de moi-même. Je ne voulais plus être moi. Je n'avais que du dégoût pour moi. Je me détruisais et je permettais aux autres de faire la même chose.

– Eva...

Elle fixait du regard le ciel bleu et limpide.

– Non, c'était vraiment ça, reprit-elle. De la colère et du dégoût. Ce n'est pas un très bon cocktail. J'ai beaucoup réfléchi après avoir compris que tous mes actes n'étaient que la conséquence d'un processus qui avait débuté avant ma naissance. Un processus sur lequel je n'avais aucune prise. C'était à toi et à maman que j'en voulais le plus. Pourquoi vous m'aviez fait naître ? Qu'est-ce que vous aviez eu dans la tête ? Qu'est-ce que j'avais pour moi dans ce monde ? Quels étaient mes atouts ? Aucun. Je n'étais qu'une erreur commise par deux personnes qui ne se connaissaient pas et ne voulaient pas se connaître.

Erlendur grimaça.

– Eva, il n'y a pas d'atouts, intervint-il.

– Peut-être que non, en effet.

Ils se turent.

– C'est la meilleure balade en voiture qu'on puisse rêver de faire, non ? observa Eva Lind en regardant son père.

Un véhicule qui s'avançait sur la route de Biskup-brekka prit la direction de la vallée de Lundar-reykdalur. À l'intérieur, un couple avec deux enfants dont une petite fille brune qui les salua de la main depuis le siège-enfant à l'arrière. Aucun d'eux ne lui rendit son salut et la gamine les regarda, un peu déçue, avant de disparaître de leur vue.

– Tu crois que tu parviendras un jour à me pardon-ner ? demanda Erlendur.

Au lieu de lui répondre, elle fixait le ciel, allongée sur la couverture, les mains posées sous sa tête et les jambes croisées.

– Je sais qu'on est l'artisan de son propre destin, consentit-elle à dire finalement. Quelqu'un de plus fort et de plus doué que moi s'en serait façonné un autre. Peut-être qu'au lieu d'éprouver du dégoût pour lui-même, il n'en aurait rien eu à foutre de vous deux, c'est la seule réponse possible, je crois.

– Je n'ai jamais voulu que tu te détestes ainsi. Je ne savais pas.

– Ton père n'a sûrement jamais eu l'intention de perdre son fils non plus.

– Non, ce n'était pas son intention.

Ils quittèrent la dorsale d'Uxahryggir et traversèrent

266

la vallée de Lundarreykdalur jusqu'au Borgarfjördur à la nuit tombante. Ils ne firent pas d'autre halte et restèrent silencieux la majeure partie du trajet. Ils empruntèrent le tunnel du Hvalfjördur et longèrent le cap de Kjalarnes. Erlendur reconduisit sa fille jusqu'à sa porte et ils se dirent au revoir dans l'obscurité du soir.

Il lui confia que cette journée d'exploration avec elle avait été agréable. Elle hocha la tête et ajouta qu'ils devraient le faire plus souvent.

– S'ils sont au fond de l'un de ces lacs, il te sera aussi facile de les trouver que de gagner au loto.

– Je suppose, convint Erlendur.

Ils gardèrent le silence un long moment. Erlendur caressait le volant de sa Ford.

– Nous nous ressemblons comme deux gouttes d'eau, reprit-il en écoutant le ronronnement discret du moteur. Toi et moi, on est faits du même bois.

– Tu crois ? demanda Eva Lind avant de descendre de la voiture.

– Oui, je crains que oui, conclut Erlendur.

Sur ce, il rentra chez lui, l'esprit occupé par tous les problèmes qui restaient à régler entre eux. Il s'endormit en pensant qu'elle ne lui avait pas répondu quand il lui avait demandé si elle voulait lui pardonner. Cette question aussi restait sans réponse au terme de la journée qu'ils avaient passée de lac en lac à la recherche de traces perdues.

28

Le lendemain, en fin d'après-midi, Erlendur retourna à la maison de Kopavogur et se gara à distance respectable. Il n'y avait aucune lumière aux fenêtres et il ne voyait la voiture de Karolina nulle part. Il se dit qu'elle n'était pas encore rentrée du travail. Il alluma une cigarette pour l'attendre tranquillement. Il ne savait pas vraiment comment il allait procéder pour lui tirer les vers du nez. Il supposait qu'elle et Baldvin s'étaient parlé depuis qu'il lui avait rendu visite : il imaginait entre eux une relation, même s'il n'en connaissait pas exactement la nature. Peut-être cette relation avait-elle repris là où elle s'était arrêtée, à l'époque où ils avaient tous les deux fréquenté l'École d'art dramatique et où Karolina caressait le rêve de devenir une star. Au bout d'un certain temps, la petite voiture japonaise s'arrêta devant la maison et elle en sortit. Elle se dépêcha d'entrer sans jeter un regard aux alentours, un sac de supermarché plein à craquer à la main. Erlendur laissa encore s'écouler une demi-heure avant de monter frapper à sa porte.

Quand elle vint lui ouvrir, elle avait eu le temps de se changer et d'enfiler une tenue confortable, une polaire, un pantalon de jogging gris et des pantoufles.

– Vous êtes bien Karolina ? demanda-t-il.

– Oui ? répondit-elle, impatiente, comme agacée par la présence de celui qu'elle pensait être un démarcheur.

Erlendur se présenta, l'informa qu'il était policier et qu'il enquêtait sur un décès récemment survenu à Thingvellir.

– Un décès ?

– Il s'agit d'une femme qui a mis fin à ses jours, précisa-t-il. Me permettez-vous d'entrer un instant ?

– En quoi cela me concerne ? interrogea Karolina.

Elle était de la même taille qu'Erlendur. Ses cheveux bruns et courts tombaient sur son front légèrement bombé ; ses yeux étaient bruns et ses sourcils finement dessinés. Elle avait un cou gracile, était mince et bien proportionnée, autant qu'Erlendur pouvait le deviner à travers sa polaire et son ample pantalon de jogging. Elle avait une expression résolue et son visage laissait entrevoir une dureté et un entêtement peu avenants. Erlendur pensait comprendre ce qui avait séduit Baldvin chez cette femme, mais il n'avait guère le temps de se perdre dans ces considérations. La question de Karolina attendait encore sa réponse.

– Vous avez dû connaître son mari. Elle s'appelait Maria. L'homme auquel elle était mariée, Baldvin. On m'a dit que vous étiez ensemble à l'École d'art dramatique.

– Et alors ?

– J'avais envie de vous poser quelques questions.

Karolina jeta un œil dans la rue et sur les maisons voisines, puis elle regarda Erlendur et lui dit qu'ils seraient peut-être plus à l'aise à l'intérieur. Il entra et elle referma derrière lui. Le pavillon de plain-pied était composé d'un salon, d'une salle à manger, d'une cuisine attenante, d'une salle de bain et de deux chambres situées à gauche de l'entrée. Il était meublé avec goût et des tableaux ornaient les murs. L'odeur qui y flottait était un mélange de cuisine islandaise, de fragrances sucrées de produits de beauté et de sels parfumés, qui dominaient aux abords de la salle de bain et des deux chambres. L'une d'elles semblait faire office de débarras et l'autre était celle de Karolina. Par la porte ouverte, il aperçut un grand lit contre le mur, une coiffeuse, un grand placard à vêtements et une commode.

Karolina se précipita à ses fourneaux pour retirer une poêle de la plaque chauffante. Erlendur l'avait interrompue alors qu'elle préparait le repas. L'odeur envahissait les lieux, de l'agneau grillé, pensa-t-il.

– J'étais en train de faire du café, déclara-t-elle à son retour de la cuisine. Je peux vous en offrir une gorgée ?

Erlendur accepta. La bienséance exigeait qu'on accepte toujours la tasse proposée. Elinborg l'avait vite appris, mais Sigurdur Oli était toujours à la traîne.

Karolina apporta deux tasses de café fumant. Elle le buvait noir, comme Erlendur.

– Baldvin et moi, nous nous sommes rencontrés à l'École d'art dramatique, dans les cours de ce vieux Johannes. Nom de Dieu, il était d'un ennui, je veux parler de Johannes. En plus, c'était un acteur raté. Enfin bref, Baldvin et moi nous avons mis fin à notre relation quand il a quitté l'école pour s'inscrire en médecine. Je peux vous demander pourquoi vous enquêtez sur lui ?

– On ne peut pas vraiment dire que j'enquête sur lui, répondit Erlendur. Mais vous savez comme les gens peuvent jaser, et on m'a confié que vous vous connaissiez et même que vous aviez récemment renoué contact.

– Qui vous a raconté ça ?

– J'ai oublié, il faudrait que je reprenne mes notes.

Karolina sourit.

– C'est une histoire qui vous regarde ?

– Pour l'instant, je ne sais pas, répondit Erlendur.

– Il m'a prévenu que je recevrais peut-être votre visite, reprit-elle.

– Qui ça ? Baldvin ?

– Nous avons renoué, c'est vrai. Inutile de garder le secret. C'est ce que je lui ai dit et il était d'accord avec moi. Ça a recommencé il y a environ cinq ans. Nous nous sommes revus à la fête d'anniversaire de notre promotion du cours de théâtre. Baldvin est venu, même s'il n'a pas été diplômé avec nous. Il m'a raconté qu'il en avait marre de la vieille, cette Leonora, la mère de Maria. Elle habitait chez eux.

– Pourquoi n'a-t-il pas divorcé pour venir vivre avec vous ? Il n'y a rien de plus banal.

– En réalité, c'était son intention, répondit Karolina. Cette histoire me rendait dingue et je lui avais donné un ultimatum. À ce moment-là, cette sorcière de Leonora est tombée malade et il ne pouvait pas imaginer abandonner Maria. Il voulait l'aider à affronter ces épreuves et c'est ce qu'il a fait. Je redoutais plus que tout de voir leurs relations s'améliorer après le décès de la sorcière. En fait, il avait même complètement arrêté de venir me voir. Il n'en avait que pour sa Maria. Mais bon, ça lui a passé.

– C'est comme ça que Baldvin vous a décrit Leonora ? Comme une sorcière ?

– Il ne la supportait plus. C'était de pire en pire. Je devrais peut-être avoir de la reconnaissance envers elle, si je veux être vraiment peau de vache. Il voulait qu'elle parte de chez eux, mais Maria refusait.

– Il n'a pas eu d'enfant avec elle, n'est-ce pas ?

– Baldvin ne peut pas et ça n'intéressait pas Maria, répondit Karolina sans ambages.

– Comment comptez-vous vous y prendre pour rendre votre relation publique ? demanda Erlendur.

– Vous parlez comme un pasteur de campagne.

– Excusez-moi, je n'avais pas l'intention de…

– Baldvin est quelqu'un de respectueux. Il veut attendre une année entière. Je lui ai dit que c'était peut-être un peu trop. Mais il n'en démord pas. Laissons passer un an, a-t-il dit.

– Mais ça ne vous satisfait pas ?

– Je le comprends très bien. Une telle tragédie et tout ça. Nous n'avons pas besoin de nous presser.

– Maria était au courant de votre relation ?

– Je peux vous demander sur quoi vous enquêtez exactement ? Qu'est-ce que vous cherchez ? Vous croyez que Baldvin lui aurait fait du mal ?

– Et vous, vous y croyez ?

– Non, il n'est pas comme ça. Il est médecin ! Qu'est-ce qui vous pousse à croire que ce n'est pas un suicide ?

– Ce n'est pas ce que je pense, répondit Erlendur.

– C'est à cause de cette enquête suédoise, à moins que… ?

– Ah, on vous a parlé de ça ?

– C'est ce que Baldvin a entendu. Ce qui se passe nous échappe complètement.

– Je me contente de rassembler des informations pour pouvoir clore ce dossier, répondit Erlendur. Vous saviez que sa femme lui laissait un héritage de cent millions ?

– Je ne l'ai appris que récemment. Il m'a dit ça l'autre jour. Cet argent vient du père de Maria qui a fait de la spéculation immobilière, c'est ça ?

– En effet, il avait un petit bout de terrain à Kopavogur qui a pris beaucoup de valeur. Baldvin est le seul héritier de cette fortune.

– Oui, il m'en a plus ou moins parlé. Il me semble qu'il ne le sait que depuis peu. En tout cas, c'est ce qu'il m'a dit.

– J'ai entendu dire que cet argent tombait à point nommé, observa Erlendur.

– Ah bon ?

– Et que Baldvin était considérablement endetté.

– Il a eu quelques revers en Bourse, je n'en sais pas plus. Il s'est fourvoyé dans de mauvais placements, une entreprise de bâtiment quelconque qui a fait faillite. Et puis, il lui reste à éponger les dettes de ce cabinet qui ne tournait pas très bien. On n'aborde pas beaucoup ce genre de sujet. Tout du moins, c'était le cas jusqu'à maintenant.

– Vous avez renoncé à monter sur scène, n'est-ce pas ? demanda Erlendur.

– Oui, pratiquement.

– Puis-je vous demander pourquoi ?

– J'ai joué dans quelques pièces. Rien de très glorieux, mais…

– Excusez-moi, je fréquente malheureusement très peu les théâtres.

– On ne me confiait pas de rôles vraiment intéressants. C'est-à-dire, dans les grands théâtres. Et puis, la compétition est féroce. C'est un monde sans pitié. On s'en est rendu compte dès l'école. Et il y a aussi l'âge. Les actrices comme moi, qui ont atteint la cinquantaine, ne sont pas aussi sollicitées. J'ai trouvé un bon emploi dans une société financière et ça m'arrive d'interpréter un petit rôle par-ci par-là quand un metteur en scène se souvient de moi.

– Je crois savoir que votre plus grand rôle a été celui de Magdalena dans cette pièce suédoise, comment s'appelait-elle, déjà… poursuivit Erlendur qui faisait semblant d'avoir oublié le titre.

– Qui vous a dit ça ? Quelqu'un qui se souvient de moi dans ce rôle ?

– Oui, une femme de ma connaissance, une certaine Valgerdur. Elle va beaucoup au théâtre.

– Et elle se rappelait de moi ?

Erlendur hocha la tête et comprit qu'il n'avait aucune inquiétude à avoir quant aux réponses qu'il fournirait à Karolina si elle lui demandait pourquoi il avait parlé d'elle avec d'autres. Elle semblait prendre cela comme une forme de consécration, quelles qu'en soient les raisons. Il se rappela les paroles du professeur d'art dramatique à propos de l'ambition de Karolina, de cette célébrité qu'elle rêvait tant d'atteindre. Qu'avait-il dit au juste qu'elle voulait devenir ? Une reine de la scène ?

– *Flamme d'espérance*, c'était le titre. C'était une excellente pièce et c'est en effet le plus grand rôle que j'aie interprété, le sommet de ma gloire, si j'ose dire. Elle sourit. Elle n'a pas spécialement plu à la critique, ils ont trouvé que c'était un drame désuet pour ménagères. Qu'est-ce qu'ils sont pénibles parfois, les critiques. En plus, ils savent très rarement de quoi ils parlent.

– L'amie en question se demandait si elle ne confondait pas ce rôle avec un autre, un personnage dénommé aussi Magdalena.

– Ah bon ?

– Elle était voyante ou médium, poursuivit Erlendur.

Il guettait la réaction de Karolina, mais apparemment ses propos n'en déclenchaient aucune. Soit il faisait fausse route, soit elle était meilleure actrice qu'on ne le prétendait.

– Ça ne me dit rien, répondit-elle.

– Je ne me souviens plus du titre de la pièce, reprit Erlendur qui avait décidé de franchir un nouveau pas.

Mais je me demande si ce n'était pas *Le Faux Médium* ou une chose de ce genre.

Karolina hésita.

– Je n'en ai jamais entendu parler, fit-elle. C'était à l'affiche du théâtre national ?

– Je ne sais pas, répondit Erlendur. Cette Magdalena croyait au monde des esprits, elle croyait qu'il était tout aussi réel que nous deux, ici, dans votre salon.

– Eh bien…

– Maria y croyait aussi et Baldvin n'a pas manqué de vous en parler.

– Je ne me souviens pas que Baldvin m'ait dit ça, répondit Karolina, et je ne crois pas aux fantômes.

– Non, moi non plus, dit Erlendur. Il ne vous a jamais révélé qu'elle allait consulter des voyants, des médiums ?

– Non, je l'ignorais. À vrai dire, je ne savais pas grand-chose de Maria. Baldvin et moi on ne parlait pas beaucoup d'elle quand on se voyait. On avait d'autres chats à fouetter.

– Je suppose, oui, observa Erlendur.

– Il y avait autre chose ?

– Non, ça ira pour l'instant. Merci beaucoup.

29

Erlendur n'avait pas eu la moindre difficulté pour retrouver la femme qui avait une relation avec Magnus lorsque ce dernier était décédé. Kristin lui avait communiqué son nom et il avait trouvé son adresse dans l'annuaire. Il l'avait contactée par téléphone. Dès qu'il avait mentionné la raison de son appel, elle s'était refusée à poursuivre toute discussion avec lui et il avait attendu que les choses se tassent. Il était ensuite revenu à la charge en lui disant que, probablement, de nouveaux éléments s'étaient fait jour sur l'accident qui avait coûté la vie à Magnus, à Thingvellir.

– À qui avez-vous parlé ? avait-elle demandé à l'autre bout du fil.

– C'est Kristin, la sœur de Magnus, qui m'a communiqué votre nom, avait répondu Erlendur.

– Et que vous a-t-elle dit sur moi ?

– En fait, elle m'a parlé de vous et de Magnus.

Les paroles d'Erlendur avaient été suivies d'un long silence.

– Je suppose qu'il vaudrait mieux que vous passiez chez moi, avait-elle finalement suggéré. C'était une femme mariée du nom de Solveig qui avait deux enfants aujourd'hui adultes. Je suis à la maison pendant la journée, cette semaine, avait-elle ajouté.

En voyant Solveig, Erlendur comprit immédiatement qu'elle se tenait sur ses gardes et qu'elle voulait expédier cette affaire. Elle paraissait bouleversée. Ils se tenaient debout dans le vestibule et elle ne l'invitait pas à entrer plus loin.

– Je ne vois pas ce que je pourrais vous dire, observa-t-elle. Et je ne sais pas pourquoi vous venez ici. Quels sont donc ces nouveaux éléments que vous avez mentionnés ?

– Ils vous concernent, vous et Magnus.

– Oui, c'est ce que vous m'avez dit au téléphone.

– Ainsi que la relation que vous entreteniez.

– Kristin vous en a parlé ?

Erlendur hocha la tête.

– La fille de Magnus s'est suicidée récemment, ajouta-t-il.

– Oui, on m'a dit ça.

Solveig se tut. Son joli visage affichait une expression bienveillante, elle était habillée avec goût et vivait dans une petite maison mitoyenne du quartier de Fossvogur. Elle était infirmière et, cette semaine-là, assurait les gardes du soir.

– Vous devriez peut-être entrer dans le salon, lui dit-elle en le précédant. Il prit place sur le canapé sans retirer son imperméable.

– Je ne sais pas quoi vous dire, soupira-t-elle. Personne ne m'a demandé quoi que ce soit sur cet événement durant toutes ces années. Et voilà que cette malheureuse gamine fait ça et vous venez poser des questions que personne n'a jamais posées, des questions que personne ne devrait jamais poser.

– Peut-être était-ce justement là le problème, suggéra Erlendur, le problème de Maria. Cette idée vous a-t-elle déjà traversé l'esprit ?

– Vous devez bien vous imaginer comme j'y ai

réfléchi. Leonora s'occupait de sa petite Maria et elle ne laissait personne l'approcher.

– Ils étaient tous les trois dans la barque. Magnus, Leonora et Maria, déclara Erlendur.

– Vous avez donc découvert ça ?

– Oui.

– En effet, ils étaient tous les trois sur cette barque, confirma Solveig.

– Que s'est-il passé ?

– J'ai beaucoup réfléchi à tout ça. À la relation que j'avais avec Magnus. On avait l'intention de l'apprendre à Leonora à Thingvellir. On voulait la ménager autant que possible. Magnus désirait que je les accompagne – Leonora et moi, on était des amies proches –, mais je ne m'en suis pas senti la force. Peut-être qu'il en serait allé autrement si j'avais été présente. Solveig regarda Erlendur. Évidemment, vous pensez que je ne suis qu'une traînée, observa-t-elle.

– Je ne pense rien du tout.

– Leonora était autoritaire. Constamment. Un vrai général qui régentait toute l'existence de Magnus. Elle n'hésitait pas à lui dire quand quelque chose lui déplaisait, y compris en présence d'étrangers. Magnus s'était tourné vers moi. C'était un homme très gentil. On a commencé à se voir en secret. Je ne sais pas ce qui s'est passé. On est tombés amoureux. Peut-être qu'au début je me contentais de le plaindre. On a voulu vivre ensemble et il fallait qu'on amène Leonora à le comprendre. Je refusais cette relation cachée, je refusais d'agir dans son dos et de me livrer à une sorte de complot. Je voulais que les choses éclatent au grand jour. Je ne supportais pas ces… ces manigances. Il voulait attendre pour le lui dire. J'ai fait pression sur lui. On s'était mis d'accord pour qu'il lui annonce la vérité le week-end à Thingvellir.

– Et Leonora ne soupçonnait rien ?

– Non, elle n'avait aucun soupçon. Elle était comme ça. Elle n'imaginait pas qu'on puisse l'abuser. Elle faisait confiance aux gens. J'ai trahi cette confiance. Magnus aussi.

– Vous avez revu Leonora après l'accident ?

Solveig ferma les paupières.

– Qu'est-ce que ça vous apportera de le savoir ? interrogea-t-elle. Une enquête a été menée à l'époque. L'affaire était claire et nette. Personne n'a posé aucune question depuis. Si quelqu'un avait eu des questions à formuler, c'était moi, mais je m'en suis toujours abstenue.

– Vous avez revu Leonora ?

– Oui. Une seule fois. C'était terrible. Une véritable horreur. C'était quelque temps après l'enterrement de Magnus. Je ne savais pas s'il lui avait raconté pour nous avant sa mort et je m'étais efforcée de me comporter comme si de rien n'était à l'inhumation. Mais, j'ai immédiatement remarqué que Leonora ne m'adressait pas un seul regard. Elle ne m'avait pas dit bonjour. Elle agissait comme si je n'existais pas. À ce moment-là, j'ai compris que Magnus lui avait parlé.

– Est-ce elle qui a voulu vous voir ou bien… ?

– Oui, c'est elle qui m'a téléphoné en me demandant de venir chez elle à Grafarvogur. Elle m'a réservé un accueil glacial.

Solveig ménagea une pause dans son récit. Erlendur attendait, patient. Il voyait à quel point l'évocation de ces événements passés depuis si longtemps la mettait mal à l'aise.

– Leonora m'a dit que la petite Maria était à l'école et qu'elle voulait me raconter exactement ce qui s'était passé au lac. Je lui ai répondu que je n'avais pas besoin de le savoir et elle m'a ri au nez en me rétorquant que je ne m'en tirerais pas aussi facilement. Je ne comprenais pas où elle voulait en venir.

– Magnus m'a dit pour vous deux, avait commencé Leonora. Il m'a raconté que vous aviez l'intention de vivre ensemble et ajouté qu'il allait me quitter.

– Leonora, avait protesté Solveig, je…

– Tais-toi, avait coupé Leonora sans hausser la voix. Je vais te raconter comment ça s'est passé. Il y a deux choses que tu dois comprendre. La première, c'est que j'ai été forcée de protéger ma fille et, la seconde, que c'est aussi ta faute. La tienne et celle de Magnus. C'est vous qui avez appelé ce drame sur nous.

Solveig n'avait rien répondu.

– Qu'est-ce que tu avais donc dans la tête ? avait demandé Leonora.

– Je ne voulais pas te blesser, avait plaidé Solveig.

– Me blesser ? Tu n'as aucune idée de ce que tu as fait.

– Magnus allait mal, c'est pour ça qu'il s'est tourné vers moi, il se sentait mal, avait argumenté Solveig.

– C'est un mensonge. Il allait très bien. C'est toi qui me l'as pris, tu l'as attiré vers toi.

Solveig avait gardé le silence.

– Je ne veux pas me disputer avec toi, avait-elle ensuite déclaré à voix basse.

– Non, c'est du passé, et personne ne peut plus rien y changer, avait repris Leonora. Mais je refuse d'en assumer seule la responsabilité. Toi aussi, tu es responsable. Et aussi Magnus. Vous deux.

– Personne n'est responsable de ce genre d'accident. Il est tombé par-dessus bord. C'était seulement un accident.

Leonora avait eu un sourire morne et indéchiffrable. Elle avait un air bizarre, seule dans cette maison sombre et froide. Elle semblait ne pas être elle-même. Solveig s'était demandée si elle avait bu ou si elle était assommée par des médicaments trop forts.

– Il n'est pas tombé dans l'eau, déclara Leonora.

– Comment ça ?

– Il n'est pas tombé.

– Mais… j'ai lu dans les journaux…

– En effet, mais les journaux racontent des mensonges.

– Des mensonges ?

– Pour Maria.

– Je ne comprends pas.

– Pourquoi a-t-il fallu que tu me le prennes ? Pourquoi tu ne nous as pas laissés tranquilles ?

– Leonora, c'est lui qui est venu à moi. Pourquoi faudrait-il mentir pour Maria ?

– Enfin, tu ne comprends donc pas ? On était avec Magnus sur cette barque. Maria était là, avec nous.

– Avec vous… Mais…

Solveig fixait Leonora.

– Magnus était seul dans cette barque, avait-elle martelé. C'est ce que toute la presse a dit.

– Et c'est un mensonge, avait répété Leonora. Mon mensonge. J'étais avec lui, et Maria aussi.

– Pourquoi… ? Pourquoi as-tu menti ? Pourquoi… ?

– C'est ce que je suis en train de t'expliquer. Magnus n'est pas tombé de la barque.

– Alors quoi ?

– Je l'ai bousculé, déclara Leonora. Je l'ai bousculé et il a perdu l'équilibre.

Un long moment s'écoula avant que Solveig ne reprenne la parole. Erlendur avait écouté son récit en silence et il avait perçu combien le drame était encore douloureux pour elle.

– C'est Leonora qui a poussé Magnus et l'a fait

tomber à l'eau, reprit-elle. Elle et Maria l'ont regardé se noyer. Magnus venait de parler de moi à Leonora. Ils s'étaient violemment disputés dans la matinée. Maria l'ignorait et leur avait demandé d'aller faire un tour avec elle sur le lac. Magnus était très en colère. Ils avaient recommencé à se quereller. Puis, brusquement, le moteur était tombé en panne, ce qui n'avait fait que mettre de l'huile sur le feu. Magnus s'était levé pour l'examiner. Leonora l'avait violemment poussé, il n'en avait pas fallu davantage pour qu'il tombe à l'eau.

Leonora avait regardé Solveig en silence.

– Et vous ne pouviez pas le secourir ? avait demandé Solveig.

– On ne pouvait rien faire. La barque tanguait dans tous les sens et on résistait pour ne pas passer par-dessus bord, Maria et moi. L'embarcation s'est éloignée de Magnus et, quand nous avons retrouvé l'équilibre, il avait disparu.

– Dieu tout-puissant, avait soupiré Solveig.

– Tu vois maintenant le mal que tu as causé, observa Leonora.

– Moi ?

– Ma fille est inconsolable. Elle se croit responsable de ce qui est arrivé à son père. De notre dispute. De tout. Elle se croit responsable de tout. Elle pense avoir participé à la mort de son père. Qu'est-ce que tu crois qu'elle ressent ? Qu'est-ce que tu crois que je ressens ?

– Il faut que tu ailles consulter un médecin, un psychologue. Il faut que quelqu'un lui vienne en aide.

– Je me charge de Maria. Et si tu vas raconter ça à qui que ce soit, je nierai tout.

– Dans ce cas, pourquoi est-ce que tu me le racontes ?

– Parce que tu es impliquée là-dedans. Je veux que tu le saches. Tu en portes tout la responsabilité autant que moi !

Erlendur regarda longuement Solveig en silence quand elle eut achevé son récit.

– Pourquoi n'êtes-vous pas allée à la police ? demanda-t-il finalement. Qu'est-ce qui vous en a empêché ?

– J'avais l'impression… l'impression de porter une part de responsabilité, comme me l'avait dit Leonora. Je me sentais responsable de ce qui était arrivé. Elle n'avait pas tardé à me le signifier. Elle martelait : c'est ta faute. Tout ça, c'est ta faute. Arrivé par ta faute. Toute sa colère se concentrait sur moi. J'étais affolée par la peur, folle de douleur et, étrangement, je tenais à préserver Leonora. Tout cela était trop pour moi, beaucoup trop. Ç'avait été un tel choc. Je ne savais absolument pas comment réagir. Et puis, il y avait la pauvre petite Maria. Je ne pouvais pas aller raconter la vérité sur sa mère. Je ne le pouvais pas. Elle…

– Quoi donc ?

– Ça me semblait tellement incroyable que j'avais peine à croire que c'était arrivé.

– Vous avez voulu préserver la petite…

– J'espère que vous comprenez ma position. Je ne voulais punir personne. Et de toute façon, c'était et ça reste un accident. Il ne m'est pas venu à l'esprit de mettre en doute les paroles de Leonora. Elle m'a dit que jamais elle ne se séparait de Maria, sauf quand la petite était à l'école.

– Tout cela a été très difficile, n'est-ce pas ? demanda Erlendur.

– Oui, c'était difficile, comme vous dites. Imaginez comment les choses ont été pour elles, surtout pour

Maria. Quand j'ai appris qu'elle s'était suicidée... ça ne m'a même pas surprise. J'ai... je me suis reproché d'avoir laissé cela arriver. D'avoir permis à Leonora de s'en tirer indemne. De s'en tirer sans raconter ce qu'elle avait fait.

– À propos de quoi se sont-ils disputés sur la barque ?

– Magnus lui a dit qu'il allait partir quoi qu'elle puisse dire ou faire. C'est aussi ce qu'il m'avait affirmé. Il en avait assez de son caractère autoritaire, il ne la supportait plus, il lui a dit qu'il ne leur restait plus qu'à se mettre d'accord pour la garde de Maria. Leonora a rétorqué qu'elle ne le laisserait plus jamais voir sa fille. Qu'il pouvait faire une croix dessus. Ils se sont disputés et la gamine a tout entendu. Il ne faut peut-être pas s'étonner qu'elle soit allée imaginer que tout cela était sa faute.

– Vous avez revu Leonora ou Maria plus tard ?

– Non, jamais. Ni l'une ni l'autre.

– Aucun témoin n'a vu l'accident ?

– Non, ils étaient tout seuls là-bas, sur le lac.

– Personne qui serait venu passer la nuit ?

– Non.

– Ou bien des voyageurs, des touristes ?

– Non, pas de touristes. Il en était venu la semaine précédente. J'étais alors seule au chalet avec Magnus. On y est allés deux fois pour se rencontrer en secret, si ma mémoire est bonne. Cette semaine-là, il avait croisé une jeune femme avec laquelle il avait longuement discuté car elle explorait les lacs des environs de Reykjavik, ce sujet la passionnait. Ils s'étaient rencontrés juste à côté du chalet. Elle regardait sa carte et voulait se rendre au lac de Sandkluftavatn. Je m'en rappelle parfaitement parce que, à l'époque, je n'avais jamais entendu ce nom.

– Elle était en voiture ? demanda Erlendur.

– Oui, il me semble bien.

– Quel genre de voiture ?

– Elle était jaune.

– Jaune, vous êtes certaine ?

– Oui. Une Mini ou quelque chose comme ça. Je l'ai vue s'éloigner à travers les broussailles.

– Et vous pensez que la personne qui conduisait ce véhicule était la femme que Magnus avait croisée ? interrogea Erlendur en s'avançant sur le canapé.

– Je crois, oui. C'était juste à côté du chalet.

– Une Mini, vous voulez dire une Austin Mini ?

– Oui, je suppose, ce sont des voitures toute petites.

– Une Austin Mini jaune, c'est bien ça ?

– Oui, pourquoi ?

Erlendur s'était déjà levé.

– … qui se dirigeait vers le lac de Sandkluftavatn ?

– Mon Dieu, mais qu'y a-t-il ?

– Était-elle accompagnée ?

– Je n'en sais rien. Qu'y a-t-il ? Qu'est-ce que j'ai dit ?

– Est-il possible qu'elle ait été accompagnée d'un jeune homme ?

– Je n'en sais rien. Qui étaient ces gens ? Vous les connaissez ? Vous savez qui ces gens étaient ?

– Non, répondit Erlendur. Sans doute pas, il y a peu de chance. Vous avez bien dit le lac de Sandkluftavatn, c'est ça ?

– Oui, Sandkluftavatn.

30

Que savait-il du Sandkluftavatn ? Il était passé à proximité en compagnie d'Eva Lind sans y accorder aucune attention particulière. Le lac se trouvait à environ une heure de Reykjavik, sur la route qui passe au nord de Thingvellir, entre les sommets d'Armannsfell et de Lagafell, avant de monter sur la lande de Blaskogaheidi. Cette bonne vieille montagne Skjaldbreidur veillait en surplomb au nord-est.

Le plongeur s'appelait Thorbergur. Il connaissait bien les lacs du sud de l'Islande pour en avoir exploré un certain nombre. Il avait autrefois travaillé chez les pompiers, assisté la police dans des enquêtes pour contrebande et plongé dans les ports à la recherche de personnes disparues. On le contactait quand une disparition se produisait, qu'on entreprenait de passer au peigne fin les côtes, la mer et les lacs. Puis, un jour, il avait cessé ses activités de plongeur professionnel et s'était tourné vers la mécanique, et c'était maintenant son activité principale. Il avait même créé son propre garage. Erlendur lui avait parfois amené sa Ford à vidanger. Thorbergur mesurait presque deux mètres. Erlendur avait toujours trouvé qu'il ressemblait à un géant, avec sa barbe et ses cheveux roux, ses longs bras de nageur et ses dents solides qui apparaissaient bien souvent sous sa moustache car il était d'humeur joviale et peu avare de son sourire.

– Vous avez des plongeurs qui travaillent pour vous, grommela-t-il. Pourquoi vous n'allez pas les voir ? J'ai arrêté, vous le savez parfaitement.

– Oui, je sais bien, répondit Erlendur. J'ai juste pensé à vous parce que… vous avez gardé tout le matériel, non ?

– Oui.

– Et le Zodiac ?

– Oui, le petit.

– Et ça vous arrive de plonger même si vous ne travaillez plus pour nous ?

– Très peu.

– Il ne s'agit pas, comment dire, d'une enquête officielle, déclara Erlendur. C'est plutôt quelque chose qui me turlupine personnellement. Je vous paierai de ma poche si vous acceptez.

– Erlendur, il est hors de question que je reçoive un paiement de votre part.

Thorbergur soupira. Erlendur savait pourquoi il avait arrêté de travailler pour la police. Il en avait eu assez un jour qu'il avait plongé dans le port de Reykjavik pour en remonter le cadavre d'une femme. Celle-ci avait disparu depuis trois semaines et son corps était en très mauvais état quand il l'avait trouvé. Il ne voulait pas risquer d'être, une nouvelle fois, confronté à un tel spectacle. Il refusait d'être réveillé en sursaut par des cauchemars au beau milieu de la nuit parce que cette femme venait sans arrêt hanter ses rêves.

– Il s'agit d'une disparition qui remonte à très longtemps. Très très longtemps, précisa Erlendur. Sans doute deux jeunes gens. L'enquête était au point mort depuis des décennies, mais il y a du nouveau depuis hier. Certes, je me fonde sur des éléments très fragiles, mais je me suis dit qu'il fallait au moins que je vienne m'adresser à vous. Pour soulager ma conscience d'un poids.

– Et alourdir la mienne d'autant ? rétorqua Thorbergur.

– Il ne m'est venu personne d'autre à l'esprit. Je ne connais personne de mieux indiqué pour ce genre de chose.

– Vous savez que j'ai arrêté. Aujourd'hui, je ne plonge plus que dans les moteurs des voitures.

– Je vous comprends bien, répondit Erlendur. Je m'arrêterais aussi si j'étais capable de faire autre chose.

– Bon, qu'y a-t-il de nouveau ?

– Dans l'enquête ?

– Oui.

– On n'a jamais établi de lien entre ces deux disparitions, or il s'avère que, finalement, les deux personnes concernées étaient peut-être ensemble : il s'agit d'un lycéen en terminale et d'une jeune femme légèrement plus âgée qui étudiait la biologie à l'université. En fait, rien ne permet de relier ces deux affaires, mais on n'est pas non plus parvenus à les élucider séparément. Les choses étaient au point mort depuis des dizaines d'années jusqu'à récemment. Hier, j'ai découvert que Gudrun, la jeune femme, était passée à Thingvellir et qu'elle comptait sans doute se rendre à Sandkluftavatn. Je suis allé vérifier les dates ce matin. Certes, elles ne concordaient pas. Cette femme a été vue à Thingvellir à la fin de l'automne et elle était sûrement seule à ce moment-là. Elle et le jeune homme n'ont disparu que quelques mois plus tard. La disparition du garçon a été signalée fin février 1976. Celle de la jeune fille, à la mi-mars. Depuis, on n'a rien et ça aussi, c'est assez inhabituel : deux disparitions rapprochées et aucun indice. En général, il y a toujours une piste quelque part. Dans le cas présent, nous n'en avons aucune.

– C'est peut-être assez rare que les gens de cet âge se mettent en couple, observa Thorbergur. Surtout si la jeune fille est plus âgée.

Erlendur hocha la tête. Il sentait qu'il avait piqué la curiosité du plongeur.

– Exact, observa-t-il. Rien ne les rapprochait.

Les deux hommes étaient assis dans le bureau de Thorbergur. Trois employés du garage travaillaient d'arrache-pied sur les véhicules en réparation tout en jetant de temps en temps quelques regards en coin vers cette cage de verre à l'intérieur de laquelle on pouvait voir sans difficulté depuis l'atelier. Le téléphone, qui sonnait à intervalles réguliers, interrompait souvent la conversation, mais Erlendur ne se laissait pas perturber.

– Je me suis aussi renseigné sur les conditions météo cet hiver-là, reprit-il. Il a fait extrêmement froid, la plupart des lacs ont gelé.

– Je vois que vous avez déjà votre théorie.

– Oui, mais elle ne tient qu'à un fil.

– Et personne ne doit être au courant ?

– Il est inutile de compliquer quoi que ce soit, répondit Erlendur. Si vous découvrez quelque chose, vous m'appelez. Sinon, cette affaire est au point mort, comme elle l'a toujours été.

– En fait, je me dis que je n'ai jamais plongé à Sandkluftavatn, observa Thorbergur. Il n'est pas assez profond en été et ne gagne en profondeur qu'au dégel. Il y a pas mal d'autres lacs dans les parages. Litla-Brunnavatn, Reydarvatn, Uxavatn.

– Tout à fait.

– Comment s'appelaient-elles ? Ces deux personnes ?

– David et Gudrun, tout le monde l'appelait Duna.

Thorbergur jeta un œil dans l'atelier. Un client venait d'arriver et regardait dans leur direction. C'était un habitué. Thorbergur lui adressa un signe de la tête.

– Alors, vous feriez cela pour moi ? demanda Erlendur en se levant. C'est assez pressé. Il y a un vieil homme qui va bientôt mourir et qui attend d'avoir des réponses depuis que son fils a disparu. Ce serait bien de pouvoir lui dire ce qu'il est devenu avant qu'il ne parte. Je sais qu'il y a très peu de chances, mais c'est tout ce que j'ai et j'ai envie d'essayer.

Thorbergur le fixa longuement.

– Dites donc, vous ne vous attendez tout de même pas à ce que j'y aille de suite ?

– Disons, peut-être pas avant midi, répondit Erlendur.

– Aujourd'hui ?

– Je... Enfin, si vous pouvez. Vous pensez pouvoir me rendre ce service ?

– J'ai le choix ?

– Merci beaucoup, conclut Erlendur. Appelez-moi.

Il avait eu quelques difficultés à trouver le chalet : par deux fois, il avait manqué la route qui permettait d'y accéder. Finalement, il avait aperçu le panneau presque avalé par la végétation. Solvangur. Il descendit jusqu'au lac et se gara à côté de la maison.

Cette fois, il savait ce qu'il cherchait. Il était venu seul, il n'avait toujours informé personne de ses activités. Il ne le ferait que lorsque la situation serait claire, si toutefois cela finissait par arriver. Pour l'instant, ce n'était pas le cas, il lui manquait encore des preuves, il n'était pas encore certain d'avoir raison de s'entêter ainsi.

Il était allé voir le légiste chargé de l'autopsie du corps de Maria pour lui demander si elle avait absorbé des somnifères peu avant sa mort. Ce dernier lui avait dit en avoir décelé une petite quantité, beaucoup trop faible pour expliquer le décès. Erlendur lui avait alors demandé s'il était possible de savoir combien de temps avant sa mort Maria avait absorbé ces substances, mais n'avait pas obtenu de réponse très précise. Tout au plus une journée.

– Vous pensez qu'il s'agit d'un crime ? s'était enquis le légiste.

– Pas exactement, avait répondu Erlendur.

– Pas exactement ?

– Auriez-vous décelé des traces de brûlure sur sa poitrine ? avait-il interrogé, hésitant.

Ils étaient assis dans le bureau du légiste qui avait ouvert le rapport d'autopsie devant lui. Il leva les yeux du document.

– Des traces de brûlure ?

– Ou des contusions ? avait bien vite ajouté Erlendur.

– Que cherchez-vous exactement ?

– Je ne sais pas trop.

– Si on avait découvert des traces de brûlure, vous en auriez été informé, rétorqua le légiste, consterné.

Erlendur n'avait pas la clef du chalet, mais ce détail n'avait aucune importance. Ce qui l'intéressait c'était la terrasse, le jacuzzi et la distance qui les séparait du lac. Une fine pellicule de glace recouvrait l'eau qui clapotait sous les pierres de la rive. Non loin de là, une langue de sable s'avançait, coupée en deux par un ruisseau, lui aussi gelé. Erlendur sortit une petite éprouvette que lui avait prêtée Valgerdur. Il la remplit avec l'eau du lac puis compta ses pas jusqu'à la terrasse : cinq pas, et jusqu'au jacuzzi : six. Le jacuzzi était muni d'un couvercle avec une structure d'aluminium et une vitre en plexiglas, il était fermé par un cadenas des plus ordinaires. Il alla chercher une clef en tube dans sa Ford et frappa dessus jusqu'à ce qu'il cède. Puis il souleva le couvercle, lourd comme du plomb. On pouvait le maintenir ouvert en l'accrochant à une fixation installée sur le mur de la terrasse. Erlendur n'y connaissait pas grand-chose en jacuzzi. Jamais il n'était resté assis à mariner dans ces machins-là et ça ne l'intéressait pas. Il supposait que ce bassin n'avait pas servi depuis que Maria avait mis fin à ses jours.

Avant de quitter Reykjavik, il était passé dans un magasin de matériaux de construction pour y interroger un homme qui se vantait d'être spécialiste en la matière. La curiosité d'Erlendur portait sur les questions d'écoulement et sur les techniques d'alimentation d'un jacuzzi. Comment le vide-t-on et le remplit-on ? avait-il demandé. Le vendeur s'était montré très intéressé au début, mais quand il avait compris qu'Erlendur n'envisageait aucune acquisition, il avait vite laissé de côté son baratin et était devenu plus supportable. Il lui avait montré un modèle très prisé, à commande électronique permettant de remplir et de vider le bassin. Il lui avait précisé que les gens l'achetaient fréquemment aujourd'hui. Erlendur avait hoché la tête.

– C'est le meilleur système ? avait-il interrogé.

Le vendeur avait fait une grimace.

– Il y a beaucoup de gens qui préfèrent commander ça *manually*, avait-il expliqué.

– *Manually* ? avait rétorqué Erlendur en détaillant du regard ce vendeur à peine sorti de l'enfance et aux joues recouvertes d'un léger duvet.

– Oui, il y a des gens qui préfèrent ouvrir le robinet et le refermer quand le bassin est plein. Comme quand on remplit une baignoire. Dans ce cas, on choisit la température à l'aide de simples robinets d'eau chaude et froide.

– Et s'ils ne veulent pas le faire *manually*?

– Dans ce cas, on installe une commande, souvent dans les toilettes. Il suffit d'appuyer sur un bouton pour que le bassin se remplisse d'eau chaude à une certaine température et, pour le vider, on enfonce un autre bouton.

– Donc, il y a deux conduits, un pour l'alimentation et l'autre pour l'évacuation?

– Non, il n'y en a qu'un. L'eau est aspirée par la grille du fond et, en phase de remplissage, elle entre par le même chemin.

– Mais ce n'est pas la même eau?

– Non, évidemment. Celle qui entre est propre, mais certains trouvent que c'est le point faible du système. Personnellement, je n'achèterais pas ça.

– Comment ça? En quoi est-ce le point faible?

– Le fait que le remplissage et l'évacuation passent par le même tuyau.

– Pourquoi donc?

– La canalisation est censée se nettoyer d'elle-même, mais ça arrive que de petites impuretés restent depuis la dernière vidange, vous voyez. C'est pour ça que les gens préfèrent les versions manuelles. Mais bon, c'est peut-être du snobisme. Certains disent que c'est un système impeccable.

Après en avoir fini avec le vendeur, il avait eu une brève conversation avec un membre de la Scientifique qui avait dirigé les opérations dans le chalet. Il croyait se souvenir de la présence d'un petit boîtier de commande à l'intérieur des toilettes.

– C'est-à-dire que le jacuzzi est commandé électroniquement?

– J'ai l'impression, avait répondu son collègue. Mais il faudrait que je vérifie.

– Quel est l'avantage de cette commande électronique ? avait demandé Erlendur.

– Eh bien, ça évite de le remplir *manually*, avait répondu ce membre de la Scientifique, plutôt étonné qu'Erlendur lui raccroche abruptement au nez après avoir poussé un profond soupir.

Erlendur examina longuement le fond du jacuzzi. Il chercha des robinets, mais n'en vit aucun. Le vendeur lui avait expliqué qu'ils pouvaient se trouver n'importe où aux abords du bassin, souvent ils étaient dissimulés sous la terrasse. Erlendur ne trouva aucun coffrage susceptible d'en abriter. Il supposa donc que le remplissage était commandé de façon électronique, comme le lui avait suggéré son collègue de la Scientifique. Il enjamba le rebord du jacuzzi et se pencha sur la grille afin de l'enlever. La nuit commençait à tomber, il avait sorti sa lampe de poche. Une petite quantité d'eau avait gelé dans le tuyau. Il attrapa une autre éprouvette pour y placer le morceau de glace qu'il venait de casser.

Il rabattit le couvercle pesant avec la vitre en plexiglas et remit le cadenas brisé à sa place.

Il marcha autour du chalet jusqu'à parvenir au petit abri qui, à son avis, servait de hangar à bateau. Il plaqua son visage contre le hublot et aperçut une barque à l'intérieur. Il se demanda si c'était à son bord que s'étaient trouvés Magnus, Leonora et Maria, en ce jour marqué du sceau du destin. De petits tas de bois étaient posés le long des parois de l'abri.

Ce dernier était fermé par un cadenas qu'Erlendur brisa aussi facilement que le premier. Il éclaira son chemin et entra dans le petit hangar. La barque était vieille et semblait vermoulue, comme si elle n'avait pas servi depuis longtemps. Des établis étaient installés le long de deux murs et, sur celui du fond, on voyait des étagères qui montaient jusqu'au plafond. Sur l'une d'elles, au ras du sol, il vit un vieux moteur Husqvarna.

Erlendur balaya avec application le faisceau de sa lampe sur le sol et sur les rayonnages. Cet abri contenait évidemment un tas d'objets du chalet. Il y avait ici des outils de jardinage, une brouette et des pelles, on voyait là un réchaud et une cartouche de gaz, des boîtes de peinture, d'autres récipients et toutes sortes d'outils. Erlendur ne savait pas exactement ce qu'il cherchait. Au bout d'un quart d'heure passé à l'intérieur de cet espace dont il avait éclairé chaque recoin, il lui apparut subitement.

L'objet était soigneusement rangé. Rien ne laissait penser qu'on avait essayé de le dissimuler, loin de là, mais il n'était pas non plus placé en évidence. Il se fondait dans ce tout, dans ce chaos, mais il avait attiré son attention dès qu'il avait su que c'était cela qu'il cherchait. Il l'éclaira avec sa lampe de poche. C'était une boîte rectangulaire de la taille et de l'épaisseur d'un attaché-case. L'appareil était d'apparence plutôt banale, mais étrangement il réveilla en Erlendur l'ancienne peur éprouvée à l'époque où il avait failli mourir de froid, là-bas, sur les landes de l'est de l'Islande.

Leonora affirmait que cet accident était leur secret et que personne ne devait apprendre ce qui s'était réellement passé. Elles couraient le risque de se voir séparées. Il était préférable pour elles de taire cet horrible événement. Les accidents survenaient sans que la faute en incombe à qui que ce soit, celui-là en était un. On n'y pouvait plus rien et ça n'apporterait rien de raconter précisément ce qui s'était produit à bord de la barque. Maria avait écouté sa mère en laquelle elle plaçait toute sa confiance. Ce n'avait été que bien plus tard que les conséquences à long terme de ce mensonge avaient commencé à se manifester. La vie de Maria ne serait plus jamais pareille, peu importe à quel point sa mère le souhaitait. Son existence était à jamais bouleversée.

Au fil du temps, Maria s'était remise de ses hallucinations et de la mélancolie dont elle avait souffert après le décès de son père. Ses angoisses avaient, elles aussi, peu à peu diminué, mais le sentiment de culpabilité sommeillait toujours en elle et il ne se passerait plus un seul jour sans qu'elle pense à l'événement de Thingvellir. Cela pouvait survenir à n'importe quel moment. Elle avait appris à étouffer dans l'œuf ces pensées obsédantes et se sentait si mal de n'avoir pas le droit de se soulager en disant ce qui s'était passé *que, parfois, il lui arrivait d'envisager le suicide comme moyen de mettre un terme à cette misère et à cette douleur. Rien n'était pire que ce silence oppressant qui lui hurlait chaque jour aux oreilles.*

Elle n'avait jamais eu l'occasion d'accomplir normalement le deuil de son père, jamais elle n'avait pu lui dire adieu, jamais on ne lui avait laissé le loisir de le regretter. C'était là sa plus grande souffrance car ils avaient toujours été très proches et il avait toujours été bon avec sa petite fille. Elle ne pouvait même plus se raccrocher à des souvenirs datant d'avant l'accident. Elle ne se permettait même pas ce plaisir.

– Pardonne-moi, avait murmuré Leonora.

Comme d'habitude, Maria était assise sur le bord du lit de sa mère. Elles savaient toutes les deux qu'il n'y en avait plus pour longtemps.

– De quoi ? avait-elle répondu.

– C'était... c'était une erreur. Depuis le début. Je... Pardonne-moi...

– Ce n'est pas grave.

– Si... au contraire. Je pensais que... je pensais à toi. C'est pour toi que j'ai fait ça. Tu... il faut que tu le comprennes. Je ne voulais pas que... qu'il t'arrive quoi que ce soit.

– Je sais, l'avait rassurée Maria.

– Mais... je n'aurais pas dû garder le silence sur l'accident.

– C'était pour mon bien.

– Oui... Mais c'était aussi par égoïsme de ma part...

– Non, avait répondu Maria.

– Peux-tu me pardonner ?

– Ne t'inquiète pas de cela pour l'instant.

– Le peux-tu ?

Maria se taisait.

– Tu raconteras ce qui s'est vraiment passé quand je serai morte ?

Maria ne lui avait pas répondu.

– Dis-le... Raconte-le, avait soupiré Leonora. Fais-le... fais ça pour toi... Raconte-le... Raconte tout.

31

Les deux jours suivants, Erlendur continua à rassembler des informations sur l'enchaînement probable des événements dans le chalet, le soir où Maria y avait été retrouvée morte. Il n'était pas encore prêt à formuler sa théorie et se demandait s'il valait mieux interroger Baldvin et Karolina ensemble ou séparément. Il n'avait parlé à personne de son enquête. Sigurdur Oli et Elinborg le savaient extrêmement occupé à quelque chose dont ils ignoraient tout et Valgerdur avait moins souvent de ses nouvelles qu'à l'accoutumée. L'enquête lui occupait entièrement l'esprit. Il attendait également que le plongeur lui passe un coup de fil du lac de Sandkluftavatn, mais il ne voyait rien venir.

Depuis quelques jours, il se sentait peu à peu envahi par ce désir qui le saisissait parfois de se rendre dans l'Est, dans sa maison abandonnée, pour gravir la montagne.

Assis devant un bol de gruau d'avoine et une saucisse au foie surette, il entendit quelqu'un frapper à la porte. Il alla ouvrir à Valgerdur qui l'embrassa sur la joue et se faufila entre lui et le mur. Elle retira son manteau qu'elle posa sur une chaise et alla s'asseoir dans la cuisine.

– Tu ne me donnes plus aucune nouvelle, reprocha-t-elle tout en se servant un bol de gruau. Erlendur lui coupa un morceau de cette saucisse au foie pas assez surette à son goût. Il avait pourtant exigé qu'elle soit directement sortie de la saumure lorsqu'il l'avait achetée au comptoir du magasin. Le jeune homme qui l'avait servi s'était exécuté avec une mine dégoûtée qui indiquait clairement qu'il n'avait aucun plaisir à plonger sa main dans ce liquide. Erlendur en avait profité pour prendre du macareux, des paupiettes et un peu de pâté de tête qu'il conservait dans du petit-lait sur son balcon.

– J'ai été très occupé, répondit-il.

– Sur quoi tu travailles ? interrogea Valgerdur.

– Toujours la même affaire.

– Fantômes et revenants ?

– Oui, quelque chose comme ça. Tu veux un café ?

Valgerdur hocha la tête et Erlendur se leva pour mettre la cafetière en route. Elle lui trouvait un air fatigué et lui demanda s'il ne lui restait pas quelques jours de congé à prendre. Il répondit qu'il en avait accumulé une kyrielle, mais que, jusqu'à présent, il n'avait pas trouvé à quoi les consacrer.

– Comment s'est passé ton rendez-vous de l'autre jour ? Ton entrevue avec Halldora.

– Plutôt mal, répondit Erlendur. Je ne suis pas sûr que cette rencontre ait été une bonne idée. Il y a tant de choses sur lesquelles nous ne serons jamais d'accord.

– Comme, par exemple ? interrogea-t-elle précautionneusement.

– Ah, je ne sais pas, plein de choses.

– Et tu ne veux pas en parler ?

– Je crains que ça ne serve à rien. Elle a l'impression que je n'ai pas été honnête avec elle.

– Et c'est vrai ?

Erlendur se crispa. Il se tenait debout à côté de la cafetière et Valgerdur se tourna vers lui.

– Ça dépend peut-être de la manière dont on envisage les choses.

– Ah bon ?

Erlendur poussa un profond soupir.

– Elle était vraiment impliquée dans notre relation. Ce n'était pas mon cas. C'est ça, ma grande trahison : mon absence d'implication.

– Erlendur, je crois que je n'ai pas envie d'en entendre plus. Cette histoire ne me regarde pas, elle est terminée depuis longtemps et n'a rien à voir avec nous, ni avec notre histoire.

– Oui, je sais, mais… je la comprends peut-être mieux. Elle a passé tout ce temps, toutes ces années, à réfléchir à ça. Je crois que c'est de cela qu'est née toute sa colère.

– De cet amour non réciproque ?

– Ce qu'elle dit est vrai. Halldora était honnête dans ses actes. Je ne l'étais pas.

Erlendur versa du café dans deux tasses et s'assit à la table de la cuisine.

– Il est mauvais de se lier d'amour à celui qui n'en éprouve pas en retour, observa Valgerdur.

Il lui lança un regard.

– Oui, je suppose, convint-il avant de changer de sujet. J'enquête sur une autre relation et je ne sais pas trop ce que je dois en faire. Il s'agit d'événements qui remontent à des dizaines d'années. Une femme du nom de Solveig a eu une liaison avec le mari de sa meilleure amie. Et cette histoire s'est achevée d'une manière affreuse.

– Je peux te demander ce qui s'est passé ?

– Je ne suis pas sûr qu'on parvienne à le découvrir vraiment, répondit Erlendur.

– Excuse-moi, je suppose que tu ne peux pas parler de ça au premier venu.

– Non, ça ne pose pas de problème. Cet homme est mort, il s'est noyé dans le lac de Thingvellir. La question porte sur la part de responsabilité de sa femme dans l'accident et sur celle que la fillette a endossée.

– Ah bon ?

– Il est possible qu'elle soit considérable, précisa Erlendur. La petite s'est vue mêlée à la dispute de ses parents.

– Tu vas devoir faire quelque chose ?

– Je crois que cela n'apporterait rien.

Erlendur se tut.

– Et tous ces jours de congé, tu ne veux pas les prendre ? demanda Valgerdur.

– Je devrais en utiliser quelques-uns.

– Et tu penses en faire quoi ?

– Je pourrais essayer de me perdre le temps de quelques jours.

– De te perdre ? s'étonna Valgerdur. Je pensais plutôt aux îles Canaries ou à ce genre de chose.

– Oui, je ne connais pas tout ça.

– Dis-moi, tu n'as jamais quitté l'Islande ? Tu n'es jamais parti en voyage à l'étranger ?

– Non.

– Mais tu en as envie ?

– Pas spécialement.

– La tour Eiffel, Big Ben, le State Building, le Vatican, les pyramides… ?

– J'ai parfois eu envie de voir la cathédrale de Cologne.

– Dans ce cas, pourquoi tu n'y vas pas ?

– Ça ne m'intéresse pas plus que ça.

– Que veux-tu dire quand tu parles de te perdre ?

– J'ai envie d'aller dans l'Est, répondit Erlendur. De disparaître quelques jours. Ça m'est déjà arrivé de le faire. Hardskafi…

– Oui ?

– Hardskafi, c'est ma tour Eiffel.

Karolina ne sembla pas surprise de revoir Erlendur sur le pas de sa porte à Kopavogur et elle l'invita immédiatement à entrer. Il l'avait surveillée de loin les jours précédents et s'était rendu compte qu'elle menait une vie plutôt régulière : elle allait à son travail à neuf heures et rentrait chez elle vers six heures du soir. Elle s'arrêtait dans le petit magasin du quartier pour faire quelques courses. Elle passait ses soirées chez elle, à regarder la télévision ou à lire. Un soir, elle avait reçu la visite d'une amie et avait tiré les rideaux. Erlendur avait vu cette amie repartir peu après minuit. Elle avait remonté la rue avant de disparaître au coin.

– Vous revenez pour cette histoire avec la femme de Baldvin ? interrogea d'emblée Karolina alors qu'elle l'accompagnait au salon. Elle avait posé cette question comme si la réponse ne lui importait guère. Elle semblait vouloir à tout prix montrer que ces deux visites rapprochées du policier ne l'atteignaient pas. Erlendur se demandait si elle jouait un rôle.

– Vous avez discuté avec Baldvin, n'est-ce pas ? s'enquit-il.

– Bien sûr que oui. On trouve ça plutôt cocasse. Vous n'avez tout de même pas l'intention de soutenir que Baldvin et moi nous aurions fait du mal à Maria ?

Elle avait à nouveau posé cette question comme si la réponse n'avait aucune importance car, si c'était la théorie d'Erlendur, elle était trop ridicule pour être prise au sérieux.

– Cette hypothèse est tout à fait exclue ?

– Parfaitement, répondit Karolina.

– Il y a, par exemple, beaucoup d'argent en jeu, reprit-il en balayant le salon du regard.

– Vous êtes réellement en train de mener une enquête pour meurtre ?

– Avez-vous déjà réfléchi à la question de la vie après la mort ? interrogea Erlendur alors qu'il s'installait dans un fauteuil.

– Non, pourquoi ?

– Maria y pensait, répondit-il. Énormément. On peut dire qu'elle n'avait pratiquement rien d'autre en tête au cours des semaines qui ont précédé son décès. Elle a essayé d'obtenir des réponses en se rendant chez des médiums. Ça vous dit quelque chose ?

– Je sais ce qu'est un médium, rétorqua Karolina.

– On connaît l'identité de l'un de ceux qu'elle est allée consulter. Il s'agit d'un certain Andersen. Cet homme lui a remis des enregistrements qu'elle a emmenés chez elle après la séance. On sait également qu'elle est allée voir une femme que je ne suis pas encore parvenu à retrouver. Elle s'appelle ou se fait appeler Magdalena. Vous la connaissez ?

– Non.

– J'aimerais beaucoup la rencontrer, précisa Erlendur.

– Je ne suis jamais allée consulter aucun médium, observa Karolina.

Erlendur la regarda avec insistance en se demandant s'il devait lui révéler sa théorie sur l'enchaînement des événements au lieu de tourner ainsi autour du pot. La théorie qu'il avait échafaudée était plutôt difficile à prouver. Il avait retourné les possibilités dans tous les sens et n'était parvenu à aucune conclusion véritable. Il savait que le moment était venu d'agir, de mettre les choses en branle dans l'enquête. Il avait hésité à cause du peu d'éléments dont il disposait. C'était principalement des soupçons reposant sur de fragiles fondations qui risquaient d'être balayés d'un revers de main. Probablement parviendrait-il à trouver quelques preuves avec le temps, mais il était fatigué de cette enquête et voulait la clore afin de pouvoir se consacrer à autre chose.

– Il vous est déjà arrivé de jouer le rôle d'un médium ? interrogea-t-il.

– Vous voulez dire sur scène ? Non, je n'ai jamais fait ça, répondit Karolina.

– Et vous ne connaissez aucune voyante qui s'appellerait Magdalena ?

– Non.

– Elle porte le nom du personnage que vous avez interprété autrefois.

– Non, je ne connais aucune Magdalena.

– J'ai fait quelques vérifications : il n'y a aucun médium du nom de Magdalena dans toute la région de Reykjavik.

– Allez-vous vous décider à en venir au fait ?

Erlendur sourit.

– Oui, je devrais peut-être, répondit-il.

– Absolument.

– Je vais vous dire ma version des faits. Je crois que vous et Baldvin avez poussé Maria au suicide.

– Vraiment ?

– Elle était bouleversée après la mort de sa mère. Elle l'a accompagnée dans son agonie pendant deux ans pour finalement lui dire adieu au terme d'un long calvaire. Elle s'est mise à s'imaginer toutes sortes de choses et s'est lancée à la recherche de signes que sa mère avait promis de lui envoyer pour lui dire qu'elle était en sécurité ou bien qu'il existait une forme de vie après la mort, une vie qui serait meilleure que cette vallée de larmes où nous sommes. Et il n'a pas fallu grand-chose pour pousser Maria. Elle avait affreusement peur du noir. En réalité, après le décès elle

305

n'était plus qu'une boule de nerfs et elle désirait ardemment savoir sa mère en un monde où elle ne souffrait plus. Elle était historienne de formation pourtant, ça n'avait rien à voir avec une question de logique mais avec une foi profonde, un grand espoir et beaucoup d'amour. Elle s'est mise à imaginer toutes sortes de choses. Leonora lui apparaissait dans leur maison de Grafarvogur. Elle est allée voir des médiums. Se pourrait-il que vous ayez joué un rôle pour la pousser à bout ?

– Que voulez-vous dire ? Vous avez des preuves ?

– Pas la moindre, répondit Erlendur. Vous avez très bien préparé votre plan.

– Pourquoi diable aurions-nous fait une chose pareille ?

– Il y a beaucoup d'argent en jeu. Baldvin est très endetté et il n'a pas franchement les moyens de payer malgré son salaire assez confortable de médecin. Vous vous débarrassez de Maria et vivez dans l'opulence pour le restant de vos jours. J'ai déjà vu des meurtres commis pour moins que ça.

– Parce que vous appelez ça un meurtre ?

– En y réfléchissant, je ne vois pas comment appeler ça autrement. Êtes-vous Magdalena ?

Karolina regarda longuement Erlendur, d'un air grave.

– Je crois que vous feriez mieux de partir, déclarat-elle.

– Lui avez-vous dit quelque chose qui aurait pu provoquer la série d'événements qui ont conduit à son suicide ?

– Je n'ai plus rien à vous dire.

– Avez-vous joué un rôle dans le décès de Maria ?

Karolina se leva, s'avança vers l'entrée et lui ouvrit la porte.

– Allez-vous-en, répéta-t-elle.

Erlendur s'était également levé et l'avait suivie.

– Pensez-vous avoir joué le moindre rôle dans ce qui est arrivé à Maria ? s'entêta-t-il.

– Non, répondit Karolina. Elle allait mal. Elle s'est suicidée. Vous voulez bien partir ?

– Baldvin vous a-t-il parlé de l'expérience qu'il a faite alors qu'il étudiait la médecine à l'université ? Il a participé à plonger en état de mort temporaire un jeune homme qu'il a ensuite ramené à la vie. Le saviez-vous ?

– De quoi est-ce que vous parlez ?

– Je crois que ç'a été le coup de grâce, observa Erlendur.

– Comment ça ?

– Posez la question à Baldvin. Demandez-lui s'il connaît quelqu'un du nom de Tryggvi. S'il a gardé contact avec lui. Demandez-lui tout ça.

– Allez-vous enfin vous décider à partir ? s'irrita Karolina.

Debout dans l'embrasure de la porte, Erlendur se refusait à jeter l'éponge. Le visage de Karolina était rouge de colère.

– Je crois savoir ce qui est arrivé au chalet, continua-t-il. Et cette histoire n'est pas des plus jolies.

– Je ne comprends pas de quoi vous parlez.

Karolina le poussa vers l'extérieur, mais il ne désarmait pas.

– Dites à Baldvin que je suis au courant pour le défibrillateur, conclut-il lorsque la porte lui claqua au nez.

32

Assis dans l'ombre, Erlendur attendait, plein de doutes.

Il s'était réveillé tôt le matin. Eva Lind lui avait rendu visite la veille au soir. Ils avaient discuté de Valgerdur. Il savait qu'Eva ne l'appréciait pas beaucoup et que, lorsqu'elle voyait sa voiture sur le parking de l'immeuble, elle attendait parfois qu'elle soit partie pour venir frapper à sa porte.

– Tu ne peux pas être un peu plus sympa avec elle ? lui avait-il demandé. Elle passe son temps à prendre ta défense à chaque fois que nous parlons de toi. Vous pourriez devenir de bonnes amies si tu t'autorisais à faire sa connaissance.

– Ça ne m'intéresse pas du tout, avait répondu Eva Lind. Je ne m'intéresse pas le moins du monde aux femmes de ta vie.

– Aux femmes de ma vie ? Il n'y aucune autre femme. Il y a Valgerdur et ça s'arrête là. Jamais il n'y a eu de femmes de ma vie, comme tu dis.

– Pas la peine de t'énerver, avait-elle rétorqué. Tu as du café ?

– Tu viens pour quoi ?

– Ben, je m'ennuyais.

Erlendur s'était assis dans son fauteuil et elle s'était allongée sur le canapé, en face de lui.

– Tu prévois de dormir ici ? avait-il demandé en regardant la pendule qui indiquait minuit passé.

– Je n'en sais rien, avait-elle répondu. Tu ne voudrais pas me relire ce chapitre sur ton frère ?

Erlendur avait longuement dévisagé sa fille avant de se lever pour aller jusqu'à la bibliothèque. Il avait pris le livre sur l'étagère et s'était mis à lire ce texte qui retraçait l'événement, mentionnait la passivité de son père, le décrivait lui-même comme solitaire et apathique, et affirmait qu'il avait passé son temps à rechercher son frère. Une fois sa lecture achevée, il avait jeté un regard à sa fille. Elle semblait s'être assoupie. Il avait reposé le livre sur la petite table à côté de son fauteuil et était resté assis, les bras croisés, à méditer sur la colère de sa mère contre l'auteur de ces mots. Un long moment s'était ainsi écoulé jusqu'à ce qu'Eva Lind pousse un soupir.

– Tu essaies de le maintenir en vie depuis tout ce temps, avait-elle observé.

– Je ne suis pas certain que…

– Il ne serait pas temps pour toi de le laisser mourir ? Elle avait ouvert les yeux, tourné la tête et fixé son père. Il ne serait pas temps que tu lui permettes enfin de mourir ?

Erlendur n'avait pas répondu.

– Pourquoi tu te mêles de ça ? lui avait-il enfin demandé.

– Parce que tu souffres et, parfois, certainement encore plus que moi.

– Je ne crois pas que ça te concerne en quoi que ce soit. Ce sont mes affaires et je fais ce que je dois faire.

– Tu n'as qu'à aller dans l'Est, là où vous êtes nés. Vas-y et fais ce que tu dois faire. Débarrasse-toi de lui et libère-toi. Tu le mérites bien, après toutes ces années. Lui aussi, d'ailleurs. Laisse-le mourir. Tu le mérites autant que lui. Il faut que tu te débarrasses de lui, que tu te libères de ce fantôme.

– Pourquoi tu mets ton nez là-dedans ?

– Ça te va bien de dire ça, toi qui es incapable de laisser les gens en paix.

Ils s'étaient tus un long moment et Eva Lind avait fini par lui demander si elle pouvait dormir sur le canapé, n'ayant pas le courage de rentrer chez elle.

– Évidemment, avait répondu Erlendur.

Il s'était levé pour aller se coucher.

– Si j'en avais eu besoin à un moment ou à un autre, il y a longtemps que je l'aurais fait, déclara Eva Lind en se tournant sur le côté.

– Besoin de quoi ?

– De te pardonner, avait-elle répondu.

Erlendur fut arraché à ses pensées par le bruit d'un véhicule dans l'allée. Il entendit la portière s'ouvrir et quelqu'un marcher sur le sentier de graviers qui menait au hangar à bateau. La lumière du jour s'infiltrait par deux petites fenêtres, disposées de chaque côté, et éclairait la poussière qui planait dans l'air. Au-dehors, il apercevait le soleil qui scintillait à la surface du lac de Thingvellir, aussi lisse qu'un miroir dans la quiétude de l'automne. La porte de l'abri s'ouvrit, Baldvin entra et la referma derrière lui. Au bout de quelques instants, l'ampoule au plafond s'alluma. Baldvin ne remarqua pas immédiatement la présence d'Erlendur qui le vit chercher quelque chose, se baisser puis se relever en tenant le défibrillateur dans ses bras.

– Je commençais à croire que vous ne viendriez pas, déclara Erlendur tout en sortant du recoin où il s'était assis pour s'avancer dans la lumière.

Baldvin sursauta et l'appareil faillit lui échapper des mains.

– Nom de Dieu, vous m'avez fait une de ces peurs, soupira-t-il. Puis, reprenant ses esprits, il tenta d'afficher de la colère teintée de consternation. Qu'est-ce que… ? Enfin, qu'est-ce que ça veut dire ? Que faites-vous ici ?

– La question ne serait-elle pas plutôt ce que vous êtes venu faire ici ? rétorqua Erlendur, imperturbable.

– Je… Cet endroit est mon chalet. Comment ça, qu'est-ce que je viens faire ici ? Cela ne vous regarde pas. Voudriez-vous bien… Pourquoi vous me poursuivez comme ça ?

– Je commençais à croire que vous ne viendriez pas, mais vous n'y teniez plus et vous avez voulu mettre cet appareil en lieu sûr. Votre conscience s'est mise à vous ronger. Peut-être n'êtes-vous plus aussi sûr de vous en tirer à bon compte.

– Je ne comprends pas de quoi vous parlez. Pourquoi vous ne me fichez pas la paix ?

– C'est Maria, elle m'obsède autant qu'une vieille histoire de fantômes. Il y a plusieurs choses dont je ressens le besoin de vous parler à son sujet, diverses questions que je sais qu'elle aurait souhaité vous poser.

– Qu'est-ce que vous racontez ? C'est vous qui avez cassé le cadenas de la porte ?

– En effet, l'autre jour, reconnut Erlendur. J'essayais de remplir les blancs.

– C'est quoi, ces conneries ? rétorqua Baldvin.

– J'espérais que vous alliez me le dire.

– Je suis simplement venu mettre un peu d'ordre dans le hangar à bateau, éluda Baldvin.

– Oui, évidemment. Il y a autre chose. Pourquoi avez-vous rempli votre jacuzzi avec l'eau du lac ?

– Hein ?

– J'ai prélevé des échantillons dans le jacuzzi, dans le tuyau d'évacuation. L'eau du chalet et du jacuzzi provient des puits un peu plus haut. Elle est chauffée à l'électricité puis injectée dans le système. Comment se fait-il qu'il y ait un dépôt provenant du lac dans l'écoulement du jacuzzi ?

– Je ne vois pas de quoi vous parlez, répondit Baldvin. Nous allons… ou plutôt, nous allions parfois nous baigner dans le lac pendant l'été et ensuite nous retournions au jacuzzi.

– Certes, mais la quantité d'eau dont je parle est nettement plus importante. Je crois bien que le bassin a été entièrement rempli avec, précisa Erlendur.

Baldvin tenait encore le défibrillateur à la main. Il recula vers la porte dans l'intention de mettre l'objet dans le coffre de sa voiture. Erlendur le suivit et le lui prit sans qu'il oppose aucune résistance.

– J'ai interrogé un médecin, reprit-il. Je lui ai demandé comment on s'y prenait pour provoquer un arrêt cardiaque sans que personne ne le remarque. Il m'a dit qu'il fallait une grande détermination et beaucoup d'eau froide. Vous êtes médecin, non ?

Debout à côté de sa voiture, Baldvin ne lui répondait rien.

– N'est-ce pas la méthode à laquelle vous avez recouru autrefois pour pratiquer l'expérience sur Tryggvi ? continua Erlendur. Vous ne pouviez utiliser aucun médicament avec Maria. Il ne fallait pas que, en cas d'autopsie, on trouve quoi que ce soit, n'est-ce pas ? Une toute petite dose de somnifères pour atténuer la sensation de froid, voilà tout ce que vous pouviez vous permettre.

Baldvin claqua le coffre de sa voiture.

– J'ignore totalement de quoi vous parlez, répétat-il, furieux. Et je crois que vous ne le savez pas non plus. Maria s'est pendue. Elle ne s'est pas endormie dans le jacuzzi. Vous devriez avoir honte !

– Je sais qu'elle s'est pendue, observa Erlendur. J'ai envie de découvrir exactement pourquoi et de comprendre la manière dont vous et Karolina vous y êtes pris pour l'y pousser.

Baldvin semblait s'apprêter à partir au volant de sa voiture pour ne pas avoir à en entendre plus. Il s'approcha de la portière du conducteur et l'ouvrit, mais, pris d'une hésitation, il se retourna vers Erlendur.

– Vous commencez franchement à me fatiguer, grommela-t-il en fermant vigoureusement la portière. Je suis fatigué de votre putain de harcèlement. Qu'est-ce que vous me voulez ?

Il s'approcha d'un pas décidé vers le policier.

– C'est en repensant à Tryggvi que cette idée a germé, n'est-ce pas ? poursuivit Erlendur, imperturbable. Ce que j'aimerais savoir, c'est comment vous avez procédé pour l'enfoncer dans la tête de Maria.

Baldvin lança un regard assassin à Erlendur qui ne baissa pas les yeux.

– Nous ? Comment ça, nous ?

– Vous et Karolina.

– Vous êtes complètement cinglé ou quoi ?

– Pourquoi ce défibrillateur est-il brusquement pour vous source d'inquiétude ? Il n'a pas bougé d'ici depuis le décès de Maria. Pourquoi est-il si important de le faire disparaître précisément maintenant ?

Baldvin ne lui répondit pas.

– C'est parce que j'en ai parlé à Karolina ? Peut-être que vous avez pris peur ? Peut-être que vous vous êtes dit qu'il fallait vous en débarrasser ?

Baldvin continuait de le fixer sans dire un mot.

– On devrait peut-être aller s'asseoir un moment dans le chalet ? proposa Erlendur. Avant que je n'appelle mes hommes ?

– Quelles preuves avez-vous ? lança Baldvin.

– Tout ce que j'ai se résume à de sérieux soupçons auxquels je meurs d'envie d'apporter confirmation.

– Et ensuite ?

– Ensuite ? Je ne sais pas. Et vous ?

Baldvin garda le silence.

– J'ignore s'il est possible de traduire quelqu'un en justice pour avoir conduit une personne au suicide ou pour l'avoir sciemment poussée à mettre fin à ses jours, reprit Erlendur. En tout cas, c'est ce à quoi vous et Karolina vous êtes livrés. De manière organisée et sans l'ombre d'une hésitation. Probablement l'argent a-t-il joué un grand rôle : il y en a beaucoup et, financièrement, vous êtes acculé. En outre, il y a évidemment Karolina. Il suffisait que Maria meure et vous obteniez tout ce que vous vouliez.

– C'est quoi, ce discours ?

– Ce monde est bien cruel.

– Vous êtes incapable de prouver quoi que ce soit, s'emporta Baldvin. C'est qu'un tas de conneries !

– Racontez-moi ce qui est arrivé. À quel moment ça a commencé ?

Baldvin hésitait encore.

– En fait, il me semble plus ou moins savoir ce qui s'est passé. Si je me trompe, nous pouvons en parler, mais vous devez le faire. Vous n'y couperez pas, malheureusement.

Baldvin se tenait immobile, silencieux.

– À quel moment cela a-t-il commencé ? répéta Erlendur en sortant son portable. Soit vous me le racontez maintenant, soit, d'ici quelques heures, cet endroit grouillera de flics.

– Maria m'a dit qu'elle voulait aller de l'autre côté, déclara Baldvin à voix basse.

– De l'autre côté ?

– Après le décès de Leonora, elle a voulu traverser

314

le grand brouillard, où elle pensait pouvoir retrouver sa mère. Elle m'a demandé de l'aider. C'est tout.

– Le grand brouillard ?

– Il faut peut-être que je vous fasse un dessin ?

– Et ensuite ?

– Entrez, je vais vous parler de Maria si, après ça, vous nous laissez enfin tranquilles, répondit Baldvin.

– Vous étiez au chalet au moment de son décès ?

– Doucement, répondit Baldvin. Je vais tout vous raconter. Il est temps que vous entendiez cette histoire. Je ne veux pas nier ma part de responsabilité, mais je ne l'ai pas assassinée. Je n'aurais jamais pu faire une telle chose. Vous devez me croire.

33

Ils entrèrent dans le chalet et allèrent s'asseoir à la cuisine. Il faisait froid, mais Baldvin ne prit pas la peine d'allumer les radiateurs, il ne prévoyait pas de s'attarder. Il commença son exposé point par point et se montra organisé et clair dans la description qu'il donna de sa rencontre avec Maria à l'université, de la vie commune avec Leonora à Grafarvogur et des deux dernières années de Maria après la mort de sa mère. Erlendur eut parfois l'impression qu'il avait plus ou moins répété son récit, qui lui semblait toutefois convaincant et conforme à sa personnalité.

Baldvin avait une relation amoureuse avec Karolina depuis plusieurs années. Ils avaient eu une brève histoire à l'époque où ils fréquentaient l'École d'art dramatique, mais elle avait tourné court. Baldvin avait épousé Maria. Karolina, quant à elle, avait vécu seule ou en concubinage. Sa plus longue relation avec un homme avait duré quatre ans. Elle et Baldvin s'étaient à nouveau rencontrés et avaient repris leur ancienne histoire dont Maria ignorait jusqu'à l'existence. Ils se voyaient en secret, de manière plutôt irrégulière, mais jamais moins d'une fois par mois. Aucun d'eux ne voulait que leur relation aille plus loin, mais, peu avant que Leonora ne tombe malade, Karolina avait suggéré à Baldvin de quitter Maria pour s'installer avec elle. Il ne s'était pas montré opposé à l'idée. La cohabitation avec la mère et la fille avait sapé les fondations du couple. Il disait de plus en plus souvent à Maria qu'il n'avait pas épousé sa mère et que cela n'avait jamais été dans ses intentions.

Lorsque Leonora était tombée malade, on aurait dit que la terre s'était dérobée sous les pieds de Maria. Sa vie avait changé, tout autant que celle de sa mère. Elle ne quittait pas la malade. Baldvin s'était installé dans la chambre d'amis tandis que Maria dormait aux côtés de sa mère mourante. Elle mit un terme à tous les travaux qu'elle avait en cours, coupa pratiquement les ponts avec ses amis et s'isola à son domicile. Un jour, un entrepreneur de travaux publics les avait contactés. Il avait découvert que Maria et Leonora étaient propriétaires d'un petit bout de terrain à Kopavogur et désirait le leur acheter. Le quartier se développait rapidement et les prix atteignaient des sommets vertigineux. Elles savaient qu'elles possédaient ce bien, mais ne s'étaient jamais imaginé qu'il leur apporterait autant, elles avaient pratiquement oublié son existence lorsque l'entrepreneur était venu leur faire son offre. Le montant qu'il offrait pour le terrain était colossal. Baldvin n'avait jamais vu autant de zéros alignés sur une feuille. Maria n'avait même pas sursauté. Elle ne s'était jamais passionnée pour les biens matériels et il n'y avait désormais plus que Leonora qui l'intéressait. Elle avait chargé Baldvin de la transaction. Il avait contacté un avocat qui les avait aidés à s'entendre sur un prix et sur le mode de paiement, à tamponner quelques documents et à conclure la vente. Tout à coup, ils étaient devenus plus riches que Baldvin n'aurait jamais pu se l'imaginer.

Maria s'était de plus en plus isolée au fur et à mesure que la santé de sa mère se dégradait et, les derniers jours, elle ne quittait même plus son chevet. Leonora voulait mourir chez elle. Son médecin venait régulièrement vérifier la pompe à morphine. Personne d'autre ne pouvait entrer dans sa chambre. Baldvin était assis, seul, dans la cuisine lorsque Leonora avant rendu son dernier soupir. Il avait entendu la longue plainte de Maria et c'est ainsi qu'il avait compris que c'était terminé.

Maria avait fui toute compagnie des semaines durant. Elle avait parlé à Baldvin de l'accord qu'elle avait passé avec sa mère juste avant son décès : Leonora lui enverrait un signe s'il existait ce qu'elles appelaient une vie après la mort.

— Elle vous a donc parlé de Proust ? coupa Erlendur, interrompant le récit de Baldvin qui prit une profonde inspiration.

— Elle était complètement retournée, assommée par les calmants et les psychotropes, et elle a aussitôt oublié qu'elle m'avait avoué cela, précisa-t-il. Je ne suis pas fier de mes actes, certains sont franchement détestables, je le sais, mais c'est trop tard et personne ne peut plus rien y changer.

— C'est-à-dire que tout a commencé avec le livre de Proust ?

— *À la recherche du temps perdu*, répondit Baldvin. Le titre était des plus appropriés. C'était à croire qu'elles passaient tout leur temps à la recherche de ce temps révolu. Ça m'a toujours dépassé.

— Ensuite, qu'avez-vous fait ?

— Une nuit, l'été dernier, j'ai pris le premier volume sur l'étagère et je l'ai posé, grand ouvert sur le sol.

— C'est à ce moment-là que vous et Karolina avez commencé à poser vos filets ?

— Oui, répondit Baldvin à voix basse. C'est là que les choses ont débuté.

Il n'avait pas ouvert les rideaux du chalet où il faisait froid et sombre. Erlendur plongea son regard dans la pénombre de la salle à manger où s'était achevée la vie de Maria.

– C'est Karolina qui a eu l'idée ? demanda-t-il.

– Elle s'est mise à envisager ce genre de chose, à entrevoir cette possibilité. Elle était prête à aller beaucoup plus loin que moi. Je trouvais que… Enfin, j'étais prêt à aider Maria si elle voulait explorer ces territoires, cette vie après la mort, si elle voulait savoir ce qui nous attend dans l'au-delà. Elle en avait assez parlé, que ce soit avec moi ou avec Leonora. Cette idée de vie éternelle lui procurait un grand réconfort. C'était pour elle une consolation de se dire que cette vie terrestre n'était pas la fin de toute chose. Elle préférait s'imaginer que c'était le début d'une autre. Elle lisait des livres, passait des heures sur Internet. Elle s'était beaucoup documentée.

– Mais vous n'avez pas voulu aller jusqu'au bout ?

– Non, pas du tout. Et je ne l'ai pas fait.

– Mais vous avez exploité la faiblesse de Maria ?

– C'était un jeu cruel, j'en ai conscience, répondit Baldvin. Ça m'a toujours mis mal à l'aise.

– Mais pas assez pour vous arrêter ?

– Je ne sais pas ce que j'avais en tête. Karolina se montrait extrêmement pressante. Elle me menaçait de tous les maux. Finalement, j'ai accepté de tenter l'expérience. D'ailleurs, j'étais aussi curieux. Et si jamais Maria se réveillait la tête pleine d'images de l'au-delà ? Et si toutes ces histoires de vie éternelle étaient vraies ?

– Et si, par exemple, vous ne l'aviez pas ranimée ? coupa Erlendur. L'argent n'était-il pas le moteur de tout cela ?

– Oui, il y avait ça aussi, convint Baldvin. Mais avoir entre ses mains la vie d'une personne est une sensation troublante. Vous le sauriez si vous étiez médecin. Ça vous procure un immense sentiment de puissance.

Une nuit, il s'était faufilé au salon jusqu'à la bibliothèque d'où il avait sorti *Du côté de chez Swann* pour le poser doucement sur le sol. Maria dormait dans leur lit. Il lui avait administré une dose de somnifère un peu plus forte que d'habitude. Il lui avait également donné un autre médicament à son insu, un produit qui aiguisait les perceptions et pouvait les dérégler. Maria s'en remettait à lui pour ses traitements. C'était son mari, il était médecin.

Il s'était recouché à côté d'elle. Karolina lui avait proposé de jouer le rôle de la voyante dans leur complot. Baldvin devait encourager Maria à aller consulter un médium dont il était censé avoir entendu beaucoup de bien et qui portait le nom de Magdalena. Ils savaient que Maria n'irait jamais se renseigner. Elle ne pouvait se douter de quoi que ce soit. Elle avait une confiance aveugle en Baldvin.

Elle faisait presque une proie trop facile.

Il avait eu une insomnie cette nuit-là et s'était réveillé avant elle. Il avait quitté le lit où il la regarda dormir. Son sommeil n'avait pas été aussi paisible depuis des semaines. Il savait qu'elle allait avoir un choc lorsqu'elle s'éveillerait et qu'elle irait au salon. Elle avait depuis longtemps renoncé à rester assise à scruter la bibliothèque, mais il avait remarqué qu'elle continuait d'y jeter des coups d'œil réguliers. Elle attendait le signe de Leonora et elle allait le recevoir. Elle serait trop choquée pour soupçonner Baldvin. Il doutait qu'elle se rappelle lui avoir parlé du livre. Elle allait maintenant obtenir la confirmation qu'elle attendait.

Il l'avait réveillée avec tendresse, puis était allé dans la cuisine. Il l'entendit se lever. C'était un samedi. Maria n'avait pas tardé à le rejoindre.

– Viens ! Viens voir ce que j'ai trouvé ! s'était-elle exclamée.

– Quoi donc ? avait-il demandé.

– Elle l'a fait ! avait chuchoté Maria. Elle m'a envoyé le signe. Maman m'a dit qu'elle se servirait de ce livre. Il est posé par terre. Le livre est posé par terre. Elle… elle s'est manifestée.

– Maria…

– Non, réellement.

– Maria… Tu ne devrais pas…

– Quoi ?

– Tu as vraiment trouvé le livre par terre ?

– Oui.

– C'est vrai que c'est franchement…

– Regarde la page, avait-elle demandé.

Elle avait lu les mots à voix haute. Il savait parfaitement que l'endroit où l'ouvrage s'était ouvert relevait du plus pur des hasards.

Les bois sont déjà noirs, le ciel est encore bleu.

– Tu ne trouves pas que ça correspond ? avait demandé Maria. Les bois sont déjà noirs, le ciel est encore bleu. Voilà le message.

– Maria…

– Elle m'a envoyé un signe comme promis. Elle m'a transmis son message.

– C'est évidemment… C'est incroyable, vous aviez parlé de ça et voilà que…

– Exactement comme elle l'avait dit. C'est exactement ce qu'elle avait prévu.

Les yeux de Maria s'étaient remplis de larmes, Baldvin l'avait prise dans ses bras et assise dans un fauteuil. Elle était en proie à une forte émotion, qui oscillait entre la joie et la peine. Les jours suivants, elle avait ressenti un grand apaisement, ce qu'elle attendait depuis si longtemps était enfin arrivé.

Environ une semaine plus tard, Baldvin lui avait déclaré sans ambages :

– Tu ferais peut-être bien d'aller voir un médium.

Peu après, Karolina la recevait dans l'appartement de l'une de ses amies, en voyage aux îles Canaries. Maria ignorait que Baldvin et Karolina avaient étudié le théâtre ensemble et, à plus forte raison, qu'ils avaient eu une relation amoureuse. Elle n'avait jamais rencontré cette femme et connaissait très peu les amis que Baldvin avait conservés de cette époque.

Karolina avait allumé des bâtonnets d'encens et mis de la musique douce. Elle avait couvert ses épaules d'un vieux châle. Ce déguisement lui plaisait, elle s'était amusée à se maquiller avec de l'ombre à paupières, s'était dessiné de larges sourcils, avait souligné les traits de son visage, mis du rouge à lèvres carmin. Elle s'était entraînée avec Baldvin qui lui avait communiqué une foule de renseignements qui lui seraient utiles pour la séance. C'étaient divers détails de l'enfance de Maria, de leur vie commune ; il lui avait parlé du lien exceptionnel qui l'unissait à sa mère et de Marcel Proust.

– Je sens chez vous une grande douleur, lui avait dit Karolina, alors qu'elles s'étaient assises et que la séance allait commencer. Vous avez beaucoup souffert, beaucoup perdu.

– Ma mère est décédée il y a quelque temps, avait répondu Maria. On était très proches.

– Et elle vous manque.

– Énormément.

Karolina s'était préparée de façon professionnelle. À cette occasion, elle était allée consulter un médium

322

pour la première fois. Elle n'avait pas spécialement écouté ce qu'il lui avait dit, mais s'était concentrée sur la manière dont il s'exprimait, les mouvements de ses mains, de sa tête, de ses yeux, et sur sa respiration. Elle s'était demandé si elle allait feindre de tomber en transe quand Maria viendrait la voir ou si elle allait se contenter, comme le médium qu'elle avait consulté, de rester assise, de poser des questions et de lui communiquer ce qu'elle percevait. Elle avait en tête une image précise de Leonora, bien que ne l'ayant jamais rencontrée. Baldvin lui avait prêté une photo qu'elle avait examinée avec soin.

Le moment venu, elle avait décidé de laisser la transe de côté.

– Je ressens une présence intense, avait-elle annoncé.

Alors qu'ils étaient allongés dans leur lit le soir même, Maria avait raconté à Baldvin de façon détaillée la manière dont la séance s'était déroulée. Il était resté longtemps silencieux après qu'elle eut achevé son récit.

– Je t'ai déjà parlé de ce Tryggvi que j'ai connu pendant que je faisais médecine ? avait-il demandé.

34

Baldvin fuyait le regard d'Erlendur qui, assis face à lui, écoutait son récit. Il plongeait ses yeux dans le salon derrière le policier, par-dessus son épaule, ou les baissait, honteux, sur la table, mais évitait soigneusement de croiser ceux d'Erlendur.

– Elle a fini par vous supplier de l'aider à aller de l'autre côté, commenta Erlendur d'un ton méprisant.

– Elle… elle s'est immédiatement enflammée pour l'idée, répondit Baldvin, les yeux baissés.

– Vous pouviez désormais l'assassiner sans éveiller la moindre suspicion.

– C'était notre plan initial, j'en conviens, mais je n'ai pas pu le faire. Je n'ai pas pu m'y résoudre le moment venu. Je n'avais pas cela en moi.

– Pas cela en vous ! s'indigna Erlendur.

– C'est vrai, je ne suis pas arrivé à sauter le pas.

– Que s'est-il passé exactement ?

– Je…

– Comment avez-vous procédé ?

– Elle voulait s'entourer de précautions. Elle avait peur de mourir.

– N'est-ce pas notre cas à tous ?

Allongés dans le lit, ils avaient, jusque tard dans la nuit, discuté de l'éventualité de provoquer chez Maria un état de mort temporaire suffisamment long pour lui permettre d'aller dans l'au-delà et assez court pour qu'elle en revienne indemne. Baldvin lui avait raconté l'expérience que ses camarades de médecine avaient menée avec Tryggvi ; il lui avait parlé de sa mort et de son retour à la vie. Il n'avait rien senti, n'avait conservé aucun souvenir, n'avait vu ni lumière ni qui que ce soit. Baldvin lui avait dit qu'il savait comment provoquer cet état sans prendre trop de risques. Évidemment, l'expérience n'était pas sans danger, Maria devait en avoir conscience, mais elle était en bonne forme physique et n'avait, en soi, rien à craindre.

– Comment tu vas me réveiller ? s'était-elle inquiétée.

– On peut recourir à divers produits et il y a aussi les gestes des premiers secours : le massage cardiaque et le bouche-à-bouche. On peut aussi se servir d'un défibrillateur. Il faudrait que je me procure cet appareil. Si on tente cette expérience, on doit prendre toutes les précautions pour qu'elle passe inaperçue. Ce n'est pas très légal. On pourrait m'interdire d'exercer la médecine.

– Et on la tenterait ici ?

– Je me dis que ce serait peut-être mieux au chalet d'été, avait répondu Baldvin. Mais bon, pour l'instant, c'est juste une idée. On ne va quand même pas faire ça.

Maria se taisait. Il écoutait sa respiration. Allongés dans la nuit, les paroles qu'ils échangeaient n'étaient que murmures.

– Je voudrais bien essayer, avait déclaré Maria.

– Non, c'est trop dangereux.

– Mais tu viens de dire que ça ne posait aucun problème.

– Oui, en théorie, mais la mise en application c'est une tout autre affaire, avait-il expliqué en essayant toutefois de ne pas se montrer trop négatif.

– Je veux qu'on essaie, avait déclaré Maria d'un ton plus ferme. Pourquoi au chalet ?

– Non, Maria, arrête de penser à ça. Je… C'est vraiment à côté de la plaque. Je ne m'en sens pas capable.

– Évidemment, je pourrais réellement mourir et tu te retrouverais dans la panade.

– Il y a un danger véritable, avait répété Baldvin. C'est inutile de tenter le diable.

– Tu ne pourrais quand même pas faire ça pour moi ?

– Je… je ne sais pas, je… Mieux vaut arrêter de parler de ça.

– J'ai envie d'essayer. Je veux que tu tentes cette expérience pour moi. Je sais que tu en es capable. J'ai confiance en toi, Baldvin. Tu es celui en qui j'ai le plus confiance. Tu veux bien faire ça pour moi ?

– Maria…

– On peut le faire. Ça se passera bien. Tu as toute ma confiance, Baldvin. Essayons.

– Et si ça déraillait ?

– Je suis prête à courir le risque.

Quatre semaines plus tard, ils étaient partis pour le chalet de Thingvellir. Baldvin voulait être sûr qu'ils ne seraient pas dérangés et s'était dit que le jacuzzi de la terrasse pourrait leur être utile. Il leur fallait une grande quantité d'eau froide s'ils voulaient plonger le corps en hypothermie pour provoquer un arrêt cardiaque. Baldvin avait mentionné plusieurs méthodes et il considérait que c'était la moins risquée. Il lui avait affirmé que les sauveteurs en mer et en montagne y recouraient à des fins de réanimation dans des conditions semblables. Il leur arrivait parfois de retrouver des gens qui avaient longuement séjourné dans l'eau glacée ou dans la neige, et il fallait agir vite s'il n'était pas déjà trop tard. Il fallait réchauffer le corps avec d'épaisses couvertures et, si le cœur s'était arrêté de battre, le remettre en route par tous les moyens.

Ils avaient commencé par remplir le jacuzzi avec de l'eau froide et des morceaux de glace pris à la surface du lac. Ils s'étaient servis de seaux pour aller la chercher. Il ne leur avait pas fallu bien longtemps, ils n'étaient pas loin de la rive. Il faisait froid et Baldvin avait conseillé à Maria de porter une tenue légère afin de s'habituer à la température avant de plonger dans le jacuzzi. Finalement, il avait brisé la glace entre les pierres aux bords du lac et en avait rempli le bassin. Maria avait pris deux légers somnifères dont il lui avait dit qu'ils atténueraient la sensation de froid.

Elle avait récité un psaume de la Passion et une brève prière avant d'entrer lentement dans le jacuzzi. L'eau était glaciale, mais elle tenait le coup. Elle y était entrée, d'abord jusqu'aux genoux, puis aux cuisses, aux hanches et jusqu'au ventre. À ce moment-là, elle s'était assise et l'eau lui était montée jusqu'à la poitrine, recouvrant ses épaules et sa gorge : seule sa tête dépassait de l'eau.

– Ça va ? s'était enquis Baldvin.

– C'est… vraiment… glacial, avait soupiré Maria.

Elle ne parvenait pas à contrôler ses tremblements. Baldvin lui avait dit qu'ils s'estomperaient d'ici quelques minutes et qu'ensuite, elle ne tarderait pas à perdre connaissance. Elle allait s'endormir et ne devait pas lutter.

– Tu ne dois pas lutter contre le sommeil, lui avait-il expliqué avec un sourire, mais bon, dans ton cas, c'est différent, tu désires t'endormir. Laisse-toi simplement aller.

Maria avait essayé de sourire. Le tremblement n'avait, en effet, pas tardé à disparaître. Son corps était bleu de froid.

– Il… il faut que je sache, Baldvin.

– Oui.

– Je te… fais… confiance, avait-elle dit.

Baldvin avait posé le stéthoscope sur son cœur. Les battements s'étaient considérablement ralentis. Elle avait fermé les yeux.

Il écoutait les battements ralentir encore et encore.

Puis, ces derniers s'étaient arrêtés. Le cœur avait cessé de battre.

Baldvin avait regardé sa montre. Les secondes s'égrenaient. Ils avaient parlé d'une minute à une minute trente. Il pensait ainsi ne pas prendre de risque. Il maintenait la tête de Maria hors de l'eau. Les secondes s'écoulaient. Une demi-minute. Quarante-cinq secondes. Chacune lui semblait une éternité. La trotteuse avançait à peine. Il avait subitement été pris d'inquiétude. Une minute. Une minute et quinze secondes.

Il avait attrapé Maria sous les aisselles pour la sortir du jacuzzi d'un coup sec, l'avait enveloppée dans une couverture, portée à l'intérieur du chalet et couchée sur le sol, au pied du plus gros radiateur. Elle ne présentait plus aucun signe de vie. Il avait commencé à lui faire du bouche-à-bouche et un massage cardiaque. Il savait qu'il avait très peu de temps devant lui. Peut-être l'avait-il laissée trop longtemps dans l'eau. Il lui avait gonflé les poumons d'air, avait écouté son cœur et repris le massage.

Il avait posé son oreille contre sa poitrine.

Le cœur s'était remis à battre, faiblement. Il lui avait frotté le corps avec la couverture et l'avait approchée du radiateur.

Les battements s'accéléraient. Sa respiration s'était remise en route. Il était parvenu à la ramener à la vie. Sa peau n'était plus bleue de froid. Elle avait repris une teinte légèrement rosée.

Soulagé, Baldvin s'était assis par terre et l'avait longuement regardée. On aurait dit qu'elle dormait à poings fermés.

Puis, elle avait ouvert les yeux, un peu désorientée. Elle avait tourné la tête vers lui, l'avait longuement dévisagé. Il souriait. Elle s'était mise à trembler vigoureusement.

– C'est… terminé ? avait-elle demandé.

– Oui.

– Je… je l'ai vue. Je l'ai vue… elle venait vers moi…

– Maria…

– Tu n'aurais pas dû me réveiller.

– Ça a duré plus de deux minutes.

– Elle était… tellement belle, avait dit Maria. Mon Dieu, ce qu'elle était belle. Je… j'avais envie de la prendre dans mes bras. Tu n'aurais pas dû… me réveiller. Tu n'aurais pas dû.

– Il le fallait.

– Tu… n'aurais pas dû… me réveiller.

Baldvin adressa à Erlendur un regard grave. Il s'était levé et se tenait à côté du radiateur au pied duquel il disait avoir allongé Maria quand il l'avait ramenée à la vie après son séjour dans le jacuzzi.

– Je n'ai pas pu la laisser mourir, expliqua-t-il. Ça m'aurait été très facile. Rien ne m'obligeait à la ramener à la vie. J'aurais pu la coucher dans la chambre et elle aurait été retrouvée morte le lendemain. Personne n'aurait rien soupçonné. Une simple crise cardiaque. Mais je n'ai pas pu.

– Quelle grandeur d'âme ! lança brutalement Erlendur.

– Elle était persuadée que la vie se poursuivait dans l'au-delà, reprit Baldvin. Elle disait avoir vu Leonora. Elle était faible à son réveil et je l'ai portée dans le lit. Elle s'est rendormie pendant deux heures. Pendant ce temps-là, j'ai vidé le jacuzzi, je l'ai rincé et j'ai tout rangé.

– Elle a donc voulu partir de manière définitive.

– C'était son choix, répondit Baldvin.

– Et ensuite ? Que s'est-il passé à son réveil ?

– Nous avons parlé. Elle se souvenait très bien de ce qui était arrivé quand elle était allée de l'autre côté, comme elle disait. Ça ressemblait à ce que décrivent généralement les gens : un long tunnel, une grande lumière, vos amis et votre famille qui vous attendent. Elle avait l'impression d'avoir enfin trouvé la paix.

– Tryggvi affirme qu'il n'a rien vu de tout ça. Juste une nuit toute noire.

– Je suppose qu'il faut être en phase, je ne sais pas, répondit Baldvin. En tout cas, c'est ce qu'a perçu Maria. Quand je suis reparti en ville, elle allait très bien.

– Vous étiez venus avec deux voitures ?

– Oui, elle voulait rester encore un peu pour se remettre. J'ai passé la nuit ici et je suis rentré le lendemain, vers midi. Elle m'a appelé le soir, comme vous savez. À ce moment-là, elle était complètement remise de l'expérience et m'a semblé très bien au téléphone. Elle avait prévu de rentrer à la maison avant minuit. C'est la dernière fois que j'ai eu de ses nouvelles. Elle n'avait pas du tout l'air de se préparer à faire une bêtise. Je n'ai pas pensé qu'elle allait mettre fin à ses jours. Ça ne m'a pas traversé l'esprit.

– Vous ne croyez pas que votre expérience l'a poussée dans cette direction ?

– Je n'en sais rien. Juste après le décès de Leonora, j'avais l'impression que le risque qu'elle en arrive là était réel.

– Vous n'avez pas l'impression d'être responsable ?

– Évidemment… Évidemment que si. Je me sens responsable, mais je ne l'ai pas assassinée. Je n'aurais jamais pu. Je suis médecin, mon rôle n'est pas de tuer les gens.

– Il n'y a aucun témoin de ce qui s'est passé quand vous étiez ici avec Maria ?

– Non, on était seuls.

– Vous allez perdre votre droit d'exercer la médecine.

– Oui, je suppose.

– Mais ça ne vous gêne pas beaucoup puisque vous héritez de la fortune de Maria.

– Vous pouvez penser de moi ce que vous voulez. Ça m'est complètement égal.

– Et Karolina ?

– Comment ça ?

– Vous lui avez dit que vous aviez changé d'avis ?

– Non, je ne lui en avais pas encore parlé... je ne le lui avais pas encore dit quand j'ai appris le décès de Maria.

Le portable d'Erlendur se mit à sonner. Il le sortit de la poche de son imperméable.

– Oui, ici Thorbergur, déclara une voix.

– Qui ça ?

– Thorbergur, le plongeur. J'ai fait quelques petits tours dans les lacs. C'est là que je me trouve en ce moment.

– Ah oui, bonjour, Thorbergur. Je... Excusez-moi, je n'y étais pas, vous avez des nouvelles ?

– Je crois avoir découvert quelque chose qui vous intéressera. J'ai appelé une petite dépanneuse et la police. Je n'ose pas entreprendre quoi que ce soit sans vous.

– Qu'avez-vous trouvé ?

– Une voiture. Une Austin Mini. Il n'y avait rien dans le lac de Sandkluftavatn et je me suis dit que j'allais explorer ceux des environs. Il gelait beaucoup lorsqu'ils ont disparu ?

– Eh bien, ça ne serait pas étonnant.

– Elle a dû monter sur le lac en voiture. Je vous montrerai ça quand vous serez là. Je suis au lac d'Uxavatn.

– Il y avait quelqu'un dans la voiture ?

– Deux corps. Un homme et une femme, enfin j'ai l'impression. Évidemment, ils sont méconnaissables, mais je pense que ce sont ceux que vous cherchez. Thorbergur marqua une brève pause. Ceux que vous cherchez, Erlendur.

35

Alors qu'il roulait vers le lac d'Uxavatn, Erlendur appela la clinique où le vieil homme attendait la mort. Il ne put lui parler directement. On l'informa qu'il n'en avait plus pour longtemps, il n'était pas sûr qu'il passe la nuit. On le mit en relation avec le médecin de garde qui lui expliqua qu'il ne restait au vieil homme que quelques heures à vivre tout au plus, peut-être même quelques minutes. Il était impossible de se prononcer avec exactitude, mais ça approchait à toute vitesse.

La nuit avait commencé à tomber quand il traversa le plateau d'Urdarflöt au volant de sa Ford. Il dépassa Meyjarsaeti, longea le lac de Sandkluftavatn et prit à gauche, vers la vallée de Lundarreykjadalur. Il aperçut une petite camionnette surmontée d'un treuil qui prenait place sur la pointe nord du lac. La jeep de Thorbergur stationnait à proximité. Erlendur gara sa voiture sur l'accotement et s'avança vers le plongeur qui enfilait ses bouteilles d'oxygène et se préparait à descendre, le crochet du treuil à la main.

– J'ai eu de la chance, expliqua-t-il après qu'ils se furent salués. En fait, mon pied à heurté la voiture.

– Et vous croyez que c'est bien eux ?

– En tout cas, c'est bien le véhicule. Et ils sont deux à l'intérieur. J'ai éclairé avec ma lampe et ce n'est pas beau à voir, comme vous devez vous l'imaginer.

– Non, évidemment. Je vous remercie beaucoup de m'avoir rendu ce service.

Thorbergur prit l'imposant crochet du treuil et entra dans l'eau jusqu'à la taille. Puis, il plongea.

Erlendur et le grutier se tenaient sur la rive en attendant qu'il remonte. Le grutier était un homme grand et sec qui ne savait pas grand-chose de cette affaire, à l'exception du fait qu'une voiture reposait au fond du lac, avec deux cadavres. Il essaya d'en apprendre un peu plus auprès d'Erlendur qui se montrait plutôt avare de paroles.

– C'est une histoire ancienne, répondit-il. Une histoire très ancienne qu'on avait oubliée depuis longtemps.

Puis il était demeuré silencieux à regarder le lac et à attendre que Thorbergur réapparaisse.

Les adieux avec Baldvin avaient été des plus brefs. Erlendur avait envie de lui dire l'horreur et le dégoût que ce que lui et Karolina avaient fait à Maria lui inspirait, mais il s'était fait la réflexion que c'était inutile. Ceux qui se livraient à ce genre de chose se montraient en général hermétiques aux blâmes et aux remontrances. Ils n'étaient menés ni par leur conscience ni par leur sens moral. Baldvin ne lui avait pas demandé les suites qu'il donnerait à l'affaire et Erlendur hésitait. Il ne savait pas trop ce qu'il devait en penser. Baldvin risquait de tout nier en bloc lors d'un procès. Il n'avait raconté ce qui s'était réellement passé qu'à Erlendur et ce dernier serait bien en peine de prouver quoi que ce soit. Il perdrait probablement son droit d'exercer la médecine s'il avouait avoir pratiqué sur Maria cette expérience de mort temporaire avant de la ramener à la vie, mais, étant donné la situation, il s'en fichait éperdument. Il était impossible de savoir s'il serait condamné. La présentation des

334

preuves incombait à l'accusation et l'enquête menée par Erlendur n'en avait en réalité découvert aucune qui soit tangible. Si Baldvin décidait de changer sa version des faits lorsqu'il se retrouverait confronté à la justice, il lui serait aisé de nier avoir encouragé chez Maria le désir de mourir, il nierait l'expérience de mort temporaire et, à plus forte raison, l'avoir assassinée. Erlendur avait rassemblé un faisceau d'indices qui laissaient croire que les événements avaient été organisés pour pousser quelqu'un au suicide, mais il avait très peu de preuves. On ne condamnait pas les gens pour des manigances, aussi peu reluisantes soient-elles.

Il vit la tête de Thorbergur pointer à la surface. Prompt à réagir, le grutier retourna à la camionnette. Thorbergur lui fit signe de hisser le treuil et il se prépara à la manœuvre. Deux voitures de police apparurent à l'horizon, avançant à vive allure, gyrophares allumés. Le treuil se mit en branle. L'épais câble commença à remonter pour s'enrouler autour de son axe, pouce après pouce.

Thorbergur posa le pied sur la rive et se débarrassa de son équipement. Il se dirigea vers la Ford d'Erlendur qui avait ouvert la portière du conducteur pour écouter le bulletin d'informations de la soirée.

– Alors, je suppose que vous êtes content, observa le plongeur.

– Je n'en sais rien.

– C'est vous qui allez apprendre la nouvelle aux familles ?

– Il se pourrait qu'il soit trop tard dans l'un des cas, observa Erlendur. La mère du jeune homme est décédée il y a quelque temps et son père est à l'agonie. La clinique m'a dit qu'il pouvait mourir d'un moment à l'autre.

– Il faut donc faire vite, répondit Thorbergur.

– Elle est jaune ?

– La voiture ? Oui, elle est bien jaune.

Le treuil fit entendre un grand bruit. Les deux véhicules de police s'immobilisèrent. Quatre policiers descendirent pour aller à leur rencontre.

– Vous allez enfin pouvoir vous débarrasser de ce truc-là ? interrogea Thorbergur en désignant le défibrillateur qu'Erlendur avait pris dans l'abri à bateau du chalet de Maria et de Baldvin. Il l'avait posé sur le siège avant, côté passager, après sa discussion avec le médecin.

– Non, répondit Erlendur. Cet appareil fait partie d'une autre enquête.

– Ce ne sont pas les occupations qui manquent, hein ?

– Non, malheureusement.

– Ça fait bien longtemps que je n'avais pas vu une épave pareille. Il y a des gens qui se servent de défibrillateurs hors d'état ?

– Oui, répondit Erlendur, d'un air absent.

Le câble d'acier du treuil rida la surface du lac et, bientôt, la voiture apparut.

– Euh, comment ça ? Hors d'état ? interrogea Erlendur en regardant Thorbergur.

– Hein ?

– Vous venez de me dire qu'il ne fonctionnait pas.

– Vous le voyez bien, non ? Il est complètement foutu. Regardez, ce bouton-là. Et le fil ici, le circuit électrique est hors d'état. Cet appareil est inutilisable.

– Mais…

– Quoi ?

– Vous êtes bien sûr ?

– J'ai passé des années chez les pompiers. Ce truc est une épave.

– Il m'a pourtant dit que…

Erlendur avait les yeux rivés sur Thorbergur.

– Il ne fonctionne pas ? soupira-t-il.

Le treuil fit entendre un long grincement et l'Austin Mini s'éleva lentement au-dessus de l'eau avant de rejoindre la rive. Le grutier arrêta la manœuvre. Les policiers s'approchèrent. La voiture se vida de l'eau, du sable et de la boue qu'elle contenait. Erlendur distingua la silhouette de deux corps sur les sièges avant. Bien que le véhicule soit couvert d'algues et de plantes aquatiques, on apercevait encore dessous la peinture jaune. Les vitres étaient intactes et le coffre, béant.

Erlendur tenta d'ouvrir la portière du passager, mais celle-ci était coincée. Il rejoignit le côté conducteur. La portière était rayée et cabossée. Il jeta un œil à l'intérieur et découvrit deux squelettes. Gudrun, que tout le monde appelait Duna, était assise au volant. Erlendur le comprit en voyant sa chevelure et il supposa que David était à côté d'elle.

– Pourquoi la portière est-elle cabossée ? demanda-t-il à Thorbergur.

– Vous connaissez l'état de la voiture avant l'accident ?

– Pas vraiment bon.

– Ils n'ont pas eu beaucoup de temps. La jeune fille n'est parvenue qu'à entrouvrir la portière qui était bloquée par une pierre. Apparemment le passager n'a pas non plus réussi à ouvrir la sienne. Peut-être qu'elle était endommagée. On dirait bien aussi que les manettes des vitres ne fonctionnaient pas. Sinon, ils auraient sûrement tenté de les abaisser. C'est la première chose à faire dans ces cas-là. Je suppose que cette voiture était un vrai tacot.

– C'est-à-dire qu'ils étaient coincés à l'intérieur ?

– En effet.

– Pendant que la vie les quittait.

– Espérons que leur agonie a été brève.

– Comment sont-ils arrivés aussi loin sur l'eau ? interrogea Erlendur en regardant le lac.

– La seule explication possible est qu'il était gelé, répondit Thorbergur. Elle a dû s'y engager en voiture, peut-être prise d'euphorie, en pensant bien connaître les lieux. Tout à coup, la glace cède, l'eau est tellement froide et la profondeur suffisante.

– Et ils disparaissent, conclut Erlendur.

– Aujourd'hui, il n'y a pas beaucoup de passage aux abords du lac à cette époque de l'année, et encore bien moins il y a vingt ans, reprit Thorbergur. Il n'y a aucun témoin. Ce genre de trou ne tarde pas à se refermer sans que personne ne remarque qu'il s'était ouvert. Mais bon, la route était tout de même praticable puisqu'ils sont arrivés jusqu'ici.

– Qu'est-ce que c'est ? s'enquit Erlendur en pointant son doigt vers un tas informe entre les sièges.

– On peut l'examiner sans risque de gêner le travail de la Scientifique ? s'inquiéta Thorbergur.

Erlendur ne l'écouta même pas, il tendit son bras par-dessus le siège du conducteur pour attraper ce qui avait piqué sa curiosité. Il sortit soigneusement l'objet de la voiture, mais il se disloqua en deux morceaux qu'il montra à Thorbergur.

– Qu'est-ce que c'est que ça ? demanda le plongeur.

– J'ai l'impression que c'est... que c'est un livre, répondit Erlendur en examinant les deux morceaux.

– Un livre ?

– Oui, probablement sur les lacs qui se trouvent dans les parages. Le garçon l'avait acheté pour le lui offrir.

Erlendur le remit entre les mains de Thorbergur.

– Il faut que j'aille voir son père avant qu'il ne soit

338

trop tard, déclara-t-il en regardant sa montre. Je crois bien qu'on les a trouvés, il n'y a aucun doute. Il faut que cet homme sache ce qui est arrivé, qu'il sache que son fils était amoureux, tout simplement. Qu'il n'avait jamais eu l'intention de les abandonner face à toute cette incertitude. Que c'était un accident.

Erlendur rejoignit sa Ford d'un pas pressé. Il fallait qu'il se dépêche car, avant d'aller à la clinique, il devait s'acquitter d'une autre visite pour découvrir l'entière vérité.

Fillette, elle écoutait le clapotis de l'eau, assise seule au bord du lac. Jeune femme, elle promenait son regard loin à la surface, goûtant toute la beauté et la clarté qui en émanaient. Âgée, elle s'accroupit auprès de l'enfant et redevint une fillette, elle entendit le bruissement de ces mots, ce pardon murmuré et ce chuchotement porté par le lac : tu es mon enfant.

Il lui avait fallu longtemps avant de reprendre conscience. Infiniment fatiguée et engourdie, elle avait à peine la force d'ouvrir les yeux.

– Bald… vin, avait-elle soupiré. C'était un accident. La mort de mon père, c'était… un accident.

Elle ne le voyait pas, mais percevait sa présence.

Elle n'avait plus froid et avait l'impression d'avoir été débarrassée d'un pesant fardeau. Elle savait ce qu'elle allait faire. Elle allait tout raconter. Absolument tout ce qui s'était passé ce jour-là sur le lac. Tous ceux qui voudraient l'entendre apprendraient ce qui était arrivé.

Elle avait voulu appeler Baldvin, mais avait senti qu'elle ne pouvait plus respirer. Quelque chose l'oppressait, lui serrait la gorge.

Elle avait ouvert les yeux à la recherche de son mari, mais ne le voyait pas.

Elle avait porté à sa gorge une main épuisée.

– Ce n'est pas juste, avait-elle murmuré.

Ce n'est pas juste.

36

Erlendur s'engagea dans l'impasse menant à la maison de Baldvin, à Grafarvogur. Il se gara devant l'accès du garage et descendit de voiture. Pressé, il n'était pas sûr d'avoir fait le bon choix : il avait surtout envie d'aller directement voir le vieil homme, mais, d'un autre côté, il était obsédé par ce défibrillateur et une foule de questions auxquelles seul Baldvin pouvait répondre.

Il appuya sur la sonnette et attendit. En sonnant une seconde fois, il remarqua la présence du véhicule de Karolina, garé dans la rue, à une certaine distance. La troisième fois qu'il sonna, il entendit du bruit à l'intérieur. La porte s'ouvrit et Baldvin apparut.

– Encore vous ! s'exclama-t-il.

– Puis-je entrer ? demanda Erlendur.

– Ne venons-nous pas de régler tout ça ? répliqua Baldvin.

– Karolina est ici ?

Baldvin regarda la voiture par-dessus l'épaule du policier, puis hocha la tête et le laissa entrer. Il referma la porte et l'invita au salon. Karolina sortit de la chambre à coucher en se recoiffant.

– Nous ne voyons plus aucune raison de continuer à nous cacher, observa Baldvin. Je viens de vous raconter ce qui s'est passé et Karolina emménage ici dès la semaine prochaine.

– Rien ne t'oblige à lui dire ça, fit Karolina. Notre histoire ne le concerne pas.

– En effet, convint Erlendur avec un sourire. Il était pressé d'arriver à la clinique, mais s'efforçait de garder son calme. Je m'étais imaginé que vous prendriez plus de précautions, poursuivit-il, et que vous ne vous afficheriez pas tous les deux aussi ostensiblement.

– Nous n'avons rien à cacher, rétorqua Karolina.

– Vous en êtes sûrs ? rétorqua Erlendur.

– Comment ça ? s'agaça Baldvin. Je viens de vous raconter tout ça en détail. Quand j'ai quitté Maria et que je l'ai laissée au chalet, elle était en vie.

– Je me rappelle ce que vous m'avez dit.

– Dans ce cas, que venez-vous faire ici ?

– Vous m'avez menti sur toute la ligne, répondit Erlendur, et je me suis demandé si vous deux vous n'alliez pas enfin vous décider à me raconter la vérité, histoire de changer un peu.

– Je ne vous ai pas menti, protesta Baldvin.

– Qu'est-ce qui vous fait croire qu'il ne vous dit pas la vérité ? interrogea Karolina. Pourquoi donc pensez-vous que nous vous mentons ?

– Parce que vous êtes deux menteurs et que vous avez abusé Maria. Vous avez comploté ensemble, vous lui avez monté une vraie pièce de théâtre. Et même si Baldvin prétend avoir renoncé à votre projet au tout dernier moment, ça n'en reste pas moins un crime. Vous me mentez depuis le début.

– Vous divaguez complètement, dit Baldvin.

– Et comment vous comptez prouver ce que vous affirmez ? s'enquit Karolina.

Erlendur esquissa un vague sourire et regarda sa montre.

– J'en suis incapable, répondit-il.

– Dans ce cas, que voulez-vous ?

– Entendre la vérité de votre bouche.

– La vérité, je vous l'ai déjà donnée, répéta Baldvin. Je ne suis pas très fier de mes actes, mais je n'ai pas assassiné Maria. Je n'ai pas fait ça. Elle s'est suicidée après mon départ.

Sans dire un mot, Erlendur fixa longuement Baldvin qui lança un regard à Karolina.

– Je crois qu'au contraire, vous l'avez tuée, observa-t-il. Vous ne vous êtes pas contentés de la pousser au suicide. C'est vous qui l'avez assassinée en lui passant cette corde autour du cou. Ensuite, vous l'avez pendue à cette poutre.

Karolina s'était assise sur le canapé. Baldvin se tenait debout, à la porte de la cuisine.

– Qu'est-ce qui vous fait dire ça ? demanda-t-il.

– Vous avez fabriqué un tissu de mensonges à l'intention de Maria et vous continuez à mentir. Je ne crois pas un mot de ce que vous me racontez.

– C'est votre problème ! lança Karolina.

– En effet, c'est mon problème, convint Erlendur.

– Vous ne savez pas…

– Je me demande comment vous arrivez à dormir la nuit.

Baldvin restait silencieux.

– De quoi rêvez-vous donc, Baldvin ?

– Fichez-lui la paix ! commanda Karolina. Il est innocent.

– Il m'a dit que c'est vous qui l'aviez poussé dans cette voie, répondit Erlendur en la regardant. Que tout ça, c'était votre faute. J'ai eu l'impression qu'il vous mettait tout sur le dos.

– Il ment ! s'alarma Baldvin.

– Il m'a dit que c'est vous qui aviez manigancé cette histoire du début à la fin.

– Ne l'écoute pas !

– Calme-toi, conseilla Karolina, je vois parfaitement clair dans son jeu.

– Dois-je comprendre que c'était Baldvin qui était le plus déterminé ? interrogea Erlendur.

– C'est inutile, vous n'arriverez à rien, répondit Karolina. Baldvin peut bien raconter ce qu'il veut.

– Oui, évidemment, fit Erlendur. Je me demande s'il faut croire un seul mot sortant de sa bouche. Que ce soit à son sujet, le vôtre ou celui de Maria.

– Ce que vous croyez, c'est votre affaire, rétorqua Karolina.

– Vous êtes deux acteurs, observa Erlendur. Tous les deux. Et vous avez joué un rôle pour Maria. Vous avez écrit une pièce, choisi les décors. Elle ne soupçonnait rien. À moins qu'elle n'ait compris quelque chose concernant le défibrillateur.

– Le défibrillateur ? s'étonna Karolina.

– Il était là pour meubler un peu le décor, précisa Erlendur. C'était, comment dire, un accessoire qui n'était pas censé fonctionner et n'était absolument pas destiné à garantir sa sécurité. Cet appareil n'avait pas pour fonction de sauver la vie de Maria. Ce n'était qu'un objet placé sur la scène que vous aviez montée pour une seule spectatrice : elle.

Karolina et Baldvin échangèrent un bref regard, puis Baldvin baissa les yeux à terre.

– Cet appareil est hors d'état, souligna Erlendur. Voilà pourquoi il devait aller le chercher au chalet. Il s'en est servi pour duper Maria. Ce défibrillateur factice était la preuve de son sérieux, la preuve qu'il se souciait de la sécurité de Maria.

– Qu'est-ce que vous croyez donc savoir ? demanda Baldvin.

– Ce que je crois savoir ? Que vous l'avez assassinée. Vous aviez besoin de l'argent auquel elle était la seule à avoir accès, sauf si elle mourait avant vous. Vous aviez une relation avec Karolina et ne vouliez pas qu'elle l'apprenne ; vous ne pouviez songer à divorcer à cause de cet argent. Mais vous vouliez garder Karolina. J'imagine aussi que la cohabitation avec Maria devait être fatigante à long terme. Sa mère était toujours là et, même après sa disparition, elle restait omniprésente dans cette maison. Maria pensait constamment à elle. Je suppose qu'elle ne vous intéressait plus depuis longtemps et qu'elle était devenue un obstacle. Pour vous et votre liaison.

– Vous êtes à même de prouver ce tissu d'âneries ? lança Karolina.

– Étiez-vous ici le soir où nous sommes venus informer Baldvin du décès de Maria ?

Elle hésita un instant avant de répondre d'un hochement de tête.

– J'ai cru voir le rideau du salon bouger quand je suis sorti de l'impasse.

– Tu n'aurais jamais dû venir, reprocha Baldvin.

– Alors, que s'est-il passé au chalet ? insista Erlendur.

– Ce que je vous ai raconté, s'entêta Baldvin. Rien de plus.

– Et le défibrillateur ?

– C'était pour la rassurer.

– J'imagine que la majeure partie de ce que vous m'avez dit concernant la manière dont vous l'avez plongée en état de mort temporaire est vraie. Et je suppose qu'elle s'est effectivement prêtée à l'expérience de son plein gré. Je présume en revanche que votre version à partir du moment où elle est tombée inconsciente dans le jacuzzi n'est que mensonge.

Baldvin ne lui répondit pas.

– Quelque chose a déraillé et vous avez cru bon de mettre en scène un suicide, poursuivit Erlendur. Il aurait été plus confortable qu'elle meure comme vous le vouliez, conformément à votre plan parfaitement préparé, si seulement elle avait pu décéder dans ce bassin d'eau glacée. Mais ça n'a pas été le cas, n'est-ce pas ?

Baldvin continuait de le fixer en silence.

– Vous avez échoué, reprit Erlendur. Elle s'est réveillée de son profond coma. Probablement l'aviez-vous sortie de l'eau à ce moment-là et vous vous apprêtiez à la coucher dans le lit. Vous aviez provoqué chez elle un arrêt cardiaque. Personne n'aurait soupçonné quoi que ce soit. L'autopsie conclurait à un banal arrêt du cœur. Vous êtes médecin, vous le saviez. Vous vous en tireriez sans problème. Maria avait mordu à l'hameçon. Tout ce qu'il vous restait à faire, c'était de trahir sa confiance. De trahir la confiance d'une innocente qui se trouvait depuis longtemps au bord du désespoir. Ce n'est pas très chevaleresque, d'ailleurs vous n'avez rien d'un héros.

Karolina baissait les yeux.

– Peut-être l'aviez vous déjà mise au lit. Vous vouliez prendre son pouls une dernière fois avant de rentrer à toute vitesse en ville. Vous avez téléphoné chez vous et votre maîtresse a répondu. Vous vouliez faire croire que c'était Maria qui avait appelé. Vous l'avez examinée une dernière fois et, à votre grande horreur, elle était encore en vie. Elle n'était pas morte. Le cœur battait lentement, mais il battait. Elle s'était remise à respirer. Elle risquait de se réveiller.

Karolina fixait Erlendur sans dire un mot.

– Peut-être qu'elle s'est réveillée. Peut-être qu'elle a ouvert les yeux, comme vous me l'avez dit, peut-être qu'elle revenait d'un autre monde où elle a peut-être vu quelque chose, même s'il est plus probable qu'elle n'ait rien vu du tout. Peut-être qu'elle vous a rapporté quelque chose de son expérience, mais vous lui avez laissé très peu de temps pour le faire. De plus, elle était épuisée.

Baldvin ne répondait toujours pas.

– Peut-être qu'elle a compris ce que vous lui faisiez. Elle était certainement trop faible pour se débattre. On n'a décelé sur son corps aucune trace de lutte. On sait qu'elle est morte par étouffement quand la corde s'est resserrée autour de son cou.

Karolina se leva pour s'approcher de Baldvin.

– Peu à peu, la vie s'en est allée et elle est morte.

Elle serra son amant dans ses bras en regardant Erlendur.

– Les choses ne se sont-elles pas, plus ou moins, passées ainsi ? N'est-ce pas de cette manière que Maria est décédée ?

– C'est ce qu'elle voulait, répondit Baldvin.

– En partie, peut-être.

– Elle me l'a demandé.

– Et vous lui avez rendu ce service.

Baldvin regarda Erlendur sans la moindre émotion.

– Je crois que vous feriez mieux de déguerpir d'ici, déclara-t-il.

– Vous a-t-elle dit quelque chose ? demanda Erlendur. Quelque chose à propos de Leonora ?

Baldvin secoua la tête.

– Ou de son père ? insista le policier. Elle a dû vous parler de son père.

– Il faut que vous partiez, répondit Baldvin. Vous avez trop d'imagination. Je devrais porter plainte pour harcèlement.

– Elle ne vous a rien dit sur son père ? répéta-t-il.

Baldvin restait silencieux.

Erlendur regarda longuement le couple avant de s'avancer vers la porte.

– Et maintenant ? Qu'allez-vous faire ? demanda Karolina.

Erlendur ouvrit la porte et se retourna.

– J'ai bien l'impression que vous avez réussi.

– Réussi quoi ? s'enquit Baldvin.

– À vous en sortir sans problème, répondit Erlendur. Vous vous méritez l'un l'autre.

– Et vous n'allez rien faire ?

– Je ne peux pas grand-chose, fit remarquer Erlendur en s'apprêtant à refermer la porte. Je vais informer mes supérieurs, mais…

– Attendez, dit Baldvin.

Erlendur se tourna vers lui.

– Elle a parlé de son père.

– Ça me semblait probable, à la toute dernière minute, je suppose, observa Erlendur.

Baldvin hocha la tête.

– Je croyais pourtant qu'elle voulait entrer en contact avec Leonora, remarqua-t-il.

– Mais ce n'était pas le cas, n'est-ce pas ?

– Non.

– Elle voulait rencontrer son père, c'est ça ?

– Je n'ai pas bien compris ce qu'elle a dit. Elle voulait qu'il lui accorde son pardon. Pourquoi aurait-il dû lui pardonner ?

– Ça, vous ne le comprendrez jamais.

– Quoi ? Baldvin fixait Erlendur avec intensité. Est-ce que c'était… Maria ? Elle était avec eux sur la barque quand Magnus est mort. Elle se reprochait le décès de son père ?

Erlendur secouait la tête.

– Vous ne pouviez pas choisir victime plus misérable, conclut-il en refermant la porte.

Il se précipita à la clinique pour monter à l'étage où se trouvait le vieil homme. Ce dernier n'était plus dans sa chambre. Un employé l'informa qu'il avait été transféré dans une autre. Il s'y rendit à toutes jambes.

Quelqu'un le conduisit au chevet du vieillard qui reposait sous une épaisse couette de laquelle seuls sortaient son crâne, ses mains et son visage décharnés.

– Il est mort il y a quelques instants, expliqua l'infirmière qui l'avait accompagné. Il a eu une mort paisible. Ce bonhomme-là ne nous a jamais posé le moindre problème.

Erlendur s'assit à côté du lit et prit sa main dans la sienne.

– David était amoureux, commença-t-il. Il…

Il se passa l'autre main sur le front. Il imaginait les deux jeunes gens lorsqu'ils avaient compris qu'ils ne parviendraient pas à s'extraire de la voiture. Ils s'étaient pris par la main, résignés, pendant que la vie les quittait et que leurs cœurs s'arrêtaient de battre au fond de l'eau glacée.

– J'aurais voulu venir un peu plus tôt, s'excusa-t-il.

L'infirmière sortit discrètement de la chambre et les deux hommes se retrouvèrent seuls.

– Il venait de rencontrer une jeune fille, dit Erlendur au terme d'un long silence. Il n'est pas mort seul. C'était un accident, pas un suicide. Il n'était ni triste ni déprimé à ses derniers moments. Il était heureux. Il avait rencontré une jeune fille dont il était tombé amoureux et ils s'amusaient, ils étaient fous de bonheur, vous l'auriez compris. Ils sont morts ensemble. Il était en compagnie de sa petite amie et il vous aurait sûrement parlé d'elle dès son retour à la maison. Il vous aurait dit qu'elle était à l'université, qu'elle était intéressante et qu'elle se passionnait pour les lacs. Il vous aurait dit que c'était sa petite amie. Pour l'éternité, sa petite amie.

37

Debout devant la maison abandonnée qui avait autrefois été son foyer, il levait les yeux vers Hardskafi. On ne distinguait qu'imparfaitement les contours de la montagne à cause du brouillard givrant qui descendait toujours plus bas sur les flancs du fjord. Chaudement vêtu, il avait pris ses vieilles chaussures de marche, son pantalon imperméable et son épaisse veste d'hiver. Il fixa longuement les flancs de la montagne, silencieux et grave, avant de se mettre en route, à pied, avec sa canne de randonneur et son petit sac à dos. Il avançait à grands pas, cerné par le silence de la nature qui s'était endormie pour l'hiver. Bientôt, il avait disparu dans la brume glaciale.

RÉALISATION : IGS-CP À L'ISLE-D'ESPAGNAC
CPI BRODARD ET TAUPIN À LA FLÈCHE
DÉPÔT LÉGAL : MAI 2011. Nº 104464 (62584)
IMPRIMÉ EN FRANCE